Blake Crouch

Die letzte Stadt: Ein Wayward-Pines-Thriller

amazon crossing

Das Buch

Willkommen in Wayward Pines, der letzten Stadt auf unserem Planeten. Secret-Service-Agent Ethan Burke ist vor drei Wochen in Wayward Pines, Idaho, eingetroffen. In dieser Stadt schreibt man den Leuten vor, wen sie heiraten, wo sie wohnen und wo sie arbeiten sollen. Ihre Kinder lernen, dass David Pilcher, der Gründer der Stadt, Gott sei. Niemand darf die Stadt verlassen, und wenn man Fragen stellt, kann das bereits den Tod bedeuten. Aber Ethan kennt das erstaunliche Geheimnis und weiß, was jenseits des Elektrozauns liegt, der die Stadt umschließt und sie vor der furchtbaren Welt, die außerhalb lauert, schützt. Dieses Geheimnis ist der Grund dafür, dass die gesamte Bevölkerung unter der Kontrolle eines Verrückten und seiner Armee steht, und es ist drauf und dran, den Zaun zu durchbrechen und die letzten, kümmerlichen Überreste der Menschheit auszulöschen.

Blake Crouchs faszinierender Abschluss der Wayward-Pines-Serie wird Sie bis zum letzten Wort fesseln.

Der Autor

Blake Crouch wurde 1978 in North Carolina geboren. Er hat in Chapel Hill an der *University of North Carolina* seinen Abschluss in *Englisch* und in *kreativem Schreiben* gemacht und fünf Jahre später seine ersten beiden Romane veröffentlicht. Seitdem sind acht weitere Romane sowie zahlreiche Novellen, Kurzgeschichten und Artikel erschienen. Derzeit arbeitet der amerikanische TV-Sender FOX an einer Verfilmung der Wayward Pines-Serie. Heute lebt Blake Crouch in Durango, Colorado.

BLAKE CROUCH

DIE LETZTE STADT

Ein Wayward-Pines-Thriller

Übersetzt von Kerstin Fricke

amazon crossing

Die Originalausgabe erschien 2014 unter dem Titel
»The Last Town (The Wayward Pines Trilogy, Book Three)«
bei Thomas & Mercer, Las Vegas.

Deutsche Erstveröffentlichung bei AmazonCrossing,
Luxemburg, Oktober 2014

Umschlaggestaltung: bürosüd⁰ München, www.buerosued.de
Lektorat: Eva Reiß
Satz: Satzbüro Peters

Printed in Germany
by Amazon Distribution GmbH, Leipzig

ISBN 978-1-477-82181-7

www.amazon.com/crossing

Für meine Engel Annslee und Adeline

Und der Herr antwortete Hiob aus dem Wetter und sprach: „Wer ist der, der den Ratschluss verdunkelt mit Worten ohne Verstand? Gürte deine Lenden wie ein Mann; ich will dich fragen, lehre mich! Wo warst du, da ich die Erde gründete? Sage an, bist du so klug! Weißt du, wer ihr das Maß gesetzt hat oder wer über sie eine Richtschnur gezogen hat? Worauf stehen ihre Füße versenkt, oder wer hat ihren Eckstein gelegt, da mich die Morgensterne miteinander lobten und jauchzten alle Kinder Gottes?"

Hiob 38: 1-7

Wir sind die letzten unserer Art, eine Kolonie von Menschen aus dem frühen einundzwanzigsten Jahrhundert.
Wir leben in den Bergen des einstigen Idaho in einer Stadt namens Wayward Pines.
Unsere Koordinaten sind 44 Grad, 13 Minuten und 0 Sekunden Nord und 114 Grad, 56 Minuten und 16 Sekunden West.
Ist da draußen noch jemand?

Teil einer Sprachnachricht mit Morsecode, die aus der Superstruktur in Wayward Pines per Kurzwelle seit elf Jahren in einer Endlosschleife versendet wird.

Einleitung

David Pilcher

Superstruktur
Wayward Pines
Vor vierzehn Jahren

Er schlägt die Augen auf.

Frierend.

Zitternd.

Sein Kopf tut weh.

Jemand steht mit einem Mundschutz über ihm. Das Gesicht der Person ist verschwommen, ihre Worte sind kaum zu verstehen.

Er weiß nicht, wo er ist oder wer er ist.

Die Person drückt ihm eine durchsichtige Maske auf den Mund und beugt sich näher an ihn heran.

Die Stimme – eine Frauenstimme – drängt ihn: „Holen Sie tief Luft und atmen Sie ein."

Das Gas, das er einatmet, ist warmer, konzentrierter Sauerstoff, der mit wohltuender Wärme durch seine Luftröhre strömt und in seine Lunge eindringt. Obwohl ihr Mund bedeckt ist, lächelt ihn die Frau, die sich über ihn beugt, mit den Augen an.

„Besser?", fragt sie.

Er nickt. Ihr Gesicht wird schärfer. Und ihre Stimme ... kommt ihm bekannt vor. Nicht das Timbre, aber die Art, wie er sich fühlt, wenn er sie hört. Als Beschützer. Fast schon väterlich.

„Tut Ihnen der Kopf weh?", will sie wissen.

Er nickt.

„Das geht bald vorüber. Ich weiß, dass Sie jetzt sehr desorientiert sind."

Nicken.

„Das ist völlig normal. Wissen Sie, wo Sie sind?"

Ein Kopfschütteln.

„Wissen Sie, wer Sie sind?"

Kopfschütteln.

„Das ist nicht schlimm. Das Blut fließt erst seit fünfundvierzig Minuten wieder durch Ihre Adern. Normalerweise dauert es einige Stunden, bis man wieder ganz der Alte ist."

Er starrt die Lampen über sich an, die lang, fluoreszierend und viel zu hell sind.

Er öffnet den Mund.

„Versuchen Sie noch nicht zu reden. Soll ich Ihnen erklären, was gerade passiert?"

Nicken.

„Ihr Name ist David Pilcher."

Das klingt irgendwie richtig. Der Name fühlt sich auf einer Ebene, die er noch nicht wieder ganz begreifen an, als wäre es seiner. Zumindest eine Sache weiß er jetzt wieder.

„Sie sind nicht im Krankenhaus. Sie waren nicht in einen Autounfall verwickelt oder hatten einen Herzinfarkt. So etwas ist nicht geschehen."

Er hätte ihr gern gesagt, dass er sich nicht bewegen kann. Dass ihm eiskalt ist und dass er Angst hat.

„Sie sind gerade aus der suspensierten Animation aufgewacht. Ihre Körperfunktionen liegen alle im grünen Bereich. Sie haben ein-

tausendachthundert Jahre in einer von eintausend Suspensionseinheiten geschlafen, die von Ihnen erschaffen wurden. Wir sind alle so aufgeregt. Ihr Experiment hat funktioniert. Die Crew hat es mit einer siebenundneunzigprozentigen Überlebensrate geschafft. Das ist um einige Prozentpunkte besser, als Sie erwartet haben, und es gab keine kritischen Verluste. Herzlichen Glückwunsch.“

Pilcher liegt auf dem Krankenbett und sieht blinzelnd zu den Lampen hinauf.

Der Herzmonitor, an den er angeschlossen ist, piept immer schneller, aber das liegt nicht daran, dass er Angst empfindet oder unter Stress steht.

Er ist aufgeregt.

Innerhalb von fünf Sekunden ist ihm alles wieder eingefallen.

Wer er ist.

Wo er sich befindet.

Warum er hier ist.

Als wäre eine Kamera fokussiert worden.

Pilcher hebt eine Hand, die sich so schwer wie ein Granitblock anfühlt, und zieht sich die Maske vom Mund. Er starrt die Krankenschwester an. Dann spricht er zum ersten Mal seit fast zwei Jahrtausenden, und seine Stimme ist rau, aber klar. „Ist schon jemand nach draußen gegangen?“

Sie nimmt ihre Maske ab. Es ist Pam. Zwanzig Jahre alt und nach ihrem überaus langen Schlaf leichenblass.

Und dennoch … wunderschön.

Sie lächelt. „Sie wissen, dass ich das nicht zugelassen hätte, David. Wir haben auf Sie gewartet.“

Sechs Stunden später ist Pilcher auf den Beinen und geht wacklig durch den Korridor auf Etage 1, umgeben von Ted Upshaw, Arnold Pope und einem Mann namens Francis Leven. Levens offizieller Titel ist „Verwalter“ der Superstruktur, und er redet wie ein Wasserfall.

„… hatten vor siebenhundertdreiundachtzig Jahren einen Hüllenbruch in der Arche, aber die Vakuumsensoren haben das ausgeglichen."

„Und unsere Lebensmittel …", setzt Pilcher an.

„Ich führe momentan eine ganze Reihe von Tests durch, aber bisher sieht es so aus, als wäre alles im perfekten Zustand."

„Wie viele von der Crew sind bereits wach?"

„Erst acht, uns eingeschlossen."

Sie erreichen die automatische Glastür, die in die fast fünfhundert Quadratmeter große Höhle führt, die als Lagerhaus für ihre Lebensmittel und Baustoffe dient. Sie wird liebevoll „Die Arche" genannt und ist ein Wunderwerk menschlicher Ingenieurskunst und Ambitionen.

Ein feuchter, mineralisierter Geruch hängt in der Luft.

Gewaltige Kugellampen hängen von der Decke der Arche, so weit das Auge sehen kann.

Sie gehen auf einen Humvee zu, der am Eingang eines Tunnels steht, und schon jetzt ist Pilcher außer Atem und hat Krämpfe in den Beinen.

Pope fährt.

Die Lampen im Tunnel funktionieren noch nicht, und der Humvee saust das steile fünfzehnprozentige Gefälle hinab in die Dunkelheit, während sich das Licht der beiden Scheinwerfer an den feuchten Steinwänden spiegelt.

Pilcher sitzt auf der Beifahrerseite.

Er ist noch immer desorientiert, aber das lässt nach.

Seine Leute haben ihm berichtet, dass die Suspension eintausendachthundert Jahre angehalten hat, aber das kommt ihm mit jedem Atemzug unwahrscheinlicher vor. Eigentlich fühlt er sich eher so, als wären seit dieser Silvesterfeier im Jahr 2013, bei der er und seine ganze Crew Dom Pérignon getrunken, sich ausgezogen und die Suspensionskapsel betreten hatten, nur wenige Stunden vergangen.

Es knackt in seinen Ohren, als sie nach unten fahren.

In seinem Magen flattert es nervös.

Pilcher starrt Leven über die Schulter hinweg an. Der schlanke junge Mann mit dem Gesicht eines Kindes, aber den Augen eines Weisen, hat auf dem Rücksitz Platz genommen.

„Können wir in dieser Atmosphäre auch gefahrlos atmen?", will Pilcher wissen.

„Sie hat sich nur geringfügig verändert", versichert ihm Leven. „Zum Glück sind Stickstoff und Sauerstoff noch immer die Hauptbestandteile. Aber es ist ein Prozent mehr Sauerstoff und ein Prozent weniger Stickstoff enthalten. Die Treibhausgase sind auf die Werte vor dem Industriezeitalter zurückgegangen."

„Gehe ich recht in der Annahme, dass Sie bereits begonnen haben, den Druckausgleich in der Superstruktur einzuleiten?"

„Das war das Erste, was wir gemacht haben. Wir saugen bereits Luft von außen an."

„Gibt es noch weitere sachdienliche Hinweise?"

„Es wird einige Tage dauern, bis unsere Systeme wieder komplett hochgefahren und einsatzbereit sind."

„Welches Datum im christlichen Kalender haben wir laut unserer Atomuhr?"

„Heute ist der vierzehnte Februar 3813 im Jahre des Herrn." Leven grinst. „Alles Gute zum Valentinstag."

Arnold Pope hält den Humvee an, dessen Scheinwerfer die Rückseite eines Titantors anstrahlen, das den Tunnel, die Superstruktur und alle, die darin schlafen, vor der Außenwelt schützt.

Dann schaltet Pope den Motor aus, lässt das Licht jedoch eingeschaltet.

Alle steigen aus dem Wagen aus, und Pope geht nach hinten und öffnet die Heckklappe.

Er nimmt eine Schrotflinte heraus.

„Um Himmels willen, Arnie", meint Pilcher. „Sie müssen auch immer pessimistisch sein."

„Aus diesem Grund bezahlen Sie mich doch auch so gut, oder nicht? Wenn es nach mir ginge, würde uns mein gesamtes Sicherheitsteam begleiten."

„Nein, vorerst beschränken wir uns auf eine kleine Gruppe."

„Pam, könnten Sie mal mit der Taschenlampe hier rüberkommen?", fragt Leven.

Als sie den Lichtstrahl auf das Rad zum Öffnen des Tors fällt, sagt Pilcher: „Lassen Sie uns noch einen Moment warten."

Leven richtet sich wieder auf.

Pope kommt zu ihnen.

Ted und Pam drehen sich zu Pilcher um.

Pilchers Stimme ist von den Medikamenten, die ihn wiederbelebt haben, noch immer ganz rau.

„Wir sollten diesen Moment bewusst erleben", erklärt er, und seine Leute mustern ihn. „Ist Ihnen allen eigentlich bewusst, was wir getan haben? Wir haben soeben die gefährlichste und wagemutigste Reise in der Geschichte der Menschheit überstanden. Wir sind jedoch nicht durch den Raum, sondern durch die Zeit gereist. Wissen Sie, was Sie auf der anderen Seite dieses Tors erwartet?"

Er lässt die Frage kurz wirken.

Keiner beißt an.

„Neue Entdeckungen."

„Ich kann Ihnen nicht folgen", erwidert Pam.

„Ich habe es schon früher gesagt und wiederhole es jetzt noch einmal. Das hier ist Neil Armstrong, der die Stufen von Apollo 11 hinuntergeht und zum ersten Mal einen Fuß auf den Mond setzt. Die Wright-Brüder, die ihren Flieger in Kitty Hawk testen. Kolumbus, der in der neuen Welt an Land geht. Niemand weiß, was auf der anderen Seite dieses Tors liegt."

„Sie haben vorausgesagt, dass die Menschheit aussterben wird", merkte Pam an.

„Ja, aber das war auch wirklich nichts weiter als eine Prophezeiung. Möglicherweise habe ich mich geirrt. Da draußen könnten tausend Meter hohe Wolkenkratzer stehen. Dann wären wir wie ein Mann aus dem Jahr 213 nach Christus, der 2013 wieder aufwacht. ‚Das Schönste, was wir erleben können, ist das Geheimnisvolle', hat Albert Einstein gesagt. Wir sollten diesen Moment alle genießen."

Leven drehte sich wieder zu dem Rad um und drehte es langsam entgegen der Uhrzeigerrichtung.

Dann war es endlich eingerastet. „Sir?", fragte er. „Möchten Sie es tun?"

Pilcher trat an das Tor heran.

„Es ist dieser Riegel hier vorne", erklärt Leven.

Pilcher legt den Riegel um.

Einen Moment lang passiert gar nichts.

Die Scheinwerfer des Humvee gehen aus.

Nur der Strahl von Pams Taschenlampe durchschneidet noch die Dunkelheit.

Etwas unter ihren Füßen brummt, als würde ein altes Schiff knarzen.

Das schwere Tor bebt und geht langsam auf.

Und dann …

Strahlend helles Licht dringt herein.

Pilchers Herz schlägt schneller.

Das ist der aufregendste Augenblick seines Lebens.

Schneeflocken wirbeln auf dem Asphalt, und Eiseskälte dringt in den Tunnel. Pilcher kneift die Augen zu, da das Licht so grell ist.

Als das Portal endlich offen ist, rahmt es die Welt da draußen wie ein Bilderrahmen ein.

Sie sehen einen mit Pinien zugewachsenen Hügel, über den ein Schneesturm hinwegfegt.

Sie gehen in den Wald und laufen durch dreißig Zentimeter hohen Pulverschnee.

Es herrscht Totenstille – bis auf das Geräusch des fallenden Schnees, das wie ein Flüstern klingt.

Nach zweihundert Metern bleibt Pilcher stehen. Die anderen tun es ihm nach.

„Hier hat sich meiner Meinung nach früher die Straße nach Wayward Pines befunden", sagte er.

Sie stehen noch immer in einem dichten Pinienwald. Eine Straße ist nirgendwo zu sehen.

Pilcher holt einen Kompass aus der Tasche.

Sie gehen zwischen den hohen Pinien hindurch in Richtung Norden ins Tal.

„Ich wüsste zu gern, wie oft dieser Wald abgebrannt und wieder neu gewachsen ist", meint Pilcher.

Er friert. Seine Beine tun weh. Er ist davon überzeugt, dass es den anderen genauso geht, aber keiner beschwert sich.

Sie gehen weiter, bis sie an den Waldrand kommen. Er weiß nicht genau, wie weit sie gelaufen sind. Es schneit nicht mehr so stark, und zum ersten Mal sieht er etwas Vertrautes: die gewaltigen Klippen, die schon vor zweitausend Jahren das Dorf Wayward Pines umgeben haben.

Es überrascht ihn, dass ihn dieser Anblick derartig beruhigt. Zwei Jahrtausende sind eine lange Zeit für Wälder und Flüsse, aber die Klippen sehen unverändert aus und wirken für ihn wie alte Freunde.

Schon bald steht die Gruppe mitten im Tal.

Es ist kein einziges Gebäude mehr übrig.

Es stehen nicht einmal mehr Ruinen.

„Es ist, als hätte hier nie eine Stadt existiert", stellt Leven fest.

„Was hat das zu bedeuten?", fragt Pam.

„Was hat was zu bedeuten?", erwidert Pilcher.

„Dass die Natur das Tal zurückerobert hat. Dass die Stadt verschwunden ist."

„Wer weiß das schon? Vielleicht ist Idaho nun ein riesiges Naturschutzgebiet. Möglicherweise existiert Idaho auch gar nicht mehr. Wir müssen über diese neue Welt noch sehr viel lernen."

Pilcher sieht sich nach Pope um, der Mann ist zwanzig Meter weiter auf eine Lichtung gelaufen und kniet nun im Schnee.

„Was haben Sie entdeckt, Arnie?"

Er winkt Pilcher zu sich.

Als sich die Gruppe um Pope versammelt, deutet er auf Spuren im Schnee.

„Menschlich?", fragt Pilcher.

„Sie haben die Größe eines menschlichen Fußabdrucks, aber die Abstände stimmen nicht."

„Wie meinen Sie das?"

„Was immer dieses Wesen auch ist, es bewegt sich auf allen vieren. Sehen Sie?" Er berührt eine Stelle im Schnee. „Hier sind die Hinterbeine. Das sind die Vorderbeine. Sehen Sie sich die Abstände zwischen den einzelnen Abdrücken an. Das ist eine verdammt beeindruckende Schrittweite."

In der Südwestecke des Tals entdecken sie eine Reihe von Steinen, die aus dem Boden aufragen und in einem Hain aus Buscheichen und Birken verteilt sind. Pilcher hockt sich hin, um einen der Steine in Augenschein zu nehmen, und wischt den Schnee herunter. Früher einmal muss das ein polierter Marmorblock gewesen sein, doch die Zeit hat ihn rau werden lassen.

„Was ist das?", erkundigt sich Pam und streicht mit der Hand über einen ähnlichen Stein.

„Das sind die Ruinen eines Friedhofs", antwortet Pilcher. „Die Inschriften sind erodiert. Das ist alles, was vom Wayward Pines des einundzwanzigsten Jahrhunderts noch übrig ist."

Sie gehen nach Hause, zurück in die Superstruktur.

Alle sind geschwächt.

Alle frieren.

Es fängt wieder an zu schneien, und ein weißer Schleier legt sich vor die Klippen und die Nadelbäume.

„Das macht mir nicht den Eindruck, als würde hier jemand leben", meint Leven.

„Wir sollten möglichst bald die Drohnen losschicken", erklärt Pilcher. „Wir lassen sie nach Boise, Missoula und bis runter nach Seattle fliegen. Dann werden wir wissen, ob noch etwas übrig ist."

Sie gehen auf demselben Weg zurück in den Wald. Während sich die Stille über sie herabsenkt, ertönt im Tal unter ihnen auf einmal ein Schrei, der schwach und geisterhaft klingt, und von den unter dem Schnee verborgenen Bergen widerhallt.

Sie bleiben abrupt stehen.

Ein weiterer Schrei scheint dem ersten zu antworten. Er ist tiefer, klingt aber ebenso traurig und aggressiv.

Pope klappt den Mund auf und will schon etwas sagen, als im Wald um sie herum auf einmal viele weitere Schreie zu hören sind.

Jetzt hasten sie durch den Schnee, zuerst nur etwas schneller, doch als die Schreie näher kommen, rennen sie, so schnell sie können.

Einhundert Meter vom Tunnel entfernt hat Pilcher keine Kraft mehr in den Beinen und ihm läuft der Schweiß über die Stirn. Die anderen haben das Tor erreicht. Sie steigen hindurch und rufen ihm zu, er soll schneller laufen. Ihre Stimmen vermischen sich mit dem Gekreische um ihn herum.

Vor seinen Augen verschwimmt alles.

Er dreht sich um.

Zwischen den Bäumen kann er Bewegungen erkennen, blasse Gestalten, die auf allen vieren auf ihn zurennen.

Er ringt nach Luft und denkt: „Ich werde am ersten Tag nach Verlassen der Suspension sterben."

Die Welt um ihn herum wird schwarz, und plötzlich ist ihm eiskalt im Gesicht.

Er hat kurz das Bewusstsein verloren.

Nun liegt er mit dem Gesicht nach unten im Schnee und kann sich nicht mehr bewegen.

Als die Schreie lauter werden, wird er auf einmal aus dem Pulverschnee gezogen. Von seiner erhöhten Position auf Arnold Popes Schulter sieht er den Wald hinter sich wackeln und humanoide Kreaturen auf sich zurennen, von denen die nächste gerade mal fünfzig Meter von ihm entfernt ist.

Poe schiebt ihn durch die Titantür, und Pilcher kriecht hinein.

Er presst sein Gesicht gegen den kalten Beton.

„Vorsicht! Das Tor schließt sich gleich!“, ruft Pope.

Das Tor knallt zu.

Von der anderen Seite ist ein gedämpftes Trommeln gegen das Metall zu hören.

Pilcher, der begreift, dass er in Sicherheit ist, verliert wieder das Bewusstsein.

Das Letzte, was er hört, bevor er ohnmächtig wird, ist Pams Stimme, die fast schon hysterisch schreit: „Was zum Teufel sind das für Kreaturen?“

I

Zwei Stunden nach Ethan Burkes Enthüllung

Jennifer Rochester

Das Haus war so verdammt dunkel.

Jennifer versuchte gewohnheitsgemäß, das Licht in der Küche einzuschalten, aber nichts geschah.

Sie tastete sich am Kühlschrank und dem Küchenschrank vorbei zum Ofen, öffnete ihn und nahm den Kerzenleuchter aus Kristall, die Kerze und die Streichholzschachtel in die Hand. Dann schaltete sie das Gas ein, hielt ein Streichholz daran und stellte den Teekessel auf die zischende blaue Flamme.

Nachdem sie den Kerzenstummel angezündet hatte, setzte sie sich an den Küchentisch.

In ihrem früheren Leben hatte sie eine Schachtel Zigaretten am Tag geraucht, und jetzt hätte sie liebend gern eine Zigarette gehabt, um ihre Nerven und ihre Hände zu beruhigen, die nicht aufhören wollten zu zittern.

Als ihr die Tränen in die Augen stiegen, verschwamm das Kerzenlicht vor ihren Augen.

Sie konnte nur noch an ihren Mann Teddy denken, der unglaublich weit weg zu sein schien.

Zweitausend Jahre, um genau zu sein.

Sie hatte immer darauf gehofft, dass es die Welt da draußen noch gab. Auf der anderen Seite des Zauns. Außerhalb dieses Albtraums. Dass ihr Mann da draußen noch existierte. Ihr Heim. Ihr Job in der Universität. Auf einer gewissen Ebene hatte sie diese Hoffnung all die Jahre angetrieben. Die Hoffnung darauf, dass sie eines Tages wieder in Spokane erwachte. Dass Teddy neben ihr lang und schlief und dass dieser Ort – Wayward Pines – nur ein Albtraum gewesen war. Sie würde leise aus dem Bett schlüpfen, in die Küche gehen und ihm Eier braten. Eine Kanne starken Kaffee kochen. Sie würde am Küchentisch auf ihn warten, bis er aufstand und in diesem widerlichen Bademantel, zerzaust und schläfrig, so wie sie ihn liebte, in die Küche kam. Sie würde ihm erzählen, dass sie einen sehr seltsamen Traum gehabt hatte, doch sobald sie begann, von all dem zu erzählen, was sie in Wayward Pines erlebt hatte, würde es wie alle anderen Träume auch in Vergessenheit geraten.

Sie würde ihren Mann über den Tisch hinweg anlächeln und sagen: „Ich erinnere mich nicht mehr daran."

Nun war ihre Hoffnung dahin.

Die Einsamkeit machte ihr zu schaffen.

Aber darunter loderte ihre Wut auf.

Wut über all das, was man ihr angetan hatte.

Wut über ihren Verlust.

Der Teekessel begann zu pfeifen.

Während in ihrem Kopf alles drunter und drüber ging, stand sie mühsam wieder auf.

Sie nahm den Kessel vom Herd, dessen Pfeifen erstarb, und goss das kochende Wasser in ihre Lieblingstasse, in die sie ein mit Kamillenblättern gefülltes Tee-Ei gehängt hatte. Mit der Tasse in der einen und der Kerze in der anderen Hand ging sie aus der dunklen Küche in den Flur.

Die meisten anderen waren noch immer im Theater und erholten sich von den Enthüllungen des Sheriffs. Vielleicht hätte sie bei ihnen bleiben sollen, aber sie hatte das dringende Bedürfnis verspürt, alleine zu sein. An diesem Abend wollte sie nur noch im Bett liegen und weinen. Wenn sie einschlafen konnte, war das gut, aber eigentlich rechnete sie nicht damit.

Sie ging die knarrende Treppe hinauf, und das Kerzenlicht flackerte über die Wände. Der Strom war schon öfter ausgefallen, aber sie hatte irgendwie das ungute Gefühl, dass es an diesem Abend einen anderen Grund dafür gab, dass sie keinen Strom hatten.

Daher hatte sie auch alle Türen und Fenster verriegelt, um wenigstens ein wenig – sehr wenig – Seelenfrieden zu finden.

Sheriff Ethan Burke

Ethan starrte die siebeneinhalb Meter hohen Stahlmasten und Kabel an, die mit Stacheldraht umwickelt waren. Normalerweise summte der Zaun, da genug Energie hindurchfloss, um einem Menschen einen tausendfach tödlichen Stromstoß zu versetzen. Er war so laut, dass man ihn schon aus hundert Metern Entfernung hören konnte und ein Vibrieren im Bauch spürte, wenn man näher kam.

Doch heute Abend hörte Ethan nichts.

Noch schlimmer war allerdings, dass das neun Meter breite Tor offen stand.

Es war *aufgeschlossen* worden.

Nebelbänke krochen als Vorboten eines nahenden Sturms an ihm vorbei, und Ethan sah hinaus in die schwarzen Wälder jenseits des Zauns. Über das Pochen seines Herzens hinweg hörte er Schreie, die durch den Wald hallten.

Die Abbys waren unterwegs.

David Pilchers letzte Worte schossen ihm immer wieder durch den Kopf.

Die Hölle wird zu Ihnen kommen.

Das alles war Ethans Schuld.

Die Hölle wird zu Ihnen kommen.

Er hatte den Fehler begangen, den Bluff dieses Psychopathen auffliegen zu lassen.

Die Hölle wird zu Ihnen kommen.

Und den Menschen die Wahrheit zu sagen.

Und jetzt musste jeder in der Stadt, auch seine Frau und sein Sohn, sterben.

Ethan rannte zurück durch den Wald, und seine Panik wuchs mit jedem Schritt, mit jedem verzweifelten Atemzug. Er rannte neben dem lautlosen Zaun her zwischen den Bäumen hindurch.

Sein Bronco stand nicht weit entfernt, und schon jetzt wurden die Schreie lauter und kamen näher.

Er setzte sich hinter das Lenkrad, ließ den Motor an und raste in den Wald, wobei er die Aufhängung an ihre Grenzen brachte und die letzten Glassplitter, die noch von der Windschutzscheibe übrig waren, herausbrach.

Kurz darauf hatte er die Straße erreicht, die zurück in die Stadt führte, und raste über den Standstreifen und auf den Asphalt.

Er trat das Gaspedal ganz durch.

Der Motor jaulte.

Dann kam er aus dem Wald und fuhr an einer Weide entlang.

Die Scheinwerfer fielen auf ein Schild am Stadtrand, auf dem eine vierköpfige Familie zu sehen war, die grinste und aussah wie aus den 1950er-Jahren. Darunter stand:

WILLKOMMEN IN WAYWARD PINES
WO DAS PARADIES ZU HAUSE IST

„Nicht mehr“, dachte Ethan.

Wenn sie Glück hatten, kamen die Abbys zuerst zur Molkerei und schlachteten das Vieh ab, bevor sie über die Stadt herfielen.

Da war sie.

Direkt voraus.

Die Stadt Wayward Pines.

An einem klaren Tag sah sie perfekt aus. Ordentliche Blöcke mit bunten viktorianischen Häusern. Weiße Lattenzäune. Saftiges grünes Gras. Die Maine Street hätte auch dafür errichtet worden sein können, dass Touristen auf ihr flanierten und davon träumten, hier im Alter ein schönes Leben zu führen. Ein ruhiges Leben. Die Berghänge, die die Stadt umgaben, versprachen Schutz und Sicherheit. Auf den ersten Blick sah nichts danach aus, als wäre das hier ein Ort, den man nicht verlassen konnte, ein Ort, an dem man allein für den Versuch sterben musste.

Doch heute Abend war das anders.

An diesem Abend lagen die Häuser und anderen Gebäude in unheilvoller Dunkelheit da.

Ethan bog auf die Tenth Avenue ein und raste an sieben Blocks entlang, bevor er das Lenkrad so hart herumriss, um auf die Main Street zu fahren, dass die Reifen auf der linken Seite des Wagens vom Boden abhoben.

Direkt vor ihm an der Kreuzung Main und Eight standen die meisten Stadtbewohner noch so, wie er sie verlassen hatte, vor dem Theater. Über vierhundert Seelen warteten in der Dunkelheit, als wären sie alle gleichzeitig rausgeworfen worden, und trugen noch immer ihre lächerlichen Kostüme, die sie für das Fest angezogen hatten.

Ethan stellte den Motor ab und stieg aus dem Wagen.

Es war irgendwie unheimlich, die Main Street im Dunkeln zu sehen, deren Schaufenster nur vom Licht der Fackeln erhellt wurde.

Da war das *Steaming Bean.*

Wooden Treasures, der Laden, in dem Kate und Harold Ballinger Spielzeug verkauften.

Richardsons Bäckerei.

Der Biergarten.

Das Süßwarengeschäft *Sweet Tooth*.

Das Immobilienbüro von Wayward Pines, in dem Ethans Frau Theresa arbeitete.

Die Menschenmenge machte einen unfassbaren Lärm.

Nach und nach hatten die Menschen die Fassungslosigkeit und den Schreck, die sie nach Ethans Entschluss, ihnen die Wahrheit über Wayward Pines zu sagen, befallen hatte, überwunden. Nun sprachen sie miteinander, und für viele stellte es das erste richtige Gespräch dar, das sie hier miteinander führten.

Kate Ballinger kam zu Ethan geeilt. Sie und ihr Mann Harold hatten an diesem Abend beim Fest auf dem Henkersblock gestanden, und seine Enthüllung hatte ihnen vorerst das Leben gerettet. Jemand hatte die Wunde über ihrem linken Auge schnell genäht, aber ihr Gesicht war noch immer blutüberströmt, ebenso wie ihr vorzeitig ergrautes Haar. Kates Verschwinden in Wayward Pines hatte Ethan vor zweitausend Jahren überhaupt erst in diese Stadt geführt. In einem anderen Leben hatten sie zusammen beim Secret Service gearbeitet. Sie waren Partner gewesen und für sehr kurze Zeit sogar mehr als das.

Ethan nahm Kates Arm und führte sie hinter den Bronco, wo die anderen sie nicht mehr hören konnten. Kate wäre an diesem Abend beinahe ums Leben gekommen, und als Ethan ihr jetzt in die Augen sah, wurde ihm klar, dass sie sich nur noch mit Mühe und Not zusammenreißen konnte.

„Pilcher hat den Strom abgestellt", sagte er.

„Ich weiß."

„Ich will damit sagen, dass er auch den Strom für den Zaun abgestellt und das Tor geöffnet hat."

Sie musterte Ethan, als müsse sie erst darüber nachdenken, wie schlecht die Nachricht wirklich war, die sie da gerade gehört hatte.

„Dann werden diese Dinger ...", begann sie. „Diese Abscheulichkeiten ..."

„Sie können jetzt einfach in die Stadt eindringen. Und das werden sie auch tun. Ich habe sie am Zaun gehört."

„Wie viele?"

„Das weiß ich nicht. Aber selbst eine kleine Gruppe wäre schon eine Katastrophe."

Kate drehte sich zu den anderen um.

Die Gespräche verstummten, und die Leute kamen näher, um die Neuigkeiten zu hören,

„Einige von uns haben Waffen", meinte sie dann. „Und andere Macheten."

„Das wird nicht reichen."

„Kannst du nicht noch mal mit Pilcher reden? Damit er seine Meinung ändert und den Strom wieder anstellt?"

„Dazu ist es viel zu spät."

„Dann müssen wir alle wieder ins Theater schaffen", erwiderte sie. „Das Gebäude hat keine Fenster. Es gibt nur einen Ausgang auf jeder Seite der Bühne und die Doppeltür hinein. Wir können uns darin verbarrikadieren."

„Und was ist, wenn wir tagelang belagert werden? Wir haben da drin nichts zu essen oder zu trinken. Und es gibt auch keine Barrikade, die die Abbys ewig draußen halten wird."

„Was machen wir dann, Ethan?"

„Ich weiß es nicht, aber wir können die Leute auch nicht einfach nach Hause schicken."

„Einige sind bereits gegangen."

„Ich habe allen gesagt, dass sie hier bleiben sollen."

„Ich habe versucht, sie aufzuhalten."

„Wie viele sind schon nach Hause gegangen?"

„Fünfzig oder sechzig."

„Großer Gott."

Ethan entdeckte Theresa und Ben, seine wundervolle Familie, die durch die Menge auf ihn zukamen.

„Wenn ich irgendwie in die Superstruktur komme, kann ich Pilchers innerem Kreis vielleicht zeigen, wie der Mann wirklich ist, für den sie arbeiten. Dann haben wir möglicherweise noch eine Chance", sagte er.

„Dann geh, und zwar auf der Stelle."

„Ich werde meine Familie nicht verlassen. Nicht in dieser Situation und ohne richtigen Plan."

Theresa hatte sie erreicht. Sie trug ihr langes blondes Haar jetzt als Pferdeschwanz, und Ben und sie hatten dunkle Kleidung an.

Ethan küsste sie und zerzauste Bens Haare. Er konnte den Mann, der aus diesem zwölfjährigen Jungen werden würde, bereits in Bens Augen sehen. Er wurde langsam erwachsen.

„Was hast du rausgefunden?", wollte Theresa wissen.

„Nichts Gutes."

„Ich habe eine Idee", rief Kate auf einmal. „Wir brauchen ein sicheres Versteck, während du in die Superstruktur einbrichst."

„So ist es."

„Einen Ort, der gut geschützt ist und sich gut verteidigen lässt. Und an dem es genug Lebensmittel und Wasser gibt."

„Genau."

Sie lächelte. „Zufälligerweise kenne ich genau so einen Ort."

„Die Höhle der Wanderer", begriff Ethan.

„Ja."

„Das könnte funktionieren. Ich habe einige Waffen auf dem Revier."

„Dann hol sie. Nimm Brad Fisher mit." Sie deutete auf den Bürgersteig. „Er steht gleich da vorne."

„Wie sollen wir so viele Leute den Berg hochkriegen?"

„Ich werde sie in Hundertergruppen einteilen", schlug Kate vor. „Und jede Gruppe wird von jemandem angeführt, der den Weg kennt."

„Was machen wir mit den Leuten, die nach Hause gegangen sind?", wollte Theresa wissen.

Doch bevor jemand antworten konnte, erklang aus der Ferne ein einsamer Schrei.

Das Gemurmel der Menschenmenge, das bis eben noch zu hören war, verstummte.

Das Geräusch war aus dem Süden der Stadt gekommen und hatte geklungen wie ein schwaches, bösartiges Stöhnen.

Man spürte förmlich, was es zu bedeuten hatte.

Und es bedeutete, dass die Hölle auf dem Weg zu ihnen war.

„Es wird schon schwer genug, die Leute zu beschützen, die hier geblieben sind."

„Dann sind sie auf sich allein gestellt?"

„Wir sind jetzt alle auf uns allein gestellt."

Er ging zur Beifahrerseite des Broncos, griff hinein und nahm das Megafon heraus, das er Kate reichte. „Kümmerst du dich darum?"

Sie nickte.

Ethan sah Theresa an. „Ich möchte, dass du mit Ben bei Kate bleibst."

„Okay."

„Ich komme mit dir, Dad", meinte Ben.

„Du musst bei Mom bleiben."

„Aber ich kann dir helfen."

„Und dadurch hilfst du mir auch." Ethan wandte sich noch einmal an Kate. „Ich komme zu euch, wenn ich alles geholt habe."

„Wir treffen uns in dem kleinen Park am Nordende der Stadt."

„Dem mit dem kleinen Pavillon?"

„Genau."

Brad Fisher, der einzige Anwalt in Wayward Pines, saß betreten auf dem zerstörten Beifahrersitz von Ethans Bronco und umklammerte den Haltegriff, während Ethan mit knapp einhundert Stundenkilometern über die First Avenue durch die Stadt raste.

Ethan warf ihm einen Blick zu. „Wo ist Ihre Frau?"

„Wir waren zusammen im Theater", antwortete Brad. „Sie haben uns die nackte Wahrheit an den Kopf geworfen, und als ich mich umgedreht habe, war Megan auf einmal nicht mehr da."

„Wenn man bedenkt, was sie den Kindern hinter dem Rücken ihrer Eltern beigebracht hat, war sie vermutlich der Ansicht, dass die Leute sie als Verräterin ansehen würden. Wahrscheinlich hatte sie Angst um ihr Leben. Was denken Sie jetzt über sie?"

Die Frage schien Brad zu überraschen. Normalerweise war er immer glatt rasiert und auf Hochglanz poliert und entsprach in jeder Hinsicht dem Bild eines kompetenten jungen Anwalts. Jetzt kratzte er sich über die Bartstoppeln an seinem Kinn.

„Ich weiß es nicht. Ich hatte nie das Gefühl, dass wir einander wirklich gekannt haben. Wir haben zusammengelebt, weil man es uns so gesagt hat. Wir schlafen im selben Bett. Manchmal haben wir sogar miteinander geschlafen."

„Das klingt so wie bei vielen anderen Ehen auch. Lieben Sie sie?"

Brad seufzte. „Das ist kompliziert. Sie haben übrigens das Richtige gemacht, indem Sie es uns gesagt haben."

Die Scheinwerfer erhellten das dunkle Büro des Sheriffs.

Ethan steuerte über den Bürgersteig und hielt erst dicht vor dem Eingang an. Dann stieg er aus, schaltete die Taschenlampe ein und ging zusammen mit Brad zur Eingangstür. Ethan schloss auf und stellte die Tür fest, damit sie offenblieb.

„Was nehmen wir mit?", wollte Brad wissen, als sie durch die Lobby und den Korridor zu Ethans Büro rannten.

„Alles, was schießt."

Brad hielt die Taschenlampe, während Ethan die Waffen aus dem Schrank holte und die dazu passende Munition heraussuchte.

Er legte eine Mossberg 930 auf den Schreibtisch und lud sie mit acht Patronen.

Vierzig Schuss passten ins Magazin eines Bushmaster AR-15.

Auch seine Desert Eagle wurde erneut geladen.

Da waren noch weitere Schrotflinten.

Und Jagdgewehre.

Glocks.

Eine Sig.

Ein .357er-Smith-and-Wesson-Revolver.

Er lud noch zwei weitere Pistolen, aber das dauerte alles zu lange.

Kate Hewson

Sie nahm Harolds Arm. Ihr Mann brachte seine Gruppe gerade zu einem Eingang einige Blocks weiter südlich, und sie führte ihre zum Nordrand der Stadt.

Jetzt warf sie ihm die Arme um den Hals und gab ihm einen langen, innigen Kuss.

„Ich liebe dich“, sagte sie.

Er grinste, und sein silbriges Haar klebte trotz der Kälte schweißnass an seiner Stirn, während die blauen Flecken in seinem Gesicht immer dunkler wurden.

„Kate, wenn irgendwas passiert …“

„Tu das nicht“, unterbrach sie ihn.

„Was?“

„Schaff deinen Hintern einfach in diese Höhle.“

Einige Blocks entfernt war ein Jaulen zu hören. Sie ging zurück auf ihre Gruppe, die sie in Sicherheit bringen sollte, drehte sich aber noch einmal zu Harold um und warf ihm eine Kusshand zu.

Er fing sie in der Luft auf.

Jennifer

In ihrem Schlafzimmer stellte Jennifer die Kerze auf den Frisiertisch und zog sich das Kostüm aus, das sie beim Fest getragen hatte: einen schwarzen Trenchcoat über roter langer Unterwäsche sowie ein selbstgebasteltes Hörnerpaar. Ihr Nachthemd wartete bereits auf sie.

Sobald sie im Bett lag, trank sie ihren Kamillentee und sah mit an, wie das Kerzenlicht an den Wänden tanzte.

Der Tee wärmte sie von innen.

Das war jetzt seit drei Jahren ihre allabendliche Routine, und sie hielt es für klug, sie auch an diesem Abend einzuhalten. Klammer dich an dem Vertrauten fest, wenn deine Welt auseinanderbricht.

Sie dachte an all die anderen Einwohner von Wayward Pines.

Sie mussten auf die eine oder andere Weise dasselbe durchmachen.

Sie stellten alles infrage, was man ihnen erzählt hatte.

Sie mussten damit fertig werden, wie übel man ihnen mitgespielt hatte.

Was würde der morgige Tag bringen?

Das Fenster neben dem Bett stand auf Kippe, und die kühle Nachtluft drang herein. Sie ließ es absichtlich so kalt im Schlafzimmer werden, da sie es mochte, unter einem Deckenberg in diesem eiskalten Zimmer zu schlafen.

Draußen war es stockdunkel.

Die Grillen zirpten nicht mehr.

Sie stellte ihre Teetasse auf den Nachttisch und zog sich die Decken über die Beine. Ihre Kerze, die auf dem Frisiertisch stand, war nur noch einen Zentimeter hoch, und sie wollte jetzt auf keinen Fall im Dunkeln sein.

Also würde sie sie herunterbrennen lassen.

Sie schloss die Augen.

Und hatte das Gefühl, als würde sie fallen.

In ihrem Kopf gingen die Gedanken durcheinander, und ihre Angst wurde immer größer.

Fast schon zur Belastung.

Sie wollte nur noch schlafen.

Sie dachte an Teddy. Im Verlauf des letzten Jahres war ihr bewusst geworden, dass sie sich viel besser an seinen Geruch erinnern konnte, an seine Stimme und daran, wie sich seine Hände auf ihrem Körper angefühlt hatten, als an sein Gesicht.

Nach und nach vergaß sie, wie er ausgesehen hatte.

Irgendwo in der Dunkelheit schrie ein Mann.

Jennifer setzte sich auf.

Einen solchen Schrei hatte sie noch nie zuvor gehört.

Panik, Fassungslosigkeit und unvorstellbarer Schmerz waren aus diesem einzigen Ausbruch herauszuhören, der nicht mehr aufhören wollte.

So schrie nur ein Mensch, der gerade umgebracht wurde.

Haben sie Kate und Harold doch noch exekutiert?

Der Schrei hörte so abrupt auf, als hätte man ihn mit einem Schalter ausgestellt.

Jennifer sah zu Boden.

Sie stand neben dem Bett auf dem kalten Holzboden.

Sie ging zum Fenster und öffnete es etwas weiter.

Kalte Luft drang herein.

In einem Haus in der Nähe rief jemand etwas.

Eine Tür wurde zugeschlagen.

Ein Mensch rannte durch die Gasse.

Ein weiterer Schrei hallte durch das Tal, aber er hörte sich anders an als der erste. Es war dasselbe Geräusch, das auch das Monster im Bronco des Sheriffs ausgestoßen hatte.

Ein schreckliches, unmenschliches Kreischen.

Andere Schreie schienen ihm zu antworten, und dann wurde ein starker, widerlicher Gestank, der sie an verwesenden Moschus erinnerte, ins Schlafzimmer geweht.

Ein tiefes, kehliges Knurren kam aus ihrem Garten.

Jennifer schloss das Fenster und verriegelte es.

Sie taumelte nach hinten, und als sie auf der Matratze saß, zerbrach etwas unten im Erdgeschoss das Wohnzimmerfenster.

Verschreckt sah Jennifer zur Tür.

Die Kerze auf dem Frisiertisch flackerte und ging aus.

Sie keuchte.

Nun war es stockdunkel im Zimmer, und sie konnte nicht einmal mehr die Hand vor Augen sehen.

Sie sprang auf und stolperte zur Schlafzimmertür, wobei sie sich das Knie am Bettpfosten stieß, es jedoch schaffte, nicht hinzufallen.

Dann stand sie vor der Tür.

Sie hörte die Stufen knarren, als etwas die Treppe heraufkam.

Jennifer schob die Tür leise zu und tastete nach dem Schloss.

Es knackte, als sie sie verriegelte.

Was immer in ihr Haus eingebrochen war, es stand jetzt im Flur, und die Dielenbretter knarrten unter dem Gewicht der Kreatur.

Im Erdgeschoss waren weitere Geräusche zu hören.

Ein Klicken und Kreischen drang durch das Haus.

Sie ging auf die Hände und Knie und kroch über den Boden, als die Schritte vor ihrer Tür näher kamen. Dann machte sie sich ganz flach und kroch unter das Bett, wo sie auf dem Bauch liegen blieb, sodass ihr Herz gegen den Holzboden klopfte.

Jetzt hörte sie, dass noch mehr die Treppe hochkamen.

Die Schlafzimmertür wurde aus den Angeln gerissen.

Die Schritte des Wesens, was immer es auch war, machten ein klickendes Geräusch auf dem Boden, als es das Schlafzimmer betrat. Es klang, als hätte es Klauen.

Oder Krallen.

Sie konnte es jetzt auch noch besser als zuvor riechen, dieses Potpourri aus toten Gerüchen: Verwesung, Blut und ein entsetzlicher Gestank, den sie nicht einmal zuordnen konnte.

Sie gab kein Geräusch von sich.

Die Dielenbretter neben dem Bett knarrten, als hätte sich das Wesen hingekniet.

Jennifer hielt den Atem an.

Etwas Hartes und Glattes berührte ihren Arm.

Sie schrie und zuckte zurück.

Auf einmal fühlte sich ihre Schulter kalt an.

Sie legte eine Hand darauf.

Ihre Schulter war feucht. Dieses Wesen hatte ihr die Haut aufgeritzt.

„Bitte Gott …", flüsterte sie.

Jetzt waren noch mehr im Zimmer.

Oh Teddy. Sie wollte einfach nur sein Gesicht sehen. Ein letztes Mal. Wenn das hier wirklich das Ende war.

Sie lag in völliger Dunkelheit da und konnte sich nicht bewegen, da sie vor Angst wie gelähmt war. Ihre Schulter blutete stark, aber sie konnte nichts spüren, als sei ihr ganzer Körper taub und wie mechanisch geworden, während ihre Kampf-oder-Flucht-Reaktion einsetzte.

Sie waren jetzt ganz nahe und standen über ihr, während sie auf diese fremdartige Weise schnell und flach atmeten, fast so wie hechelnde Hunde.

Sie zog die Knie bis an den Kopf und lag in Embryohaltung da.

Zwei Wochen, bevor sie ihre schicksalhafte Reise nach Wayward Pines gemacht hatten, war sie mit Teddy a einem Samstag im Riverfront Park in Spokane gewesen. Sie hatten eine Picknickdecke auf den Rasen gelegt und waren bis zum Sonnenuntergang dort geblieben, hatten ihre Bücher gelesen und auf das Wildwasser hinausgesehen.

Und für eine Sekunde sah sie sein Gesicht vor sich. Nicht von vorn, aber von der Seite. Das Licht der untergehenden Sonne umrahmte sein schütteres Haar und glänzte in der Brille mit Metallgestell. Er beobachtete, wie die Sonne über den Wasserfällen unterging. War zufrieden. In dem Augenblick versunken. Genauso hatte sie sich auch gefühlt.

Teddy.

Er drehte sich zu ihr um.

Und lächelte.

Als das Ende kam.

Ethan

Brad schob gerade den Rucksack mit der Munition durch das kaputte Heckfenster, als sich Ethan wieder hinter das Steuer setzte.

Er sah auf die Uhr.

Sie hatten siebzehn Minuten gebraucht.

„Fahren wir!", rief Ethan.

Brad riss die Tür auf und setzte sich wieder auf den zerfetzten Sitz.

Die Rücklichter brachen sich in den Glastüren der Lobby.

Ethan warf einen Blick in den Rückspiegel. Durch das rötliche Leuchten lief eine blasse Gestalt an ihnen vorbei.

Er legte den Rückwärtsgang ein.

Sie rasten über den Bürgersteig, und Ethans Kopf stieß an die Decke, als die Reifen über den Bordstein holperten und auf den Asphalt prallten.

Ethan trat auf die Bremse, blieb mitten auf der Straße stehen und legte den Gang ein.

Etwas prallte gegen die Beifahrertür, Brad schrie, und als Ethan zur Seite sah, verschwanden Brads Beine gerade durch den leeren Fensterrahmen.

Ethan konnte das Blut in der Dunkelheit nicht sehen, aber er konnte es riechen – einen plötzlichen metallischen Geruch, der in der Luft hing.

Er zog seine Pistole.

Die Schreie hatten aufgehört.

Alles, was er noch hörte, war das leiser werdende Geräusch von Brads Schuhen, die über den Asphalt geschleift wurden.

Ethan nahm die Taschenlampe, die Brad aus der Hand gefallen und zwischen die Sitze gerollt war.

Er leuchtete damit auf die Straße.

Oh mein Gott!

Der Strahl fiel auf einen Abby.

Der Abby hockte auf den Hinterbeinen über Brad und hatte das Gesicht in dessen Kehle vergraben.

Als er mit blutigem Mund aufblickte, fauchte er wie ein Wolf, der seine Beute schützen will, eine zornige Warnung in Richtung der Scheinwerfer.

Ein Stück weiter die Straße entlang sah Ethan noch mehr blasse Gestalten näherkommen.

Ethan trat aufs Gaspedal.

Im Rückspiegel beobachtete er, wie ein Dutzend Abbys auf allen Vieren hinter dem Wagen herjagte. Der vorderste hatte bereits die Fahrertür erreicht. Er sprang hoch, verfehlte das Fenster jedoch knapp, sodass er nur gegen die Seite des Wagens prallte und zu Boden fiel.

Ethan sah mit an, wie die Kreatur über die Straße rollte, und trat so fest aufs Gaspedal, wie er nur konnte.

Als er wieder nach vorn durch die Windschutzscheibe blickte, stand da ein kleiner Abby einige Meter vor ihm wie erstarrt und mit gebleckten Zähnen im Scheinwerferlicht.

Ethan wappnete sich.

Bei Aufprall flog der Abby zehn Meter durch die Luft, Ethan fuhr über ihn hinweg und schleifte ihn einen halben Block weit mit, wobei der Bronco so heftig durchgerüttelt wurde, dass er das Lenkrad kaum noch festhalten konnte.

Schließlich löste sich der Kadaver.

Ethan raste in Richtung Norden.

Im Rückspiegel sah er nichts als eine dunkle, leere Straße.

Er atmete auf …

In der Nähe des nördlichen Stadtrands bog Ethan nach Westen ab und fuhr mehrere Blocks in Richtung Main Street, bis im Scheinwerferlicht eine Menschenmenge auf der Straße zu sehen war, deren Gesichter von einigen Fackeln erhellt wurden.

Er hielt den Bronco am Straßenrand an.

Den Schlüssel ließ er in der Zündung stecken, damit die Lampen weiter brannten.

Dann ging er nach hinten, öffnete die Heckklappe und nahm eine der drei geladenen Schrotflinten heraus.

Kate stand neben einer offenen Falltür hinter einer Bank, deren Unterseite aus Balken und verrosteten Scharnieren bestand, während die Oberseite mit Erde und Gras getarnt worden war. Zusammen mit einem anderen Mann führte sie die Menschen nacheinander nach unten.

Als Ethan näher kam, sahen sie sich in die Augen.

Er drückte ihr die Schrotflinte in die Hand und musterte die anderen, von denen bestimmt noch fünfundzwanzig oder dreißig darauf warteten, den Gang betreten zu können.

„Sie hätten schon längst unter der Erde sein sollen", stellte Ethan fest.

„Wir machen, so schnell wir können."

„Wo sind Ben und Theresa?"

„Die sind schon unten."

„Die Abbys sind hier, Kate."

Er sah die Frage in ihren Augen, bevor sie sie aussprach: „Wo ist Brad?"

„Sie haben ihn erwischt, und ich kann dir versichern, dass wir noch maximal ein paar Minuten haben, bevor alles vorbei ist."

Die Leute bewegten sich so effizient wie bei einer Evakuierung, sie waren diszipliniert und schwiegen, und in der Luft lag eine angespannte Intensität.

Schreie – menschliche ebenso wie unmenschliche – waren immer häufiger aus der Stadt zu hören.

Ethan wandte sich an die Menge.

„Ich habe den Wagen voller Waffen. Falls Sie in Ihrem früheren Leben eine Schusswaffe besessen haben, sich damit auskennen oder glauben, damit umgehen zu können, dann kommen Sie mit."

Zehn Personen traten vor und folgten Ethan zum Kofferraum des Broncos.

Hecter Gaither, der Pianist der Stadt, war unter ihnen. Er war ein großer, schlaksiger Mann mit weiß gesprenkeltem dunklem

Haar und weißen Schläfen. Zerbrechlichen, fast schon majestätischen Gesichtszügen. Für das Fest hatte er sich als monströse Fee verkleidet.

„Womit haben Sie in Ihrem früheren Leben geschossen, Hecter?“, fragte Ethan.

„Ich bin am Weihnachtsmorgen immer mit meinem Vater auf Entenjagd gegangen.“

Ethan reichte ihm eine Mossberg.

„Ich habe sie mit zwölfkalibrigen Patronen geladen, daher wird der Rückstoß etwas heftiger sein, als sie es von den anderen Geschossen gewohnt sind.“

Hecter hielt die Waffe am Schaft fest, und es kam Ethan seltsam vor, eine taktische Schrotflinte in diesen weichen, geschickten Händen zu sehen.

„Wir beide gehen als Letzte runter. Ich werde direkt neben Ihnen sein“, sagte Ethan und musterte dann das Arsenal. „Ich habe noch ein paar Revolver und eine Handvoll halbautomatische Pistolen übrig. Wer will noch eine Waffe?“

II

David Pilcher

Wayward Pines
Vor vierzehn Jahren

Es ist Morgen.

Ein Herbsttag.

In seinem früheren Leben hatte er nie einen derart blauen Himmel gesehen. Man kann direkt nach oben ins Lila gucken. Die Luft ist so klar und sauber, dass die Umgebung fast hyperrealistisch wirkt und die Farben blendend intensiv sind.

Pilcher geht über die Straße in die Stadt. Sie wurde vor zwei Wochen angelegt und stinkt noch immer nach Teer.

Er kommt an dem neuen Straßenschild vorbei, an dem ein Arbeiter gerade das „s" in „Paradies" malt. Wenn es fertig ist, wird da stehen: „Willkommen in Wayward Pines, wo das Paradies zu Hause ist."

„Guten Morgen! Gute Arbeit!", sagt Pilcher.

„Danke, Sir!"

In der Stadt muss noch viel getan werden, aber das Tal sieht schon fast zivilisiert aus. Der Wald wurde zum größten Teil gefällt, bis auf einige Bäume, die entlang der Straßen und als Schattenspender in Vorgärten stehen.

Ein Betonlaster poltert vorbei.

In der Ferne stehen neue Häuser in unterschiedlichen Vollendungszuständen. Sie hatten die Wohnhäuser vor der Suspension vorfertigen lassen. Wenn das Fundament erst einmal gelegt ist, scheint die Arbeit schneller voranzugehen, und die Stadt wird jeden Tag größer, da immer mehr Häuser stehen.

Die Schule ist fast fertig.

Die untersten drei Stockwerke des Krankenhauses sind bereits zu erkennen.

Pilcher kommt an einer gekennzeichneten ungepflasterten Stelle vorbei, an der sich später die Eight und Main kreuzen werden.

Durch das Tal dröhnen das ferne Summen der Sägen und das Bollern der von Druckpistolen ins Holz geschossenen Nägel.

Die Gebäude, die bald an der Main Street stehen werden, sind schon verschalt, und die gelben Pinienbretter glänzen in der Sonne.

Arnold Pope, Pilchers rechte Hand, kommt in einem offenen Jeep Wrangler angefahren, steigt aus dem Wagen und schlendert näher.

„Wollen Sie sich dir Fortschritte ansehen?“, fragt Pope.

„Großartig, nicht wahr?“

„Wir sind dem Zeitplan bereits voraus. Wenn alles gut läuft, haben wir einhundertsiebzig Häuser fertig, bevor der erste Schnee fällt, sowie die Außenmauern aller anderen Gebäude. Was bedeutet, dass wir den Winter über in den Innenräumen arbeiten können.“

„Für wann kann ich die formelle Eröffnung ankündigen?“

„Für nächsten Frühling.“

Pilcher lächelt und sieht es bereits vor seinem inneren Auge: ein warmer Maitag, und das Tal ist voller Blüten, jungem Grün und frischen Blättern.

Ein Neuanfang. Die Menschheit bekommt eine zweite Chance.

„Haben Sie sich schon überlegt, wie Sie das alles den ersten Einwohnern erklären wollen?“

Sie gehen mitten auf der Straße, und Pilcher beäugt das Gerüst vor dem Gebäude, das einmal die Oper werden soll.

„Ich könnte mir vorstellen, dass sie zuerst schockiert und entrüstet sein werden, aber sobald sie begreifen, was ich ihnen für eine Chance eröffne, werden sie doch gewiss ein Teil davon sein wollen, oder?"

„Sie werden sich vor Ihnen auf den Boden werfen, um Ihnen zu danken", erwidert Pope.

Pilcher lächelt.

Ein Tieflader mit einer Fuhre Holz rumpelt an ihnen vorbei.

„Können Sie sich vorstellen, so eine Gelegenheit zu bekommen?", sinniert Pilcher. „In der Welt, aus der wir kommen, war unsere Existenz so einfach. Und wir waren aus genau diesem Grund so unzufrieden. Wie soll man seinem Leben noch eine Bedeutung geben, wenn man einer von sieben Milliarden Menschen ist? Wenn das Essen und die Kleidung nur einen Walmart weit entfernt sind? Wenn wir unseren Geist vor allen möglichen Bildschirmen und HD-Unterhaltungsmethoden betäuben, wenn die Bedeutung des Lebens, unserer Existenz und unsere Daseinsberechtigung verloren gehen."

„Und was ist das?", will Pope wissen.

„Was ist was?"

„Unsere Daseinsberechtigung."

„Unsere Spezies zu erhalten natürlich. Über diesen Planeten zu herrschen. Und das werden wir auch wieder tun. Nicht während Ihrer oder meiner Lebenszeit, aber letzten Endes wird es so kommen. Die Menschen, die ich aus der Suspension holen werde, um meine Stadt zu bevölkern, haben kein Facebook, keine iPhones, iPads, Twitter oder Rundumversorgung. Sie werden so miteinander interagieren, wie wir es früher getan haben. Von Angesicht zu Angesicht. Und sie werden in dem Wissen leben, dass sie die letzten Menschen sind, dass es außerhalb des Zauns eine Million Monster gibt, die sie verschlingen wollen. Unter diesen Umständen werden sie begreifen, dass bei all dem, was auf dem Spiel steht, ihr Leben einen unvorstellbaren Wert hat. Und ist es nicht das, was wir alle letzten Endes wollen? Uns nützlich fühlen? Einen Wert haben?"

Pilcher lächelt, da seine Stadt – sein Traum – vor seinen Augen zum Leben erwacht.

„Dieser Ort wird unser Garten Eden sein", sagt er.

Die Turners

Jim Turner küsste seine achtjährige Tochter auf die Stirn und wischte ihr die Tränen von den Wangen.

„Aber ich will, dass du bei uns bleibst", sagte sie.

„Ich muss auf das Haus aufpassen."

„Ich habe Angst."

„Mommy bleibt bei dir."

„Warum schreien die Leute da draußen?"

„Das weiß ich nicht", log er.

„Ist es wegen dieser Monster? Wir haben in der Schule von ihnen gehört. Mr Pilcher beschützt uns vor ihnen."

„Ich weiß nicht, was das für Wesen sind, Jessica, aber ich muss dafür sorgen, dass Mommy und du in Sicherheit sind, verstehst du?"

Das kleine Mädchen nickte.

„Ich liebe dich, mein Schatz."

„Ich liebe dich auch, Daddy."

Er stand auf und nahm das Gesicht seiner Frau in die Hände. In der Dunkelheit konnte er sie nicht sehen, aber er spürte, dass ihre Lippen zitterten und von ihren Tränen ganz feucht geworden waren.

„Ihr habt Wasser, etwas zu essen und eine Taschenlampe", sagte er und versuchte dann sogar noch, einen Witz zu machen. „Und ihr habt sogar noch einen Nachttopf."

Sie umfing seinen Hals und legte die Lippen an sein Ohr.

„Mach das nicht."

„Der Keller ..."

„Es wird nicht funktionieren. Die Bretter sind zu lang, um über die Tür zu passen." Er hörte, wie ihre Nachbarn, die Millers, in ihrem Haus auf der anderen Straßenseite starben. „Wenn es Zeit wird, wieder rauszukommen ..."

„Du wirst uns rausholen."

„Nichts wäre mir lieber. Aber wenn ich nicht da bin, dann nimmst du die Brechstange. Du musst sie unter dem Pfosten ansetzen."

„Wir hätten bei den anderen bleiben sollen."

„Ich weiß, aber wir haben es nicht getan, und jetzt müssen wir eben so klarkommen. Was immer du auch in diesem Schlafzimmer hörst, ihr bleibt da drin und gebt keinen Laut von euch. Halt ihr die Ohren zu, wenn ..."

„Sprich es nicht aus."

„Wenn was, Daddy?"

„Oh Gott, sag nicht."

„Ich liebe euch beide so sehr. Jetzt muss ich die Tür zumachen."

„Nein, Daddy!"

„Sei leise, Jess", flüsterte er.

Jim Turner küsste seine Frau.

Er küsste seine Tochter.

Dann schloss er sie im Schlafzimmerschrank im ersten Stock ihres lavendelfarbenen viktorianischen Hauses ein.

Sein Werkzeugkasten stand bereits offen auf dem Boden.

Er schaltete die Taschenlampe ein und wählte einen passenden Balken aus den Holzstücken aus, die er aus dem Schuppen hochgetragen hatte – den Überresten der Hundehütte, die er letzten Sommer gebaut hatte.

Die warmen Nachmittage, an denen er im Garten gearbeitet hatte ...

Mrs Millers Schreie rissen ihn aus seiner schönen Erinnerung.

„Nein, nein, nein, nein, nein! Oh Goooooooott!"

Jessica weinte im Schrank, und Gracie gab sich die größte Mühe, sie zu beruhigen.

Jim nahm einen Hammer in die Hand und begann, Nägel an einem Ende des Balkens einzuschlagen. Schrauben wären besser gewesen, aber so viel Zeit hatte er nicht. Er hielt das Brett aus Pinienholz quer über den Türrahmen und trieb die Nägel hinein.

Sein Verstand gab einfach keine Ruhe.

Er hörte immer wieder die Worte des Sheriffs, aber sie wollten irgendwie keinen Sinn ergeben.

Wie konnte das alles sein, was von der Menschheit noch übrig war?

Als er vier Bretter über den Schrank genagelt hatten, war von den Millers auf der anderen Straßenseite nichts mehr zu hören.

Er ließ den Hammer fallen und wischte sich den Schweiß von der Stirn.

Er war völlig durchgeschwitzt.

Dann kniete er sich hin und drückte die Lippen an die Schranktür.

„Jessica? Gracie?"

„Ich kann dich hören", erwiderte seine Frau.

„Ihr seid jetzt eingesperrt", sagte Jim. „Jetzt muss ich mir ein gutes Versteck suchen."

„Pass auf dich auf."

Er legte eine Hand an die Tür.

„Ich liebe euch beide so sehr."

Sie sagte noch etwas, aber er konnte die Worte nicht verstehen. Sie waren zu gedämpft, zu leise, zu tränenerstickt.

Er stand auf und nahm die Taschenlampe und den Hammer in die Hand, die beiden Objekte aus seinem Werkzeugkasten, die am ehesten als Waffe zu gebrauchen waren.

Dann verließ er das Schlafzimmer und zog leise die Tür hinter sich zu.

Im Flur war es dunkel.

In der letzten halben Stunde hatte er derart viele Rufe und Schreie gehört, dass ihm die Stille irgendwie falsch vorkam, fast wie eine Lüge.

Wo willst du dich verstecken?

Wie lange wirst du überleben.

Oben an der Treppe blieb er stehen. Er war versucht, das Licht einzuschalten, befürchtete aber, so nur Aufmerksamkeit zu erregen.

Mit einer Hand am Treppengeländer, um nicht hinzufallen, ging er langsam die knarrende Treppe hinunter. Das Wohnzimmer lag stockfinster vor ihm. Jim ging zur Haustür. Er verriegelte sie, auch wenn er das Gefühl hatte, dass das sowieso nichts bringen würde. Nach allem, was er gesehen hatte, sprangen diese Monster einfach durchs Fenster.

Drinnen bleiben?

Nach draußen gehen?

Auf der anderen Seite der Tür hörte er ein Kratzen. Er beugte sich vor und sah durchs Guckloch.

Die Straßenlampen brannten nicht, aber er konnte trotzdem etwas erkennen, da das Straßenpflaster, der Lattenzaun und die Autos vom Sternenlicht erhellt wurden.

Drei dieser *Dinger* krochen gerade über die Steinplatten, die vom Lattenzaun zur Haustür führten.

Er hatte aus dem Schlafzimmerfenster im ersten Stock bereits einen ersten Blick auf sie werfen können, sie aber noch nie aus der Nähe gesehen.

Keines der Wesen war größer als er, aber sie waren unglaublich muskulös.

Sie sahen aus wie …

Wie Menschen, die in der Haut eines Monsters steckten.

Anstelle von Fingern besaßen sie Krallen, ihre Zähne waren zum Zerreißen und Zerfetzen von Fleisch geeignet, und ihre Arme schienen im Vergleich zum Rest ihres Körpers viel zu lang zu sein. Sie waren sogar länger als ihre Beine.

„Was zum Teufel seid ihr für Kreaturen?", flüsterte er leise, fast schon wie ein Gebet.

Sie erreichten die Veranda.

Auf einmal überkam ihn eine panische Angst.

Er ging rückwärts von der Tür weg und durch die Dunkelheit zwischen dem Sofa und dem Wohnzimmer hindurch. In der Küche fiel das Sternenlicht durch das Fenster über dem Spülbecken auf das Linoleum, sodass er sich leichter zurechtfand.

Jim legte den Hammer auf die Arbeitsplatte und nahm den Schlüssel der Hintertür von dem Nagel neben der Tür.

Etwas knallte gegen die Haustür, als er gerade den Schlüssel ins Schloss steckte.

Er hörte Holz splittern und das Schloss vibrieren.

Schnell drehte er den Schlüssel um und zog den Riegel zurück.

Er riss die Hintertür in dem Moment auf, in dem die Haustür aufgebrochen wurde.

Die Kreaturen liefen die Treppe hinauf und zu dem Schlafzimmer, in dem sich seine Frau und seine Tochter versteckten, und der Schrank würde das erste sein, was diesen Monstern ins Auge stach.

Jim machte einige Schritte zurück in die Küche und sagte: „Hey, Leute? Ich bin hier drüben!"

Ein ohrenbetäubendes Kreischen erfüllte das Haus.

Er konnte nichts sehen, aber er hörte, wie diese Kreaturen Tische und Stühle umwarfen, als sie auf ihn zugerannt kamen. Sofort drehte er sich um, rannte zurück durch die Küche, schloss die Tür hinter sich und rannte über die eine Treppenstufe auf seinen perfekt gepflegten Rasen.

An der Hundehütte vorbei.

Auf den Zaun zu.

Hinter ihm zerbrach Glas.

Als er das Tor erreichte, durch das er auf die Gasse gelangte, sah er sich um und stellte fest, dass eines dieser Wesen durch das Küchenfenster kletterte, während sich die anderen beiden gegen die Hintertür warfen.

Er öffnete das Schloss und drückte das Tor mit der Schulter auf.

Ethan

Die Schreie der Abbys waren weniger als einen Block entfernt, als sich Ethan in die Öffnung herabließ, den Griff an der Unterseite der Falltür packte und sie über sich verschloss.

Im Tunnel hallten die Geräusche von einhundert Stimmen wider, und es war so laut, dass er die Abbys nicht mehr hören konnte.

Nach einigem Suchen musste er feststellen, dass es auf der Innenseite der Luke offenbar kein Schloss gab und somit auch keine Methode, sie vor der Welt da oben zu schützen.

Ethan stieg die Leiter hinab und ging die fünfundzwanzig Stufen nach unten auf den Boden des Tunnels, der vom Schein der zwölf Fackeln erhellt wurde.

Es war ein etwas über einen Meter achtzig hoher und breiter ehemaliger Abwasserkanal, in den Wurzeln und Reben eindrangen und der mehrere tausend Jahre alt war. Er verlief unter der Stadt und stellte neben dem Friedhof das einzige Bauwerk dar, das aus dem Wayward Pines des einundzwanzigsten Jahrhunderts übrig geblieben war.

Er war kalt, feucht und uralt.

Die Menschen standen hintereinander und drückten den Rücken an die Wand wie Schulkinder, die zu einer furchtbaren Übung anrücken mussten. Sie waren angespannt. Nervös. Zitterten. Einige hatten die Augen weit aufgerissen, andere sahen hingegen eher aus, als würden sie überhaupt nicht begreifen, was gerade geschah.

Ethan lief durch den Tunnel zu Kate.

„Sind alle drin?", wollte sie wissen.

„Ja. Geh voraus. Hecter und ich bilden die Nachhut."

Während Ethan an der Schlange vorbeiging, hielt er den Finger an die Lippen, um sie zum Schweigen zu bringen.

Als er an seiner Frau und seinem Sohn vorbeikam, sah er Theresa in die Augen und drückte im Vorbeihasten kurz ihre Hand.

Sie hatten sich bereits in Bewegung gesetzt, als er noch zum anderen Ende lief.

Er holte die letzte Fackelträgerin aus der Reihe. Sie arbeitete an den Wochenenden als Kellnerin im Biergarten und hieß Maggie irgendwas.

„Was soll ich tun?", fragte sie.

Sie war jung und hatte Angst.

„Halten Sie einfach die Fackel hoch. Sie sind Maggie, nicht wahr?"

„Ja."

„Ich bin Ethan."

„Ich weiß."

„Gehen wir."

Die Gruppe bewegte sich so langsam, dass Ethan, Hecter und Maggie zurückgehen konnte, ohne Angst haben zu müssen, dass sie hinfielen. Das Fackellicht zuckte über den bröckelnden Beton und erhellte den Tunnel hinter ihnen etwa zwölf Meter weit, dessen Wände hell strahlten, während die Mitte erschreckend dunkel blieb.

Es war nichts zu hören außer den Geräuschen von Schritten im Wasser und einigen leisen Stimmen.

Während sie weitergingen, wanderten Ethans Gedanken zu Theresa und Ben. Sie liefen nur fünfzehn Meter vor ihm, aber unter diesen Umständen gefiel es ihm gar nicht, von ihnen getrennt zu sein.

Sie gelangten an eine Kreuzung.

Maggies Licht fiel kurzzeitig in die sich kreuzenden Tunnel.

Für den Bruchteil einer Sekunde glaubte Ethan, Schreie aus der Dunkelheit zu hören, aber sie gingen in den Geräuschen der Gruppe unter.

„Ist alles okay?", erkundigte sich Maggie.

Ihre Stimme zitterte.

„Ja", versicherte ihr Ethan. „Wir sind bald in Sicherheit."

„Mir ist kalt."

Ihr Kostüm für das Fest bestand aus einem Bikini unter einem Regenmantel und Fellstiefeln.

„Dort, wo wir hingehen, können wir Feuer machen", entgegnete Ethan.

„Ich habe Angst."

„Sie halten sich gut, Maggie."

Zwei Abzweigungen später gelangten sie direkt in einen neuen Tunnel.

Als sie an einer alten Eisenleiter vorbeikamen, die nach oben in die Dunkelheit führte, blieb Ethan stehen.

„Was ist das für ein Geräusch?", wollte Hecter wissen.

Ethan sah Maggie an. „Geben Sie mir die Fackel."

„Warum?"

Er nahm sie und reichte ihr seine Schrotflinte.

Dann hielt er sich mit einer Hand an den Sprossen fest und umklammerte mit der anderen die Fackel.

Nach zehn Schritten hörte er Hecters Stimme unter sich.

„Ich will mich ja nicht beschweren, Ethan, aber ich kann hier unten nicht das Geringste sehen."

„Ich bin gleich wieder da."

„Was machen Sie denn?", rief Maggie. Ihre Stimme klang, als würde sie gleich anfangen zu weinen, aber Ethan kletterte weiter, bis sein Kopf gegen die Luke stieß. Er klammerte sich an der obersten Leitersprosse fest und leuchtete die Klappe mit der Fackel an, die ihm warm ins Gesicht schien.

Maggie und Hecter riefen ihm immer noch etwas zu.

Er drückte die Falltür ein Stück auf.

Im Vergleich zum Tunnel war die Stadt im Licht der Sterne fast taghell.

Bei dem Geräusch, das ihn auf die Leiter gelockt hatte, handelte es sich um Schreie.

Schreie von Menschen.

Und das, was er sah, konnte er nicht verarbeiten.

Wie konnte es einen Sinn ergeben, dass Menschen mitten über eine Straße liefen, die vom Cover der *Saturday Evening Post* hätte stammen können, und von einer Horde von Monstern gejagt wurden, die in der Nacht blassweiß und fast durchsichtig aussahen und von denen einige aufrecht liefen, während andere sich auf allen vieren und mit fast sprunghaftem Gang wie Wölfe bewegten.

Das ließ sich nur stückweise verdauen.

Diese Bilder würde er nie wieder vergessen.

Schreie aus dem nächsten Haus, als ein Abby durch das vordere Fenster stürzte.

Drei Abbys liefen hinter einem Mitglied des Festkomitees her, das im letzten Augenblick stehen blieb und sich ihnen stellte, die Machete jedoch zu früh schwang und die Nase des vordersten Abbys um Haaresbreite verpasste, woraufhin die anderen beiden ihn zu Boden warfen.

Dreißig Meter weiter zerrte ein Abby einem Mann, den er mit seinen Krallen aufgespießt hatte, die Eingeweide aus dem Leib und stopfte sie sich in den Mund. Währenddessen stieß der Mann furchtbare, verzweifelte Schreie aus und tat dann seine letzten Atemzüge.

In der Mitte der Main Street hockte ein riesiger Abby auf Megan Fisher und missbrauchte sie.

Ein Dutzend Leichen waren auf der Straße verstreut zu sehen, und die meisten davon lagen in Pfützen aus ihrem eigenen Blut und ihren Innereien, während zwei kaum noch kriechen konnten und drei bei lebendigem Leib gefressen wurden.

Das alles wirkte auf Ethan fast wie ein schauriges Spiel, nur dass keiner in eine bestimmte Richtung lief.

Ethan verspürte den Drang, rauszugehen und zu helfen. Jemanden zu retten. Wenigstens eins dieser Monster zu töten.

Aber das würde seinen Tod bedeuten.

Er hatte ja nicht einmal seine Schrotflinte dabei.

Diese Gruppe, ein Viertel der Einwohner von Wayward Pines, war auf dem Weg zu ihrer Falltür angegriffen worden.

Sie hatten keine Waffen mit Ausnahme einiger Macheten. Aber hätte es wirklich einen Unterschied gemacht, wenn sie bewaffnet gewesen wären? Würde es Ethans Gruppe weiterhelfen, wenn die Abbys die Tunnel entdeckten?

Ein schrecklicher Gedanke.

Denk an deine Familie.

Sie ist jetzt da unten.

Sie brauchen dich.

Sie brauchen dich lebendig.

„Ethan“, brüllte Maggie. „Kommen Sie!“

Über der Erde lief ein Mann vorbei, der schneller rannte, als Ethan einen Menschen je hatte rennen sehen, und dieses Tempo und die dafür erforderliche Energie konnte nur jemand aufbringen, der Angst vor dem bevorstehenden, undenkbaren Tod hatte.

Der Abby, der ihn jagte, lief auf allen vieren und kam schnell näher, und als der Mann sich umdrehte, erkannte Ethan ihn als Jim Turner, den Zahnarzt der Stadt.

Ein zweiter Abby kollidierte mit Jim, ohne abzubremsen, und der Hals des Mannes brach durch die Wucht des Aufpralls.

Die Fragen waren unausweichlich: Was wäre gewesen, wenn Ethan den Einwohnern der Stadt nicht die Wahrheit gesagt hätte? Was wäre, wenn er zugelassen hätte, dass sie Kate und Harold umbrachten und ihr Leben so weiterlebten, wie sie es bisher getan hatten? Dann würden diese Leute jetzt ganz bestimmt sterben müssen.

Vorsichtig ließ Ethan die Falltür wieder herunter und stieg nach unten.

Maggie war schon richtig hysterisch, und Hecter versuchte, sie zu beruhigen.

Ethan kam unten an, tauschte die Fackel wieder gegen die Schrotflinte und meinte: „Gehen wir."

Rasch liefen sie durch den Tunnel, da sie den Rest der Gruppe längst aus den Augen verloren hatten.

„Was ist da oben passiert?", wollte Maggie wissen.

„Eine der anderen Gruppen hat es nicht rechtzeitig unter die Erde geschafft", antwortete Ethan.

„Wir müssen ihnen helfen", meinte Hecter.

„Denen kann niemand mehr helfen."

„Was soll das heißen?", fragte Maggie.

Ethan konnte in der Ferne den schwachen Schein einer Fackel erkennen und ging schneller.

„Wir müssen uns darauf konzentrieren, unsere Leute in Sicherheit zu bringen. Das ist jetzt das Wichtigste", sagte Ethan.

„Sind Menschen gestorben?", fragte Maggie.

„Ja."
„Wie viele?"
„Ich vermute, dass letzten Endes alle sterben werden."

Die Richardsons

Bob Richardson setzte sich hinter das Steuer seines 1982er Oldsmobile Cutlass Ciera und ließ den Motor an, während seine Frau Barbara sich neben ihn auf den Beifahrersitz setzte.

„Das ist eine bescheuerte Idee", sagte sie.

Er legte den Gang ein und fuhr auf die dunkle Straße hinaus.

„Hast du eine bessere?", entgegnete er. „Willst du im Haus darauf warten, dass diese Wesen reinkommen?"

„Du hast das Licht nicht eingeschaltet", merkte Barbara an.

„Das habe ich mit Absicht gemacht, Schatz."

„Glaubst du etwa, sie könnten den Motor nicht hören?"

„Kannst du nicht einfach den Mund halten und mich fahren lassen?"

„Natürlich. Das wird die kürzeste Reise, die es je gegeben hat, schließlich führen keine Straßen aus der Stadt heraus."

Bob bog auf die First Avenue ein.

Er hatte nicht vor, es verbal oder auf irgendeine andere Weise zuzugeben (nämlich indem er das Licht einschaltete), aber es war verdammt dunkel. Eindeutig zu dunkel, um ohne Licht zu fahren.

Es war Monate her, dass er zuletzt ein Fahrzeug gelenkt hatte, und er fühlte sich irgendwie eingerostet.

Sie kamen am Büro des Sheriffs vorbei.

Da sie die Fenster hochgekurbelt hatten, konnten sie die Schreie aus der Stadt in der angespannten Stille im Innenraum kaum hören.

Schon bald hatten sie den Stadtrand erreicht.

Bob konnte durch das Fenster eine Bewegung auf der Wiese erkennen.

„Sie sind da draußen", sagte Barbara.

„Ich weiß."

Sie griff über seine Beine hinweg und schaltete die Scheinwerfer ein. Die beiden Lichtstrahlen erhellten das Grasland, auf dem mehrere Dutzend ausgeweidete Kühe lagen. Jeder Kadaver war von einigen dieser Monster umgeben, die sich daran vollfraßen.

„Verdammt noch mal, Barbara."

Die Monster sahen von ihren Opfern auf, und ihre blutigen Mäuler glänzten im Licht.

Bob trat das Gaspedal durch.

Sie rasten an einem Straßenschild vorbei, auf dem eine perfekte Familie aus den 1950er-Jahren abgebildete war, die lächelte und winkte.

WIR HOFFEN, ES HAT IHNEN IN WAYWARD PINES GEFALLEN!
KOMMEN SIE DOCH BALD MAL WIEDER!

Die Straße führte in den Wald.

Bob schaltete um auf die Nebelscheinwerfer, die gerade hell genug waren, dass er die Mittellinie erkennen konnte, auf der er fuhr.

Aus dem Wald drang Nebel auf den schmalen Korridor zwischen den Pinien.

Bob sah immer wieder in den Rückspiegel, doch da war nichts zu sehen aus dem schmalen Asphaltstreifen, der im roten Licht der Rücklichter unter ihnen vorbeizog.

„Fahr schneller!", drängte ihn Barbara.

„Ich kann nicht. Gleich kommt eine Haarnadelkurve."

Sie kletterte zwischen den Sitzen hindurch auf den Rücksitz, kniete sich hin und starrte durch die Heckscheibe.

„Siehst du was?“, fragte Bob.

„Nein. Was sollen wir denn jetzt machen?“

„Keine Ahnung, aber wenigstens sind wir nicht in der Stadt, sondern mitten im Nirgendwo. Vielleicht können wir einfach an einem ruhigen Plätzchen zwischen den Bäumen anhalten“, schlug er vor. „Und die Sache aussitzen.“

„Und was ist, wenn sie kein Ende nimmt?“, fragte sie.

Die Frage hing wie eine Wolke zwischen ihnen in der Luft.

Die Straße machte eine Biegung, und Bob fuhr mit knapp dreißig Stundenkilometern hindurch.

Barbara saß weinend auf dem Rücksitz.

„Ich wünschte, er hätte es uns nicht gesagt“, stieß sie hervor.

„Wen meinst du denn?“

„Sheriff Burke. Das alles passiert nur, weil er uns die Wahrheit gesagt hat.“

„Da hast du vermutlich recht.“

„Ich will ja nicht behaupten, dass ich es hier unglaublich schön fand, aber weißt du was?“ Barbara schniefte. „Wir mussten uns keine Sorgen darüber machen, wie wir die Rechnungen bezahlen. Wir hatten keine Hypothek, sondern durften sogar eine Bäckerei führen.“

„Du hattest dich an den Lauf der Dinge gewöhnt.“

„Genau.“

„Aber wir konnten nie über unsere Vergangenheit reden“, merkte Bob an. „Wir haben unsere Freunde und unsere Familie nie gesehen. Wir wurden gezwungen zu heiraten.“

„Das war ja letzten Endes gar nicht so schlimm“, erwiderte sie.

Bob biss sich auf die Zunge und fuhr durch die Haarnadelkurve.

Die Straße, die aus der Stadt herausführte, wurde zu der Straße, auf der man in die Stadt gelangte.

Er ging vom Gas, als sie am Begrüßungsschild vorbeikamen.

Wayward Pines lag direkt vor ihnen in der Dunkelheit.

Er ließ den Wagen ausrollen und schaltete den Motor aus.

„Wollen wir einfach hier warten?“, fragte Barbara.

„Vorerst ja.“

„Sollten wir nicht in Bewegung bleiben?“

„Wir haben fast kein Benzin mehr.“

Sie kletterte wieder nach vorne und setzte sich auf den Beifahrersitz.

„Menschen sterben hier draußen. In diesem Moment.“

„Ich weiß.“

„Dieser gottverdammte Sheriff.“

„Ich bin froh, dass er es getan hat.“

„Was?“

„Ich sagte, ich bin froh darüber.“

„Ich hatte dich schon verstanden, aber ich will wissen, warum? Unsere Nachbarn werden abgeschlachtet, Bob.“

„Wir waren Sklaven.“

„Und wie gefällt dir unsere neue Freiheit?“

„Wenn das das Ende ist, dann bin ich froh, dass ich jetzt wenigstens die Wahrheit kenne.“

„Hast du denn keine Angst?“

„Ich habe eine Heidenangst.“

Bob öffnete die Fahrertür.

„Wo willst du hin?“, fragte Barbara.

Das Innenlicht brannte in seinen Augen.

„Ich möchte einen Augenblick alleine sein.“

„Ich werde nicht aus diesem Wagen aussteigen.“

„Das ist ja auch der Sinn der Sache, Schatz.“

Ethan

Als sie zu den anderen aus ihrer Gruppe aufschlossen, bemerkte Ethan die zunehmende Diskrepanz zwischen dem, was er über der Erde gesehen hatte, und der Tatsache, dass seine Leute hier im Tunnel noch am Leben waren. Es erinnerte ihn an die widerliche, zufällige Art, mit der das Schicksal und das Glück im Kampf die Hand im Spiel hatten: Wenn man nach links anstatt nach rechts gegangen wäre, hätte man selbst und nicht sein Kamerad die Kugel abbekommen. Hätte Kate die Gruppe zu einem anderen Tunneleingang geführt, wären es möglicherweise Ethan und seine Familie gewesen, die jetzt auf der Main Street abgeschlachtet wurden. Er bekam den Anblick von Megan Fisher nicht mehr aus dem Kopf. Im Irak hatte er genug Tod und Zerstörung gesehen, um zu wissen, dass die arme Megan seine Träume noch in vielen Nächten heimsuchen würde. Ihm war klar, dass er sich immer fragen würde, was passiert wäre, wenn er alles riskiert und den Tunnel verlassen hätte. Was wäre geschehen, wenn er ihren Angreifer getötet hätte? Sie gerettet hätte? Sie in den Tunnel getragen hätte? Er würde die Szene wieder und wieder im Kopf durchspielen, bis er alles glasklar vor sich sehen konnte. Hauptsache, er wurde das Bild dieser Frau unter dem Abby mitten auf der Straße wieder los. Es gab noch immer Augenblicke aus dem Krieg, die ihn heimsuchten und ihn ewig heimsuchen würden, diese unvorstellbaren Qualen und das Leid.

Aber das hier war noch viel schlimmer.

Sie erreichten das Ende der Menschenkette, als die Gruppe gerade in einen neuen Tunnel abbog.

„Ein Viertel der Menschheit wurde gerade ausgelöscht“, dachte Ethan.

Er sah über die Leute hinweg und konnte in dem schwachen Licht Theresas Hinterkopf erkennen.

Der Drang, in ihrer und Bens Nähe zu sein, war übermächtig.

Megan auf der Straße.

Hör auf damit.

Megan, die schreit.

Lass es.

Megan ...

Ein einzelnes, durchdringendes Jaulen hallte durch den Tunnel.

Maggie und Hecter blieben stehen.

Ethan hob die Schrotflinte.

Die Fackel in Maggies Hand zitterte immer stärker.

Ethan sah sich um.

Die Reihe war ins Stocken geraten. Alle hatten es gehört, jeder reckte den Hals und versuchte, in der Dunkelheit im Tunnel etwas zu erkennen.

Ethan sagte an alle gewandt: „Gehen Sie weiter. Bleiben Sie auf gar keinen Fall stehen. Immer weitergehen."

Sie setzten sich wieder in Bewegung.

„Ich glaube, ich höre etwas", murmelte Maggie, als sie fünfzehn Meter gegangen waren.

„Was denn?", wollte Hecter wissen.

„Es klingt ... wie ein Platschen. Als ob jemand durch Wasser geht."

„Das ist nur unsere Gruppe."

Sie schüttelte den Kopf und deutete in die Dunkelheit. „Es kommt aus dieser Richtung."

„Wir warten hier. Die anderen sollen schon mal weitergehen", meinte Ethan.

Während sich das Ende der Reihe von ihnen entfernte, kniff Ethan die Augen zusammen und sah in die Dunkelheit. Jetzt hörte er es auch, und was immer da kam, es ging nicht.

Es rannte.

Er bekam einen trockenen Mund und wurde sich auf einmal bewusst, wie schnell sein Herz schlug.

„Sie sollten Ihre Waffe bereithalten, Hecter", meinte Ethan.

„Kommt da was?"

„Da kommt was."

Maggie ging einige Schritte nach hinten.

„Ich weiß, dass Sie Angst haben, aber Sie müssen für uns leuchten, Maggie", sagte Ethan. „Was Sie auch gleich da vorne im Tunnel sehen, Sie müssen stehen bleiben. Wenn Sie weglaufen, werden wir alle sterben. Haben Sie das verstanden?"

Das Platschen wurde lauter und kam näher.

„Maggie? Haben Sie mich verstanden?"

„Ja", flüsterte sie.

Ethan lud die Schrotflinte durch.

„Haben Sie Ihre Waffe entsichert, Hecter?"

„Ja."

Ethan warf einen Blick über die Schulter und versuchte, Theresa und Ben in der Menge auszumachen, aber sie waren zu weit entfernt und die Lichtverhältnisse waren zu schlecht.

Er drückte den schwarzen Schaft der Waffe gegen seine Schulter und starrte am Lauf entlang. Da Zielfernrohr war eine selbstleuchtende Tritiumeinheit, die drei grüne Punkte in der Dunkelheit erscheinen ließ.

„Denken Sie daran, dass Sie Gewehrkugeln und keine Schrotmunition geladen haben."

„Dann gibt es keine Streuung?"

„Genau. Zielen Sie gut."

„Was ist, wenn mir die Munition ausgeht?"

„Dazu kommen wir, wenn es …"

Es kam aus dem Dunkeln geschossen und rannte auf allen vieren mit erstaunlicher Geschwindigkeit auf sie zu.

Schnell wie ein Greyhound.

Ethan zielte.

Hecter feuerte.

Das Mündungsfeuer erhellte kurz den Tunnel und störte Ethans Sicht für eine Millisekunde.

Als Ethan wieder etwas sehen konnte, war der Abby nur noch sechs Meter entfernt und kam immer näher. In zwei Sekunden würde er sie erreichen.

Maggie hyperventiliere und stammelte: „OhGottohGottoh-GottohGottohGott …"

Ethan schoss, und der Schaft drückte sich beim Rückstoß gegen seine Schulter, während der Schuss wie ein Kanonenschlag durch den engen Tunnel hallte.

Der Abby blieb einen Meter vor Ethans Stiefeln liegen. Ihm war ein großes Stück des Schädels weggesprengt worden.

„Wow", sagte Hecter.

Seine Stimme klang gedämpft, da es in Ethans Ohren noch immer laut klingelte.

Sie drehten sich um und rannten durch den Tunnel, um das Ende der Reihe zu erreichen, das nur noch ein Lichtfleck in der Ferne war. Als Ethans Hörvermögen zurückkehrte, vernahm er noch mehr Gejaule im Tunnel.

„Schneller", rief Ethan.

Er konnte die Schritte der Abbys im Wasser hinter ihnen hören, die näher kamen.

Als er sich umsah, konnte er aber in der Dunkelheit nichts erkennen.

So rannten sie weiter, Maggie voraus und Ethan und Hecter nebeneinander, deren Ellenbogen sich hin und wieder berührten.

Sie kamen an eine Gabelung.

Aus dem Tunnel auf der rechten Seite waren Schreie, Gekreische und Gejaule zu hören …

Harold Ballinger

Die Menschen im hinteren Teil schrien als Erste.

Schreie in der Dunkelheit.

Menschliche.

Und unmenschliche.

„... Lauf, lauf, lauf, lauf ..."

„... Oh Gott, sie sind hier ..."

„... helft mir ..."

„... Nein, nein, nein, neiiiiiin ..."

Die Menschenkette wogt, und einige Leute fallen ins Wasser.

Weitere Hilferufe.

Dann Schmerzensschreie.

Alles ging so verdammt schnell.

Harold wirbelte herum und wollte schon nach hinten laufen, aber das war nicht möglich. Alle Fackeln waren erloschen. Da war nichts als Dunkelheit und Schreie, eine Explosion aus Lärm, die von den Wänden des Abwasserkanals widerhallte – und er konnte nur noch denken, dass sich so die Hölle anhören musste.

In einem angrenzenden Tunnel hörte er Schüsse.

Kate?

Tiffany Golden schrie seinen Namen. Sie schrie ihn und alle anderen an, sie sollten sich in Bewegung setzen. Sich beeilen. Nicht einfach nur dastehen.

Sie stand zehn Meter vor ihm im Tunnel und hielt die letzte brennende Fackel in der Hand.

Menschen drängten sich an Harold vorbei.

Eine Schulter drückte ihn gegen die Wand aus zerbröckelndem Beton.

Die Schreie der Sterbenden kamen näher.

Harold rannte los, eingezwängt zwischen zwei Frauen, deren Ellenbogen sich in seine Seite drückten, während sie alle auf das schwächer werdende Licht zuliefen.

Seiner Meinung nach konnte es nicht mehr weit sein. In drei- bis vierhundert Metern endete der Tunnel und sie gelangten in den Wald.

Wenn sie es nach draußen schafften, wenigstens die Hälfte von ihnen …

Die Fackel in der Ferne ging aus und jemand schrie etwas.

Augenblicklich wurde es stockdunkel um sie herum.

Harold konnte die Panik spüren, die in der Luft lag.

Seine eigene gehörte auch dazu.

Er wurde umgeworfen und fiel ins Wasser. Füße trampelten über seine Beine, dann seinen Körper. Als er versuchte, wieder aufzustehen, wurde er erneut zu Boden gedrückt und die Menschen krochen über ihn hinweg, als wäre er ein Hindernis. Irgendjemand trat auf seinen Kopf.

Schließlich rollte er sich zur Seite und aus dem Weg und rappelte sich auf.

Etwas schoss in der Dunkelheit an ihm vorbei.

Es stank nach Verwesung.

In einigen Metern Entfernung schrie ein Mann um Hilfe, und Harold hörte Knochen und Knorpel brechen.

Harold konnte es einfach nicht fassen, was hier geschah, und er wurde immer mutloser.

Eigentlich sollte er verschwinden.

Einfach wegrennen.

Der arme Kerl neben ihm verstummte, und jetzt war nur noch das fressende Monster zu hören.

Wie konnte das alles nur möglich sein?

Ein stinkender Atemzug strich ihm über das Gesicht.

Nur wenige Zentimeter von ihm entfernt hörte er ein dumpfes Knurren.

„Tu das nicht“, flehte Harold.

Auf einmal fühlte sich seine Kehle heiß an. Seine Brust wurde feucht und warm. Er konnte noch atmen, und er spürte keine Schmerzen, aber ihm rann unglaublich viel Blut aus der Wunde an seiner Kehle.

Schon jetzt wurde ihm schwindlig.

Harold sackte in das eiskalte Wasser, während ihm die Bestie mit einem schnellen Schlag den Bauch aufschlitzte.

Er spürte nur einen fernen, dumpfen Schmerz, als der Abby zu fressen begann.

Um ihn herum waren die Schreie und das Stöhnen der Sterbenden und Verängstigten zu hören.

Noch immer rannten Menschen in der Dunkelheit an ihm vorbei und versuchten verzweifelt, sich in Sicherheit zu bringen.

Er gab kein Geräusch von sich.

Er wehrte sich auch nicht.

Er war wie gelähmt durch den Schock, den Blutverlust, das Trauma, die Angst.

Dabei konnte er nicht fassen, dass ihm das wirklich passierte.

Das Vieh fraß ihn mit der Gier einer Kreatur, die seit Tagen gehungert hatte, und drückte seine Beine mit den Klauen zu Boden, während die vorderen Krallen Harolds Arme auf dem Beton festnagelten.

Und noch immer spürte er keinen nennenswerten Schmerz.

Er vermutete, dass er einer der Glücklichen war.

Er würde tot sein, bevor der Schmerz richtig zuschlug.

Ethan

Nichts als menschliches Leid und Schrecken.

Chaos.

„Nicht stehen bleiben! Immer schön weitergehen!“, schrie Ethan.

Während er dachte: „Ist eine andere Gruppe im angrenzenden Tunnel angegriffen worden?“

Unvorstellbar.

Wie es sein musste, diesen Kreaturen hier unten zu begegnen.

Wenn die Menschen übereinander krochen, um zu fliehen, bevor die Monster sie erreichten.

Fackeln zu Boden fielen.

Im Wasser erloschen.

Man von Dunkelheit umgeben war.

Das Fackellicht vor ihnen, das zu Ethans Gruppe gehörte, war verschwunden.

„Wo sind sie hin?“, fragte Ethan keuchend.

„Keine Ahnung“, erwiderte Hecter. „Das Licht ist einfach verschwunden.“

Das Wasser unter Ethans Stiefeln floss jetzt schneller, und sie bewegten sich in einer kalten, stetigen Brise.

Sie gelangten aus dem Tunnel in ein steiniges Flussbett, und für einen Moment wurde das Geräusch der Abbys durch das Tosen des Wassers ersetzt, das in der Nähe, aber von der Dunkelheit verborgen, dahinfloss.

Ethan starrte den Berg hinauf und entdeckte die Fackeln, die sich zwischen den Bäumen hindurch nach oben bewegten.

Er wies Hecter und Maggie darauf hin und sagte: „Folgen Sie den Lichtern.“

„Bleiben Sie hier?“, fragte Hecter.

„Ich komme gleich nach.“

Das Kreischen der Abbys übertönte das Rauschen des Wasserfalls.

„Na los!“, forderte Ethan sie auf.

Hecter und Maggie liefen in den Wald.

Ethan legte eine neue Patrone ein und kletterte am Ufer einige Meter nach oben, sodass er sich in einer erhöhten Position vor dem Tunnelende befand. Langsam passten sich seine Augen an die Lichtverhältnisse an. Er konnte die Umrisse der Bäume und sogar den Wasserfall in der Ferne erkennen, dessen Wasser an der Stelle, an der es viele Meter weiter oben über einen Vorsprung rauschte, im Sternenlicht vor dem dunklen Himmel aufleuchtete.

Ethans Beine brannten von dem Sprint durch den Tunnel, und trotz der Kälte war sein Unterhemd schweißnass.

Ein Abby kam aus dem Tunnel gerannt und blieb im Flussbett stehen.

Er sah sich in seiner neuen Umgebung um.

Und entdeckte Ethan.

Dann mal los.

Der Kopf des Abbys zuckte zur Seite.

Als die Kugel den Abby traf, fiel er nach hinten in den Fluss.

Zwei weitere Abbys kamen aus dem Tunnel gestürmt.

Einer lief zu seinem toten Kameraden und stieß einen tiefen, durchdringenden Schrei aus.

Der andere lief direkt auf Ethan zu und rannte auf allen vieren über das felsige Flussufer.

Ethan legte eine neue Patrone ein und jagte sie dem Abby zwischen die Zähne. Als der fiel, war der andere direkt hinter ihm und zwei weitere kamen bereits aus dem Tunnel.

Ethan lud nach und feuerte.

Die anderen beiden kamen näher, und noch immer drangen Schreie aus dem Tunnel.

Ethan schaltete den ersten mit einem Schuss aus, verfehlte jedoch den Kopf des anderen.

Er lud nach.

Feuerte, als der Abby ihn schon fast erreicht hatte, und traf ihn direkt unter dem Hals.

Das Blut spritzte in Ethans Augen.

Er wischte sich gerade das Gesicht ab, als der nächste Abby aus dem Tunnel stürmte.

Ethan lud durch, zielte und drückte den Abzug.

Klick.

Scheiße.

Der Abby hörte das Geräusch.

Er stürzte sich auf Ethan.

Aber der schleuderte rechtzeitig die leere Schrotflinte beiseite, zog seine Desert Eagle und jagte dem Abby eine Kugel ins Herz.

Eine Rauchwolke stieg auf, Ethans Herz schlug wie wild, und noch immer drangen Schreie aus dem Tunnel.

Los, los, los!

Er holsterte die Pistole, hob die Schrotflinte auf und kletterte vom Fluss weg, um sich den Weg über Stein und Erde zu bahnen, bis er die Bäume erreichte. Der Schweiß brannte ihm in den Augen.

In der Ferne waren Lichter zu sehen.

Hinter ihm ertönten Schreie.

Er schlang sich die Schrotflinte über die Schulter und rannte los.

Nach einer Minute veränderte sich das Geräusch der Abbys.

Sie waren jetzt im Freien.

Und es waren viele.

Er sah sich nicht um.

Lief einfach weiter.

Kletterte weiter.

III

Adam Tobias Hassler

Hassler-Expedition
Im Nordwesten von Wyoming
Vor sechshundertachtundsiebzig Tagen

Farbenfrohe Algen umringen das Ufer, und Ströme aus mineralhaltigem Wasser schlagen Blasen, wo sie aus der geschmolzenen Unterwelt austreten. Der Geruch nach Schwefel und anderen Mineralien ist stark.

Hassler zieht sich im fallenden Schnee nackt aus und legt seine Kleidung und seine Ausrüstung unter den stinkenden Staubmantel. Dann huscht er durchs Gras, lässt sich in den Teich gleiten und stöhnte vor Wonne auf.

In der Mitte ist das Wasser tief, klar und himmelblau.

Er findet in der Nähe des Ufers eine Stelle, die gerade mal einen halben Meter tief ist, und streckt sich auf einem langen, glatten Stein aus, der leicht abschüssig ist.

Was für eine Wohltat!

Als wäre der Stein genau zu diesem Zweck geschaffen worden.

Er entspannt sich in dem warmen Wasser, während der Schnee um ihn herum zu Boden fällt, und schließt bei diesem kurzen Euphorieausbruch die Augen, da er endlich mal wieder daran erinnert wird, wie es ist, ein Mensch zu sein. In einer zivilisierten Welt voller Komfort und Annehmlichkeiten zu leben, in der man nicht in jedem Augenblick in Lebensgefahr geraten kann.

Aber das Wissen, wo er ist, wer er ist und warum er hier ist, kehrt stets schnell zurück. Eine angespannte Stimme – die ihm in den letzten achthundertirgendwas Tagen in der Wildnis am Leben gehalten hat – flüstert ihm zu, dass es dumm ist, anzuhalten und in diesem Teich zu baden. Egoistisch und tollkühn. Das hier ist kein Spa. Ein Rudel Abbys könnte jederzeit auftauchen.

Normalerweise ist er überaus wachsam, aber dieser Teich gleicht einem Geschenk, und er weiß, dass ihn die Erinnerung an dieses Bad in den kommenden Wochen besänftigen wird. Außerdem sind die Karte und sein Kompass bei einem Schneesturm ohnehin nutzlos. Er wird hier einfach sein Lager aufschlagen, bis sich das Wetter wieder gebessert hat.

Wieder schließt er die Augen und spürt, wie die Schneeflocken auf seine Wimpern fallen.

In der Ferne hört er ein Geräusch, das klingt, als würde Wasser aus dem Atemloch eines Wals rausgepustet – einer der kleineren Geysire ist ausgebrochen.

Er ist selber überrascht, dass er lächelt.

Diesen Ort hat er zum ersten Mal auf verblassten Farbfotos in der Encyclopedia Britannica *im Keller seiner Eltern gesehen, auf denen eine Menschenmenge in den 1960er Jahren von einem Steg aus zusah, wie „Old Faithful" kochendes Wasser in die Luft spie.*

Seit er ein kleiner Junge war, träumte er davon, einmal hierher zu kommen. Aber er hätte sich nie vorstellen können, dass sein erster Besuch in Yellowstone unter diesen Umständen stattfinden würde.

Zweitausend Jahre später, wenn die ganze Welt vor die Hunde gegangen war.

Hassler nimmt eine Handvoll Kieselsteine und reibt sich den Dreck und den Schmutz von der Haut, die seine Haut wie eine Rüstung bedecken. In der Mitte des Teichs, wo ihm das Wasser bis über den Kopf geht, taucht er ganz unter.

Er wäscht sich zum ersten Mal seit Monaten, und danach steigt er aus dem Wasser und setzt sich auf das gefrorene Gras, um sich abzukühlen.

Von seinen Schultern steigt Dampf auf.

Die Hitze hat ihn ein wenig benommen gemacht.

Auf der anderen Seite der Lichtung stehen Nadelbäume wie geisterhafte Kreaturen, die durch den Dampf und den Schnee kaum zu erkennen sind.

Und dann …

Beginnt etwas, das er als Busch eingestuft hat, zu kriechen.

Hasslers Herz bleibt beinahe stehen.

Er richtet sich auf und kneift die Augen zu.

Zwar kann er nicht genau bestimmen, wie weit es entfernt ist, aber es können keine hundert Meter sein. Man könnte es aus dieser Entfernung glatt für einen Menschen halten, der sich auf allen vieren vorwärts bewegt, allerdings gibt es auf der Welt keine Menschen mehr. Zumindest nicht außerhalb des elektrischen, mit Stacheldraht gesicherten Zauns, der die Stadt Wayward Pines umgibt.

Okay, eigentlich gibt es doch einen.

Ihn.

Die Gestalt kommt näher.

Nein.

Was ja klar.

Die Gestalten.

Es sind drei.

Du Idiot.

Er ist nackt, und sein bestes Mittel zur Verteidigung, seine 357er, steckt in der Tasche seines Staubmantels, der auf der anderen Seite des Teichs liegt.

Aber nicht einmal seine Smith and Wesson kann in einem Schneesturm etwas gegen drei Abbys auf kurze Entfernung ausrichten. Wenn er vorbereitet gewesen wäre, dann hätte er sie schon früher entdeckt und vielleicht einen oder zwei mit seiner Winchester ausschalten können, um dem letzten dann mit einer Kugel aus dem Revolver den Garaus zu machen.

Doch diese Überlegungen sind sinnlos.

Sie kommen auf den Teich zu.

Hassler gleitet geräuschlos zurück ins Wasser, bis es ihm bis zum Hals steht. Er kann sie durch den Dampf kaum noch sehen und betet, dass es ihnen umgekehrt genauso geht.

Als die Abbys näherkommen, taucht Hassler bis zu den Augen unter.

Es sind ein ausgewachsenes Weibchen und zwei schlaksigere Heranwachsende, die beide um die zwanzig Jahre alt sein müssen – und somit ebenso tödlich sind. Er hat schon kleinere gesehen, die einen riesigen Bison erlegt haben.

Das Weibchen ist so groß wie die beiden anderen zusammen.

Aus knapp zwanzig Metern Entfernung beobachtet Hassler, wie die Mutter an dem Haufen aus seiner Kleidung und seiner Ausrüstung stehen bleibt.

Sie schnüffelt am Staubmantel.

Die jüngeren Abbys gesellen sich zu ihr und schnüffeln ebenfalls.

Hassler steigt einige Zentimeter höher, bis sich seine Nase direkt über der Wasseroberfläche befindet.

Er holt lange und tief Luft und geht dann unter, wobei er so viel Luft aus seiner Lunge ausstößt, dass sein Körper auf den Boden des Teichs sinkt.

Kurz darauf setzt er sich auf den Felsboden.

Aus dünnen Rissen im Stein dringen Ströme aus kochend heißem Wasser unter seinen Beinen hervor.

Er schließt die Augen, und als der Druck und das Brennen in seiner Lunge stärker werden, manifestiert sich der Sauerstoffmangel als grelle Explosionen vor seinen Augen.

Er bohrt die Fingernägel in die Beine.

Die Gier nach Luft wird immer schlimmer.

Sie ist alles verzehrend.

Als er es nicht mehr aushalten kann, steigt er langsam nach oben und holt Luft.

Die Abbys sind verschwunden.

Vorsichtig dreht er sich im Wasser um, Zentimeter für Zentimeter …

Und erstarrt.

Der Drang, zurückzuzucken, ist fast schon übermächtig.

In drei Metern Entfernung hockt einer der jungen Abbys neben dem Ufer am Boden.

Reglos.

Er hat den Kopf leicht auf die Seite gelegt.

Wirkt fasziniert.

Sieht er sein Spiegelbild an?

Hassler hat schon viele dieser Monster gesehen, aber meist durch das Zielfernrohr seines Gewehrs. Aus der Entfernung.

So dicht ist er keinem Abby je gewesen, ohne entdeckt zu werden.

Er kann den Blick nicht von seinem Herzen abwenden: dem schlagenden Muskel, der durch die durchsichtige Haut zu erkennen ist und das Blut durch die Arterien pumpt – lilafarbene Röhren, die sich durch den ganzen Köper ziehen. All das sieht verschwommen und verzerrt aus, als würde man es durch Quarz hindurch betrachten.

Der Abby hat kleine Augen, die Hassler an schwarze Diamanten erinnern. Sie wirken hart und fremdartig.

Aber seltsamerweise ist es nicht das schaurige Erscheinungsbild, das ihm so zu schaffen macht.

Die Klauen mit den fünf Krallen, die Reihen rasiermesserscharfer Zähne und die unfassbare Körperkraft können seine menschliche Herkunft nicht verbergen. Diese Wesen sind eine Weiterentwicklung von uns, und jetzt gehört ihnen diese Welt. David Pilcher, Hasslers Boss und der Erschaffer von Wayward Pines, schätzt, dass es allein auf diesem Kontinent etwa eine halbe Milliarde Abbys gab.

Der Dampf ist dicht, aber Hassler wagt es nicht, wieder unterzutauchen.

Er bewegt sich nicht.

Und der Abby betrachtet weiterhin sein Spiegelbild.

Entweder entdeckt er Hassler gleich, was seinen Tod bedeuten würde, oder …

In der Ferne kreischt die Mutter.

Der junge Abby hebt den Kopf.

Die Mutter schreit erneut, und nun klingt ihre Stimme irgendwie bedrohlich.

Der Abby flitzt davon.

Hassler lauscht, während sich die drei vom Teich entfernen, und als er es nach einiger Zeit wagt, sich vorsichtig zu bewegen und schnell den Kopf zu drehen, sind sie im Schneesturm verschwunden.

Hassler wartet, dass der Schnee nachlässt, aber das passiert nicht. Irgendwann steigt er aus dem Teich und wischt den Schnee von seiner Kleidung, der sich acht Zentimeter hoch aufgetürmt hat. Er trocknet seine Füße ab und zieht seine Stiefel wieder an.

Dann legt er den Staubmantel auf die nasse Seite, nimmt den Rest seiner Ausrüstung und läuft über die Lichtung zu einem Pinienhain. Geduckt unter dem Dach einiger tief hängender Äste, die den Boden vor dem Schnee schützen, lässt er alles fallen und öffnet zitternd seinen Rucksack. Die trockene Clematis liegt obendrauf, und darunter hat er etwas trockenes Feuerholz gestapelt, das er an diesem Morgen gesammelt hatte.

Die Flechte fängt beim dritten Funken Feuer.

Als der Ast zu knistern beginnt, bricht Hassler mehrere große Äste ab, die in Reichweite hängen, und zerkleinert sie über dem Knie.

Das Feuer lodert auf.

Die Kälte verschwindet.

Er steht nackt in der Wärme der Flammen.

Kurz darauf hat er sich angezogen, lehnt sich mit dem Rücken an einen Baumstamm und streckt die Hände zum Feuer aus.

Rings um seinen wettergeschützten Unterschlupf fällt weiterhin Schnee auf die Lichtung.

Die Nacht bricht an.

Ihm ist warm.

Er sitzt im Trockenen.

Und für den Moment …

Ist er nicht tot.

Alles in allem ist das so gut wie alles, was sich ein Mann in dieser beschissenen neuen Welt nach einem langen, kalten Tag erhoffen kann.

Als er das nächste Mal die Augen aufschlägt, ist der Himmel über den Ästen tiefblau und die Lichtung liegt unter dreißig Zentimeter hohem funkelnd weißem Schnee.

Das Feuer ist schon vor Stunden ausgegangen.

Die Setzlinge auf der Lichtung biegen sich unter dem Gewicht des Schnees durch und sehen aus wie kleine Bögen.

Nach dem Bad in den heißen Quellen fühlt sich Hassler zum ersten Mal seit Monaten nicht steif, als er aufsteht.

Er hat Durst, aber sein Wasser ist über Nacht gefroren.

Er isst gerade so viel Dörrfleisch, dass sein größter Hunger, den er morgens beim Aufwachen immer spürt, gestillt ist.

Dann hebt er sein Gewehr hoch und hält durch das Zielfernrohr Ausschau nach Bewegungen auf der Lichtung.

Es ist gute fünf bis zehn Grad kälter als am Vortag – er schätzt, dass es etwa minus siebzehn Grad sein müssen. Von den heißen Quellen steigen ständig Dampfwolken auf.

Ansonsten bewegt sich in der Winterlandschaft nichts.

Er holt seinen Kompass und die kleine Karte aus der Tasche und setzt seinen schweren Rucksack auf.

Dann kriecht Hassler unter den Zweigen hervor und geht über die Lichtung.

Es ist kalt und lautlos, und die Sonne geht gerade auf.

In der Mitte der Lichtung bleibt er stehen und sieht noch einmal durch das Zielfernrohr seiner Winchester in alle Richtungen.

Zumindest in diesem Augenblick gehört die Welt ihm allein.

Als die Sonne höher steigt, wird die Reflexion des Schnees immer intensiver und schmerzt in seinen Augen. Er würde ja anhalten und seine Sonnenbrille herausholen, aber der Wald, in dem es wieder angenehm dunkel sein wird, ist nicht mehr weit.

Nichts als Pinien weit und breit.

Sechzig Meter hohe Riesen mit geraden, dünnen Baumstämmen und schmalen Kronen.

Es ist viel gefährlicher, sich durch den Wald fortzubewegen, daher zieht Hassler am Waldrand seine 357er aus der Tasche und überprüft, ob sie geladen ist.

Die Sonne scheint immer wieder grell durch die Bäume.

Hassler erklimmt eine Anhöhe.

Vor ihm breitet sich ein See aus, der wie ein Juwel in der Sonne glänzt. In Ufernähe ist das Wasser gefroren, aber in der Mitte hat sich noch kein Eis gebildet. Er setzt sich auf einen ausgebleichten Baumstumpf und hebt den Schaft des Gewehrs an die Schulter.

Der See ist riesig. Hassler sieht durch das Zielfernrohr am Ufer entlang. In der Richtung, in der er weitergehen will, ist nichts zu erkennen außer dem unangetasteten, glänzend weißen Schnee.

Auf der anderen Seite des Sees, die mehrere Kilometer entfernt sei muss, entdeckt er einen Abby-Bullen in einem blutigen Schneefeld. Der Bulle hat einen gewaltigen Grizzlybären gerissen und zerrt ihm gerade die Eingeweide aus dem Leib.

Hassler geht langsam den sanften Abhang auf der anderen Seite hinunter.

Am Ufer sieht er noch einmal auf die Karte.

Der Wald reicht dicht bis ans Wasser heran. Er geht an der Westseite des Sees entlang, wobei er sich immer zwischen dem Ufer und den Bäumen hält.

Der Weg durch den Schnee hat ihn erschöpft.

Hassler nimmt das Gewehr von der Schulter und setzt sich in der Nähe des Ufers auf den Boden. Gar nicht weit entfernt entdeckt er eine Stelle, an der das Eis nicht so dick zu sein scheint. Es sieht eher aus wie eine dünne Kruste, die über Nacht festgefroren ist. Es hat in diesem Jahr früh geschneit. Sehr früh. Seiner Meinung nach kann es gerade mal Juli sein.

Wieder sieht er sich mithilfe des Zielfernrohrs um.

Er schaut zum Wald hinter sich.

Dort ist keine Bewegung zu erkennen mit Ausnahme des Abbys auf der anderen Seite des Sees, der jetzt seinen kompletten Kopf im Bauch des Grizzlys vergraben hat und sich den Magen vollschlägt.

Hassler lehnt sich an seinen Rucksack und holt die Karte aus der Tasche.

Es weht kein Wind, und die Sonne steht direkt über ihm und wärmt ihn bis auf die Knochen.

Er liebt diese Vormittage – das ist ihm eindeutig die liebste Zeit des Tages. Für ihn hat es etwas Hoffnungsvolles, beim ersten Tageslicht aufzuwachen und noch nicht zu wissen, was der Tag bringen wird. Emotional fallen ihm die Nachmittage am schwersten, wenn das Licht zu schwinden beginnt und ihm klar wird, dass er wieder eine Nacht im Freien verbringen wird, alleine in der Dunkelheit und immer mit der Angst, einen schrecklichen Tod zu erleiden.

Aber zumindest in diesem Augenblick scheint ihm die nächste Nacht noch sehr fern zu sein.

Wieder einmal wandern seine Gedanken in Richtung Norden.

Nach Wayward Pines.

Zu dem Tag, an dem er den Zaun erreichen und in die Sicherheit zurückkehren wird.

In dieses kleine viktorianische Haus an der Sixth Street.

Und zu der Frau, die er so sehr liebt, dass er es selbst kaum fassen kann. Nur für sie hat er im Jahr 2013 sein Leben bereitwillig aufgegeben, um sich für zweitausend Jahre in die suspensierte Animation zu begeben, ohne zu wissen, in was für einer Welt er wieder erwachen würde. Aber allein der Gedanke, dass Theresa Burke darin leben würde und ihr Mann Ethan seit Langem tot war, hatte ausgereicht, damit er alles riskierte.

Er vergleicht die Karte mit dem Kompass.

Das wohl Auffälligste in dieser Region ist ein dreitausend Meter hoher Berggipfel, der früher einmal Mount Sheridan genannt wurde. Die obersten dreihundert Meter des Berges sind nicht mit Bäumen bewachsen und zeichnen sich grellweiß vor dem lilafarbenen Himmel ab. Auf dem Gipfel ist es sehr windig, und der Schnee wird umhergeweht.

Unter optimalen Bedingungen könnte er den Berg in einer Stunde erreichen.

In zwei oder drei Stunden bei etwa dreißig Zentimeter hohem frisch gefallenem Schnee.

Aber vorerst zeigt er ihm einfach nur an, wo Norden ist.

Die Richtung, in der sein Zuhause liegt.

Die Richardsons

Bob stieg aus dem Wagen aus und schloss leise die Tür.

Im Wald war alles ruhig, und die Schreie aus der Stadt hallten nur leise herüber.

Er ging einige Meter vom Wagen weg und versuchte nachzudenken.

Es war die richtige Entscheidung gewesen, die Stadt zu verlassen. Noch waren sie am Leben.

Die Autoscheinwerfer wurden ausgeschaltet.

Jetzt stand er im Dunkeln da.

Er setzte sich auf die Straße und ließ den Kopf zwischen den Knien hängen. Dann weinte er leise. Nach einer Minute wurde die Wagentür hinter ihm geöffnet und die Innenbeleuchtung erhellte die Umgebung.

Seine Wayward-Pines-Frau kam zu ihm herüber.

„Gib mir einen Moment“, sagte Bob.

„Weinst du?“

„Nein.“ Er wischte sich über die Augen.

„Oh mein Gott, du weinst.“

„Lass mich bitte in Ruhe.“

„Warum weinst du?“

Er deutete in Richtung Stadt. „Reicht das hier nicht?“

Sie setzte sich neben ihn.

„Du hattest früher jemanden, nicht wahr?“, fragte sie. „Vor Wayward Pines, meine ich.“

Er antwortete nicht.

„Deine Frau?“

„Sein Name …“

„Sein Name?“

„… war Paul.“

Sie saßen einfach nur nebeneinander auf der Straße.

Und atmeten.

Schließlich meinte Barbara: „Das muss furchtbar für dich gewesen sein."

„Ich könnte mir denken, dass es für dich auch nicht gerade einfach gewesen ist."

„Du hast mir nie den Eindruck gegeben, dass du wirklich …"

„Tut mir leid."

„Mir auch."

„Wieso ist das auch nur ansatzweise deine Schuld? Das alles war nicht unsere Entscheidung, Barbara. Du warst noch nie zuvor verheiratet, nicht wahr?"

„Du warst der Erste. In mehr als einer Hinsicht."

„Großer Gott, das tut mir so leid."

„Wieso ist das auch nur ansatzweise deine Schuld?" Barbara lachte. „Die fünfzigjährige Jungfrau …"

„Und Königin."

„Das klingt nach dem Titel eines schlechten Films."

„Nicht wahr?"

„Wie lange warst du mit Paul …?"

„Sechzehn Jahre. Ich kann es einfach nicht fassen, dass er tot ist, verstehst du? Dass er schon seit zweitausend Jahren tot ist. Ich habe immer geglaubt, wir würden irgendwann wieder zusammen sein."

„Vielleicht wirst du das ja noch."

„Es ist sehr nett von dir, so etwas zu sagen."

Sie nahm seine Hand. „Du warst in den letzten fünf Jahren alles, was ich hatte, Bob. Du hast mich immer gut und respektvoll behandelt."

„Ich finde, wir haben dafür gesorgt, dass unsere Ehe so gut lief, wie es nur möglich war."

„Und wir haben verdammt gute Muffins gebacken."

Irgendwo in der Ferne hallten Schüsse durch das Tal.

„Ich will hier heute Nacht nicht sterben, Schatz“, sagte sie.

Er drückte ihre Hand. „Das werde ich auch nicht zulassen.“

Belinda Moran

Die alte Frau saß in ihrem Lederfernsehsessel, hatte die Fußlehne hochgeklappt und ein Tablett auf dem Schoß. Im Kerzenschein drehte sie die Karten um und war mitten bei einem Solitärspiel.

Nebenan wurden ihre Nachbarn ermordet.

Sie summte leise vor sich hin.

Da war der Pikbube.

Sie legte ihn unter die Herzdame in die mittlere Reihe.

Danach eine Karosechs.

Sie kam unter die Piksieben.

Etwas fiel gegen ihre Haustür.

Sie drehte weiterhin die Karten um.

Legte sie an die richtige Stelle.

Noch zwei Schläge.

Die Tür wurde aufgerissen.

Sie blickte auf.

Das Monster kroch hinein, und als es sie auf ihrem Sessel sitzen sah, knurrte es.

„Ich wusste, dass du kommst“, meinte sie. „Aber ich hätte nicht gedacht, dass es so lange dauern würde.“

Eine Kreuzzehn. Hmm. Dafür war noch kein Platz. Die Karte kam zurück in den Stapel.

Das Monster kam näher. Sie starrte in seine kleinen, schwarzen Augen.

„Weißt du nicht, dass es unhöflich ist, ungebeten das Haus eines Fremden zu betreten?“, frage sie.

Die Stimme ließ das Monster verharren. Es legte den Kopf schief.

Blut – das zweifellos von ihren Nachbarn stammte, tropfte von seiner Brust auf den Boden.

Belinda legte die nächste Karte aus.

„Das ist leider ein Spiel für einen Spieler“, erklärte sie, „und ich kann dir auch keinen Tee anbieten.“

Das Monster riss das Maul auf und stieß ein kehliges Geräusch aus, das wir das Kreischen eines schrecklichen Vogels klang.

„Das ist jetzt aber nicht dein Ernst“, fauchte Belinda.

Der Abby machte ein paar Schritte nach hinten.

Belinda legte die letzte Karte ab.

„Ha!“ Sie klatschte in die Hände. „Ich habe gewonnen.“

Sie sammelte die Karten wieder ein, teilte den Stapel und mischte ihn.

„Ich könnte den ganzen Tag Solitär spielen“, sagte sie. „Ich habe im Laufe meines Lebens festgestellt, dass ich meine eigene Gesellschaft am besten ertrage.“

Das Monster knurrte.

„Hör gefällst auf damit!“, schrie sie. „So lasse ich in meinem eigenen Haus nicht mit mir reden!“

Daraufhin wurde das Knurren fast schon zu einem Schnurren.

„Das ist schon besser“, meinte Belinda und begann ein neues Spiel. „Entschuldige, dass ich dich angeschrien habe. Manchmal geht mein Temperament mit mir durch.“

Ethan

Das Licht in der Ferne kam näher, aber in seiner unmittelbaren Umgebung konnte er noch immer nichts erkennen.

Immer wieder stolperte er und riss sich die Hände auf, als er in der Dunkelheit nach den Ästen griff.

Und die ganze Zeit fragte er sich: „Können die Abbys uns aufspüren? Riechen sie uns? Sind es Geräusche? Sehen sie uns? Oder ist es die Kombination aus allem?"

Die Fackeln waren ganz in der Nähe.

Er konnte seine Gruppe in ihrem Schein erkennen.

Ethan kam am Fuße der Klippe aus dem Wald.

Es hatte sich bereits eine Menschenkette gebildet, die sich wie eine Ameisenstraße den Berg hinaufzog, und das Leuchten der Fackeln über ihnen erinnerte ihn an eine Lichterkette.

Ethan war diesen Weg erst einmal hinaufgegangen, als er die Wanderer, Kates und Harolds geheime Gruppe, infiltriert hatte.

Man hatte Stahlkabel an der Felswand angebracht sowie Einkerbungen und Vertiefungen in den Stein gehauen, an denen man mit den Händen und Füßen Halt finden konnte, wenn man den steilen gewundenen Weg nach oben nahm.

Ein Dutzend Menschen standen unten an der Klippe und wartete darauf, dass sie an die Reihe kamen und nach oben klettern konnten. Ethan hielt Ausschau nach seiner Familie, konnte sie aber nirgendwo entdecken.

Hecter kam zu ihm herüber. „Das ist keine gute Idee", meinte er, „dass wir Kinder in der Dunkelheit da hochschicken."

Ethan dachte an Ben, verdrängte diesen Gedanken jedoch schnell wieder.

„Wie viele Abbys kommen da?", erkundigte sich Hecter.

„Mehr, als wir abwehren können."

Unten am Berghang konnte man Äste knacken hören.

Ethan hatte noch eine Tasche voll zwölfkalibriger Munition, die er nun ins Magazin schob, während er den Waldrand im Auge behielt.

Als er die letzte Patrone geladen hatte, richtete er die Schrotflinte in Richtung Wald.

„Noch nicht. Gebt uns noch etwas Zeit", dachte er.

Hecter tippte Ethan auf die Schulter. „Wir sind dran."

Sie gingen zur Felswand und griffen nach dem eiskalten Kabel.

Als Ethan an der dritten Kurve ankam, waren aus dem Wald unter ihm unzählige Schreie zu hören.

Ein Jaulen hallte zu ihnen hinauf.

Die nächste Fackel befand sich etwa sechs Meter weiter oben, aber es standen so viele Sterne am Himmel, dass es hell genug zum Klettern war.

Ethan blickte von der Klippe nach unten, als der erste Abby zwischen den Bäumen hervorkam.

Ein weiterer tauchte auf.

Dann noch einer.

Dann noch fünf.

Und noch zehn.

Schon bald standen dreißig Abbys unten am Berg.

Er kletterte weiter und versuchte, sich darauf konzentrieren, das Kabel festzuhalten und einen sicheren Stand zu finden, aber jedes Mal, wenn er nach unten sah, standen da noch mehr Abbys als zuvor.

Der Anstieg führte nun fast vertikal nach oben.

Er fragte sich, wie es Theresa und Ben erging.

Waren sie inzwischen in der Sicherheit der Höhle der Wanderer angekommen?

Von weiter oben hallte ein Schrei durch die Dunkelheit.

Er kam näher und immer näher …

Er wurde lauter, bis er direkt über ihm war.

Ethan hob den Kopf, als ein Mann mit wedelnden Armen und panisch aufgerissenen Augen an ihm vorbeiflog.

Er verfehlte Ethan nur um wenige Zentimeter und stieß einige Meter weiter unten mit dem Kopf gegen den Felsen, woraufhin er die letzten Meter in Richtung Boden schweigend zurücklegte.

Großer Gott.

Ethans Beine wurden butterweich.

Er bekam einen Krampf im linken Fuß.

Sofort lehnte er sich an den Stein und umklammerte einen Vorsprung. Er schloss die Augen und ließ zu, dass die Panik durch ihn hindurchflutete und abebbte.

Die Schrecksekunde verstrich.

Ethan ging weiter und schleppte sich Schritt für Schritt an dem verrosteten Kabel entlang, während die Abbys den Mann auseinanderrissen, der den Halt verloren hatte und abgestürzt war.

Ethan erreichte die Planke, über die man auf die andere Seite gelangte.

Sie war gerade mal fünfzehn Zentimeter breit und führte über einen gähnenden Abgrund.

Hecter war bereits halb auf der anderen Seite.

Ethan folgte ihm.

Der Wald lag neunzig Meter unter ihm.

Wayward Pines befand sich irgendwo da unten. In der Stadt war es noch immer dunkel, und es hallten Schreie aus der Ferne zu ihnen herüber.

Dann sah Ethan auf dem Felsen unter sich auf einmal eine Bewegung.

Weiße Gestalten kletterten auf ihn zu.

„Sie sind auf dem Berg!“, rief er Hecter zu.

Hecter sah nach unten.

Die Abbys kletterten schnell und furchtlos, als bestünde nicht die geringste Gefahr, abzustürzen.

Ethan blieb stehen und hielt sich mit einer Hand am Kabel fest, während er mit der anderen versuchte, sein Mossberg festzuhalten.

Aber das klappte nicht.

„Kommen Sie her!", rief er Hecter zu.

Hecter drehte sich unbeholfen auf der schmalen Planke um und ging zurück zu Ethan.

„Sie müssen mich am Gürtel festhalten", forderte Ethan ihn auf.

„Warum?"

„Hier ist nicht genug Platz, damit ich sicher stehen und zielen kann."

„Ich kann Ihnen nicht folgen."

„Halten Sie sich mit einer Hand am Kabel fest und nehmen Sie meinen Gürtel in die andere. Ich werde mich über den Rand lehnen, damit ich ein klares Schussfeld habe."

Hecter kam näher an Ethan heran und griff nach seinem Gürtel.

„Die Schnalle hält das doch aus, oder?", fragte er.

„Die ist robust. Haben Sie mich?"

„Ich hab Sie."

Dennoch dauerte es drei Sekunden, bis Ethan den Mut gefasst hatte, seinen Plan umzusetzen.

Er ließ das Kabel los und nahm den Riemen der Schrotflinte von der Schulter. Dann sah er durch das leuchtende Zielfernrohr am Felsen nach unten.

Zehn Abbys kletterten dicht nebeneinander nach oben. Er versuchte, sich zu konzentrieren und die Angst aus seinen Gedanken zu verbannen, aber er sah immer wieder den abgestürzten Mann vor sich, dessen Schädel vom Felsen gespaltet worden war.

Hörte den Schrei.

Die darauffolgende Stille.

Ethan drehte sich der Magen um. Die Welt schien auf einmal gleichzeitig auf ihn einzustürmen und in weite Ferne zu rücken.

Reiß dich zusammen.

Er zielte auf den vordersten Abby.

Der Rückstoß drückte ihn gegen die Felswand, und der Knall hallte durch das Tal, wurde von der westlichen Klippe reflektiert und kam wieder zurück.

Das Geschoss traf den Abby.

Der ließ mit einem spitzen Schrei los und fiel den Berg hinunter, traf dabei noch vier weitere Abbys und riss sie wie Kegel mit in die Tiefe.

Die anderen hielten sich fest.

Sie waren nur noch zwanzig Meter von der Planke entfernt.

Ethan beugte sich noch einmal vor, hörte Hecter stöhnen und sah vor seinem inneren Auge, wie sich das Kabel in Hecters Finger drückte.

Die restlichen Abbys hatten aus dem Vorfall gelernt und sich verteilt.

Ethan ließ sich beim Schießen Zeit und holte sie von links nach rechts aus der Steilwand.

Keiner seiner Schüsse ging daneben.

Er sah mit an, wie sie zu Boden stürzten und dabei noch einige andere mitrissen, die gerade erst zu klettern begonnen hatten.

Jetzt hatte er keine Munition mehr.

„Okay", meinte Ethan.

Hecter zog ihn wieder auf die Planke, und sie hasteten weiter und am anderen Ende um die Ecke.

Dann liefen sie über den immer breiter werdenden Sims in den Berg hinein.

Ethan konnte in dem Durchgang so gut wie nichts sehen, und die Tür zur Höhle vor ihnen war verschlossen.

Er hämmerte gegen das Holz.

„Hier sind noch zwei! Macht die Tür auf!"

Der Bolzen auf der anderen Seite wurde zurückgezogen, und die Scharniere quietschten, als die Tür geöffnet wurde.

Bei seinem ersten Besuch war ihm die Tür gar nicht aufgefallen, und jetzt nahm er sie genau unter die Lupe. Sie war aus Pinienholz gebaut worden, das man horizontal aneinandergelegt und mit einem auf Erde basierenden Mörtel verleimt hatte.

Er folgte Hecter in die Höhle.

Kate schloss hinter ihm die Tür und schob eine schwere Stahlstange davor.

„Meine Familie …", begann Ethan.

„Sie sind hier. Sie sind in Sicherheit."

Er sah sie neben der Bühne stehen und signalisierte ihnen, dass er sie liebte.

Dann sah sich Ethan in der mehrere hundert Quadratmeter großen Höhle um. Sie wurde mit Kerosinlampen beleuchtet, die an Drähten von der Steindecke hingen.

Zusammengewürfelte Möbelstücke.

Eine Bar auf der linken Seite.

Die Bühne rechts.

Beide sahen wacklig aus, als wären sie aus Holzresten zusammengezimmert worden. In dem großen Kamin im hinteren Teil machte jemand gerade Feuer.

Ethan hatte den Eindruck, dass etwa einhundert Menschen hier waren, die sich alle um die Fackeln scharten, während ihre Augen im Licht des Feuers funkelten.

„Wo sind die anderen Gruppen?", erkundigte sich Ethan.

Kate schüttelte den Kopf.

„Nur wir sind angekommen?"

Als ihr die Tränen in die Augen stiegen, nahm er sie in die Arme. „Wir werden Harold finden", versicherte ihr Ethan. „Das verspreche ich dir."

Die Schreie der Abbys hallten durch den Gang auf der anderen Seite der Tür.

„Wo ist unsere Armee?“, wollte Ethan wissen.

„Hier.“

Er sah das halbe Dutzend völlig verängstigter Menschen an, die eigentlich überhaupt keine Waffe in der Hand halten sollten.

Der Inbegriff eines bunt zusammengewürfelten Haufens.

Erneut untersuchte Ethan die Tür. Der Bolzen war ein langes, solides Metallstück und etwa eineinhalb Zentimeter dick. Er reichte ganz über die einen Meter fünfzig breite Tür, die perfekt in den Bogen eingelassen war. Der Türrahmen wirkte robust.

„Wir könnten uns auch einfach vor die Tür stellen und alles abschießen, was in den Gang kommt“, schlug Kate vor.

„Das gefällt mir nicht. Wer weiß, wie viele da kommen, und nichts für ungut“, Ethan sah in die eingeschüchterten Gesichter um ihn herum, „aber wie viele von Ihnen können unter Druck noch präzise schießen? Diese Kreaturen lassen sich nicht so leicht ausschalten. Jeder, der eine 357er in der Hand hatte, sollte am besten auf den Kopf zielen. Nein, wir bleiben hier drin und beten, dass die Tür hält.“

Ethan drehte sich um und wandte sich an den Rest der Gruppe. „Ich möchte, dass Sie alle bis zur Rückwand gehen. Wir sind noch nicht in Sicherheit. Und sein Sie bitte leise.“

Sofort strömten die Menschen von der Bühne und der Bar weg und versammelten sich in der Nähe der Sofas, die an der hinteren Höhlenwand standen.

„Wir bleiben hier vorne, direkt vor der Tür“, sagte Ethan zu Kate. „Alles, was hier durchkommen will, stirbt. Wer hat den Beutel mit der Munition?“

Ein junger Mann, der in der Molkerei arbeitete, meldete sich. „Den habe ich.“

Ethan nahm ihm den Beutel ab und stellte ihn auf den Boden. Dann kniete er sich davor. „Könnte mir jemand Licht machen, bitte?"

Maggie hielt ihm ihre Fackel über den Kopf.

Er sah die Munition durch, nahm eine Schachtel mit Winchesterpatronen für sich heraus und reichte allen anderen dann ebenfalls die benötigten Patronen.

Als Ethan sich sechs Meter von der Pinienholztür aufstellte und die Mossberg lud, breitete sich eine beunruhigte Stille in der Höhle aus.

Maggie und ein anderer Mann stellten sich mit ihren Fackeln hinter die Schützen.

Kate hatte mit einer Schrotflinte neben Ethan Aufstellung genommen, und er konnte hören, dass es ihr schwerfiel, die Fassung zu bewahren.

Dann auf einmal war Bewegung im Durchgang zu hören.

Kate schnappte nach Luft und riss die Augen auf.

Ethan spürte, dass es zum Kampf kommen würde. Er warf einen Blick über die Schulter und hielt Ausschau nach seiner Familie, aber sie hatten sich mit den anderen in den Schatten zurückgezogen. Mit seinem eigenen Tod hatte er sich längst abgefunden, aber den Gedanken, dass ein Abby seinen einzigen Sohn aufschlitzen oder seine Frau ausweiden könnte, konnte er nicht ertragen. Wenn das geschehen sollte, war auch sein Leben zu Ende. Ob er den Kampf überlebte oder nicht, das würde ihm den Rest geben.

Wenn die Abbys durch diese Tür kamen und es mehr als zehn waren, würden alle, die sich in der Höhle befanden, einen schrecklichen Tod erleiden.

Er hatte mit einem Schrei gerechnet, hörte aber stattdessen das Geräusch von Krallen, die über den Steinboden des Durchgangs schabten.

Etwas kratzte an der anderen Seite der Tür und scharrte dann am Metallgriff herum.

IV

Pilcher

Die Stadt Wayward Pines war völlig zerstört, Gebäude lagen auf dem Kopf, Autos in der Gegend herum und Straßen waren zerbrochen. Selbst das Krankenhaus war ruiniert, da die oberen drei Stockwerke weggefegt worden waren. Ethans Haus hatte es am schlimmsten erwischt: Es war zertrümmert, die Espen im Garten waren in der Mitte durchgebrochen und durch die Fenster gestürzt.

Diese Miniaturversion von Wayward Pines hatte David Pilcher 2010 in Auftrag gegeben. Er hatte keine Kosten und Mühen gescheut, sondern ein sehr detailgetreues Modell verlangt, das letzten Endes fünfunddreißigtausend Dollar gekostet hatte. Seit zweitausend Jahren hatte es als das Herzstück seines Büros unter Glas gestanden, um nicht nur der Stadt, sondern auch seinen grenzenlosen Ambitionen Anerkennung zu zollen.

Es hatte fünfzehn Sekunden gedauert, es zu zerstören.

Jetzt saß er auf einem Ledersofa und sah auf der Monitorwand mit an, wie die echte Stadt ebenso zerstört wurde.

Er hatte die Stromversorgung für das ganze Tal unterbrochen, aber die Überwachungskameras liefen mit Batterien und verfügten über einen Nachtsichtmodus. Auf den Bildschirmen sah er, was die Kameras einfingen, und die befanden sich in jedem Zimmer jedes Hauses. In jedem Geschäft. In den Büschen. Verborgen in Straßenlaternen. Sie wurden von den Mikrochips aktiviert, die jedem Einwohner von Wayward Pines implantiert worden waren, und in dieser Nacht geschah das ohne Unterlass.

Fast jeder Monitor leuchtete auf.

Auf einem Bildschirm: ein Abby, der eine Frau eine Treppe hinaufjagt.

Auf einem anderen: drei Abbys, die einen Mann mitten in einer Küche in Stücke reißen.

Eine Menschenmenge, die mitten auf der Main Street um ihr Leben rennt und vor dem Süßwarengeschäft von den Abbys eingeholt wird.

Ein Abby, der Belinda Moran in ihrem Fernsehsessel auffrisst.

Familien, die durch Flure laufen.

Eltern, die versuchen, ihre Kinder vor einem schrecklichen Ende zu bewahren, das sie doch nicht aufhalten können.

So viele Darstellungen von Leid, Schrecken und Verzweiflung.

Pilcher trank einen Schluck aus einer Flasche Scotch aus dem Jahr 1925, die er gerade geöffnet hatte, und versuchte, sich darüber klar zu werden, was er von alldem hielt. Natürlich gab es längst einen Präzedenzfall. Wenn Gottes Kinder rebellierten, dann musste Gott sie bestrafen.

Eine sanfte Stimme, die er seit Langem zu ignorieren gelernt hatte, flüsterte durch den in seinem Kopf tobenden Wahnsinn hindurch: „Hältst du dich wirklich für ihren Gott?“

Sorgte Gott für seine Kinder?

Ja.

Beschützte er sie?

Ja,

Erschuf Gott?

Ja.

Schlussfolgerung?

Er war Gott.

Die Sinnsuche war einer der Eckpfeiler der menschlichen Existenz, und Pilcher hatte diese Sorge beseitigt. Er hatte den vierhunderteinundsechzig Seelen in diesem Tal eine Existenz verschafft, die sie sich nie hätten erträumen können. Er hatte ihnen ein Leben und einen Zweck gegeben, für Unterkunft und Komfort gesorgt. Sie waren allein aus dem Grund ausgewählt worden, weil sie die wichtigsten Mitglieder ihrer Spezies waren, seit der *Homo sapiens* vor zweihunderttausend Jahren in den Savannen Ostafrikas begonnen hatte, aufrecht zu gehen.

Und sie hatten sich diese Bestrafung selbst zuzuschreiben. Sie hatten alles wissen wollen, auch das, was sie nur schwer verkraften konnten. Und als sie von Ethan Burke mit der Wahrheit konfrontiert worden waren, hatten sie gegen ihren Schöpfer rebelliert.

Dennoch tat es ihm weh, ihren Tod auf den Monitoren mit anzusehen.

Er hatte ihr Leben geschätzt. Ohne Menschen war dieses Projekt bedeutungslos geworden.

Aber dennoch ... Scheiß auf sie. Sollten die Abbys sie doch alle haben.

Er hatte noch ein paar hundert weitere Menschen in der Suspension. Das wäre nicht das erste Mal, dass er von vorne anfangen musste, und seine Leute im Berg würden ihn bei allem unterstützen, ohne Fragen zu stellen, da sie ihm absolut treu ergeben waren. Sie waren seine Armee aus Engeln.

Pilcher stand auf und ging auf wackligen Beinen schwankend zu seinem Schreibtisch. In der Superstruktur wusste außer ihm niemand, was im Tal geschah. Er hatte Ted angewiesen, die genaue Überwachung in dieser Nacht auszusetzen. Die Enthüllung von dem, was er getan hatte, musste gut überlegt erfolgen.

Dann sackte Pilcher auf seinem Stuhl zusammen, nahm den Telefonhörer ab und rief den guten, alten Ted an.

Pam

Mitten in der Nacht erreichte sie den Zaun. Das Loch, das Ethan Burke in die Rückseite ihres linken Oberschenkels gebohrt hatte, schmerzte so sehr, dass ihr das ganze Bein und sogar der Oberkörper wehtaten. Der Sheriff hatte ihren Mikrochip herausgeschnitten und sie auf der anderen Seite des Zauns ausgesetzt, und bis zu diesem Augenblick hatte sie sich gefragt, warum er das getan hatte. Doch jetzt wurde diese Frage durch eine andere ersetzt, als sie zum Zaun hinaufstarrte. *Was zum Teufel?*

Der Zaun war lautlos.

Es strömte kein Strom hindurch.

Auch wenn es dämlich war, konnte sie einfach nicht widerstehen. Sie streckte die Hand aus und griff nach dem dicken Stahlkabel. Der Stacheldraht bohrte sich in ihre Handfläche, aber das war auch schon alles. Kein Stromstoß. Es hatte etwas seltsam Ungehorsames, fast schon Erotisches an sich, den Draht zu berühren.

Sie ließ ihn los und fühlte sich neu belebt und erregt.

Dann humpelte sie am Zaun entlang und fragte sich, ob Burke das getan hatte. Zwei Stunden zuvor war ein riesiges Rudel aus Abbys an ihr vorbeigelaufen. Sie hatte aus zwölf Metern Höhe von einer Pinie mit angesehen, wie sie in Richtung Norden auf Wayward Pines zurannten.

Es waren Aberhunderte gewesen.

Sie ging schneller und versuchte, das Brennen in ihrem Bein zu ignorieren.

Fünf Minuten später hatte sie es erreicht.

Das Tor stand offen.

Es war aufgeschlossen worden.

Sie sah zurück zu dem dunklen Wald, aus dem sie ebenso wie das Abby-Rudel gekommen war. Dann starrte sie wieder das offene Tor an.

War das möglich?

War das Rudel tatsächlich ins Tal vorgedrungen?

Pam lief durch das Tor. Es tat höllisch weh, aber sie wurde nicht langsamer, sondern hielt den Schmerz stöhnend aus.

Einige hundert Meter weiter hörte sie die Schreie. Sie konnte aus dieser Entfernung nicht erkennen, ob sie von einem Menschen oder einem Abby ausgestoßen wurden, aber es waren verdammt viele. Sie blieb stehen. Ihr Bein pochte. Sie hatte keine Waffe. Sie war verletzt. Und es war höchstwahrscheinlich, dass ein Rudel Abbys auf irgendeine Weise ins Tal eingedrungen war.

Sie war hin- und hergerissen. Der Teil ihrer Psyche, der für den Selbsterhalt zuständig war, flüsterte ihr zu, dass sie schnellstmöglich zur Superstruktur laufen sollte. Sich in Sicherheit bringen. Neue Kraft schöpfen. Sich von Dr. Miter zusammenflicken lassen. Aber der Teil von ihr, der jede Faser ihres Wesens bestimmte, hatte Angst. Nicht vor den Abbys. Vor keinem der Schrecken, die sie in einer von den Monstern überrannten Stadt erwarten würde. Sie hatte Angst, dass Ethan Burke bereits tot war, denn das war inakzeptabel. Nach allem, was er ihr angetan hatte, wollte sie nur noch eins: Sie wollte diesen Mann finden und in Stücke reißen.

Langsam und qualvoll.

Ted Upshaw

Er roch Alkohol, als er die Bürotür des alten Mannes öffnete.

Pilcher saß hinter seinem Schreibtisch, und als er Ted sah, grinste er etwas zu breit. Sein Gesicht war gerötet, und seine Augen waren glasig.

„Kommen Sie nur herein!"

Pilcher stand mühsam auf, als Ted die Tür hinter sich schloss.

Im Büro herrschte ein heilloses Chaos. Zwei Monitore waren zerstört, und die Miniaturversion von Wayward Pines, die der Architekt angefertigt hatte, war völlig zerstört. Die Glasscheibe, die die Modellstadt einst bedeckt hatte, lag zerbrochen auf dem Boden, und zwischen den Glasscherben waren zertrümmerte Häuser und Gebäude zu erkennen.

„Habe ich Sie geweckt?", fragte Pilcher.

Das hatte er nicht. Ted hätte in dieser Nacht selbst dann nicht schlafen können, wenn ihm jemand ein starkes Betäubungsmittel injiziert hätte. Aber er erwiderte: „Das ist schon okay."

„Ich möchte, dass wir uns wie alte Freunde zusammensetzen."

Pilchers Stimme klang so belegt und bedächtig, dass sich Ted fragte, wie betrunken er wirklich war.

Pilcher taumelte hinüber zu den Ledersofas. Als Ted ihm folgte, bemerkte er, dass die Monitore dort ebenfalls ausgeschaltet waren.

Sie setzten sich auf das kalte Leder und sahen zu den dunklen Monitoren hinüber.

Pilcher goss eine großzügige Menge Scotch aus einer teuer aussehenden Flasche, auf der „Macallan" stand, in zwei Kristallgläser und reichte Ted eines davon.

Sie stießen an.

Und tranken.

Das war der erste Alkohol, den Ted seit über zweitausend Jahren getrunken hatte. Als er nach dem Tod seiner Frau obdachlos und entschlossen gewesen war, sich zu Tode zu trinken, wäre ein alter Scotch wie dieser fast schon eine religiöse Erfahrung gewesen. Aber inzwischen hatte er den Geschmack daran verloren.

„Ich erinnere mich noch genau an den Tag, an dem wir uns das erste Mal begegnet sind", sagte Pilcher. „Sie standen in diesem Obdachlosenheim in der Schlange und wollten sich eine Suppe holen. Ihre Augen haben mich sofort gefesselt. Darin lag so viel Trauer."

„Sie haben mir das Leben gerettet."

Der alte Mann sah ihn an. „Vertrauen Sie mir noch, Ted?"

„Natürlich", log Ted.

„Natürlich. Sie haben die Überwachungszentrale ausgeschaltet, als ich Sie darum gebeten habe."

„Das ist korrekt."

„Sie haben mich nicht einmal nach dem Grund dafür gefragt."

„Nein."

„Weil Sie mir vertrauen."

Pilcher sah in sein Glas, in dem er die bernsteinfarbene Flüssigkeit herumwirbelte.

„Ich habe heute Nacht etwas getan, Ted."

Ted sah zu den dunklen Bildschirmen hinauf und spürte, wie sich in seinem Magen langsam ein eiskalter Klumpen bildete. Dann beobachtete er Pilcher, als dieser eine Steuertafel hochhob und über das Touchpad etwas eingab.

Die Monitore wurden wieder eingeschaltet.

Als Leiter der Überwachung hatte Ted ein Viertel seines Lebens damit verbracht, diesen Menschen beim Essen, Schlafen, Lachen, Weinen, Ficken und manchmal, wenn ein Fest anberaumt worden war, auch beim Sterben zuzusehen.

„Ich habe das nicht leichtherzig getan", versicherte ihm Pilcher.

Ted starrte die Monitore an, und sein Blick fiel vor allem auf einen, auf dem eine Frau in einem Badezimmer in der Duschwanne hockte und heftig schluchzte, während eine mit Klauen besetzte Faust gegen die Tür hämmerte.

Auf einmal war ihm speiübel.

Pilcher beobachtete ihn.

Ted sah seinen Boss an. Mit Tränen in den Augen flehte er: „Sie müssen das aufhalten."

„Dafür ist es zu spät."

„Wieso das?"

„Ich habe die Abbys, die wir gefangen genommen hatten, benutzt, um das Rudel zum Zaun zu locken. Dann habe ich das Tor geöffnet. Mehr als fünfhundert Abbys sind in die Stadt eingedrungen." Ted wischte sich über die Augen. Er konnte diese Zahl kaum verarbeiten. Schon fünfzig Abbys wären eine Katastrophe grenzenlosen Ausmaßes gewesen.

Aber er bemühte sich, seine Stimme unter Kontrolle zu halten. „Denken Sie doch mal daran, wie hart Sie gearbeitet haben, um die Menschen in diesem Tal zu versammeln. Jahrzehntelang. Erinnern Sie sich noch, wie aufgeregt Sie jedes Mal waren, wenn wir einen neuen Rekruten in die Suspension gesteckt haben? Wayward Pines, das sind nicht die Straßen, die Gebäude oder die Suspensionseinheiten. Es ist nichts, das *Sie* gebaut haben. Es sind diese Menschen, und Sie …"

„Sie haben mir den Rücken zugewandt."

„Geht es hier nur um Ihre gottverdammte Eitelkeit?"

„Ich habe noch einige hundert weitere in der Suspension. Wir werden von vorn anfangen."

„Die Menschen sterben da unten, David. Auch die Kinder."

„Sheriff Burke hat ihnen alles gesagt."

„Sie haben die Beherrschung verloren“, meinte Ted. „Das ist verständlich. Aber jetzt müssen Sie ein Team da runterschicken und so viele retten, wie Sie nur können.“

„Es ist zu spät.“

„Es ist nicht zu spät, solange noch Menschen am Leben sind. Wir können sie wieder in die Suspension stecken. Sie werden sich an nichts erinnern …“

„Was geschehen ist, ist geschehen. In ein oder zwei Tagen wird die Rebellion im Tal beendet sein, aber ich befürchte, dass sie in diesem Berg erst noch beginnen könnte.“

„Wie meinen Sie das?“

Pilcher nippte an seinem Drink. „Glauben Sie, der Sheriff hätte das ganz alleine getan?“

Ted ballte die Hände zu Fäusten, um das aufsteigende Zittern zu unterdrücken.

„Burke hatte Hilfe von innen, von einem meiner Leute“, fuhr Pilcher fort.

„Woher wissen Sie das?“

„Weil Burke Informationen besitzt, die er ohne die Hilfe eines Mitglieds des Überwachungsteams niemals hätte erlangen können. Jemand aus Ihrer Gruppe hat ihm geholfen, Ted.“

Pilcher ließ die Anschuldigung sacken.

Das Eis knackte in seinem Glas.

„Über welche Informationen reden wir hier?“, wollte Ted wissen.

Aber Pilcher ignorierte die Frage und sah Ted in die Augen. „Ihre Gruppe besteht aus Ihnen und vier Überwachungstechnikern. Ich weiß, dass Ihre Loyalität über jeden Zweifel erhaben ist, aber wie sieht es mit Ihren Untergebenen aus? Einer von ihnen muss Burke geholfen haben. Haben Sie eine Ahnung, wer das gewesen sein könnte?“

„Wer hat Sie auf diese Idee gebracht?“

„Ted. Das ist die falsche Antwort.“

Ted starrte auf den Drink in seinem Schoß. Dann sah er wieder auf.

„Ich weiß nicht, wer aus meinem Team so etwas getan haben könnte. Haben Sie die Überwachung aus diesem Grund unterbrochen?“

„Sie leiten die wichtigste Gruppe innerhalb der Superstruktur, und sie wurde kompromittiert.“

„Was ist mit Pam?“

„Pam?“

„Es ist möglich, dass der Sheriff an sie herangetreten ist.“

Pilcher lachte höhnisch. „Pam würde sich eher bei lebendigem Leib verbrennen, als ihm zu helfen. Sie ist übrigens verschwunden. Laut ihrem Mikrochip hält sie sich in der Stadt auf, aber ich habe seit Stunden nichts von ihr gehört. Ich frage Sie ein letztes Mal: Welcher Ihrer Männer hat Burke geholfen?“

„Geben Sie mir eine Nacht Zeit.“

„Wie bitte?“

„Geben Sie mir eine Nacht Zeit, um herauszufinden, wer es gewesen ist.“

Pilcher lehnte sich zurück und sah ihn mit einer unergründlichen Intensität im Blick an. „Sie wollen sich selbst darum kümmern?“

„Ja.“

„Dann betrachten Sie es als Ehrensache?“

„So in der Art.“

„In Ordnung.“

Ted stand auf.

Pilcher deutete auf die Monitore. „Außer uns beiden weiß niemand, was da unten im Tal vor sich geht. Belassen wir es vorerst dabei.“

„Ja, Sir.“

„Das war eine harte Nacht für mich, Ted. Ich bin sehr dankbar, dass ich einen Freund wie Sie habe, auf den ich mich verlassen kann."

Ted versuchte zu lächeln, aber es gelang ihm nicht. Daher sagte er nur: „Dann bis morgen früh."

Er stellte sein Scotchglas auf einen Tisch und ging zur Tür.

Ethan

Alle schwiegen.

Es war so leise, dass Ethan das Feuer im Kamin im hinteren Teil der Höhle knistern hören konnte.

Das Kratzen hörte auf.

Er hörte wieder dieses Klicken der Krallen.

Sie zogen sich zurück.

Das ergab Sinn. Warum sollten die Abbys davon ausgehen, dass sich ihre Beute hinter dieser Tür verbarg? Sie wussten ja nicht einmal, was eine Tür war. Dass es sich dabei um etwas handelte, das sich öffnen ließ. Die meisten von ihnen waren vermutlich immer noch …

Etwas schlug gegen die Tür.

Alle im Raum schnappten gleichzeitig nach Luft.

Der Bolzen klapperte in seiner Verankerung.

Ethan streckte sich.

Die Tür bebte wieder, dieses Mal doppelt so heftig, da sich zwei Abbys zur selben Zeit dagegengeworfen hatten.

Ethan entsicherte seine Waffe und sah Hecter, Kate und die anderen an.

„Wie viele sind da draußen?", fragte Kate.

„Keine Ahnung", flüsterte Ethan. „Es könnten dreißig sein oder genauso gut einhundert."

In der Dunkelheit hinter ihnen begannen einige Kinder zu weinen.

Eltern versuchten, sie zu beruhigen.

Und die Abbys warfen sich immer wieder gegen die Tür.

Ethan ging auf die linke Seite, an der die Tür mit Scharnieren am Rahmen befestigt war. In einer der verrosteten Messingplatten hatte sich bereits eine Schraube gelöst.

„Wird sie halten?", wollte Kate wissen.

„Ich weiß es nicht."

Der nächste Schlag war der bisher härteste.

Die komplette oberste Platte löste sich vom Rahmen.

Darunter befanden sich vier weitere.

Ethan rief Maggie zu sich und behielt die Scharniere im Fackelschein im Auge.

Bei der nächsten Kollision wackelten sie, hielten aber stand.

Ethan ging zurück zu Kate. „Gibt es noch einen anderen Ausgang aus dieser Höhle?", fragte er sie.

„Nein."

Die Attacke wurde fortgesetzt. Je häufiger sich die Abbys gegen die Tür warfen, desto zorniger schienen sie zu werden, da sie nun nach jedem Versuch kreischten und schrien.

Eine weitere Platte lockerte sich.

Dann noch eine.

Das Ende war nahe. Dieser Gedanke schoss Ethan tatsächlich durch den Kopf, und er überlegte, ob er zu seiner Familie gehen sollte. Er konnte Theresa und Ben einen schnellen, gnadenvollen Tod ermöglichen, aber sobald die Abbys eingedrungen waren, würden ihre letzten Augenblicke schrecklich werden.

Auf einmal wurde es ruhig im Gang auf der anderen Seite der Tür.

Das Kratzen hatte aufgehört.

Es waren keine Schritte mehr zu hören.

Alle in der Höhle hielten den Atem an.

Nach einem langen Augenblick ging Ethan zur Tür und drückte ein Ohr an das Holz.

Er hörte nichts.

Dann griff er nach dem Bolzen.

„Nein", flüsterte Kate.

Aber er zog ihn zurück, so leise er konnte, und legte eine Hand auf den Türgriff.

„Kommen Sie mit der Fackel her, Maggie."

Als sie hinter ihm stand, zog Ethan die Tür auf.

Die beiden verbliebenen Scharniere quietschten, da sie nun das gesamte Gewicht der Tür tragen mussten.

Das Licht der Fackel fiel in den Gang.

Es roch noch immer nach den Abbys, nach Verwesung und Tod, aber sie waren verschwunden.

Einige Leute saßen einfach nur an die Wand gelehnt und weinten.

Andere zitterten lautlos ob der Schrecken, die sie gesehen hatten.

Manche hockten mit leerer Miene reglos am Boden und starrten ins Leere.

Dann gab es noch die, die sich beschäftigten.

Sie kümmerten sich um das Feuer.

Reparierten die Tür.

Sortierten die Waffen.

Holten Essen und Trinken aus der Vorratskammer.

Trösteten die Trauernden.

Ethan saß zusammen mit seiner Familie auf einem kaputten Sofa in der Nähe des Feuers. Es wurde langsam warm in der Höhle, und Hecter spielte ein wunderschönes Stück auf dem Klavier, das alle ein wenig beruhigte und ihnen dabei half, sich wieder etwas menschlicher zu fühlen.

In dem Dämmerlicht zählte Ethan die Anwesenden mehrfach durch.

Er kam immer wieder auf sechsundneunzig Menschen.

An diesem Morgen hatten noch vierhunderteinundsechzig Seelen in Wayward Pines gelebt.

Er versuchte, sich einzureden, dass vielleicht noch andere Gruppen überlebt hatten. Dass es ihnen irgendwie gelungen war, Zuflucht zu finden. An einem Ort, an dem die Abbys ihnen nichts anhaben konnten. Dass sie sich in Häusern oder dem Theater verbarrikadiert hatten. In den Wald geflohen waren. Aber im Grunde seines Herzens glaubte er selbst nicht daran. Es wäre ihm vielleicht gelungen, wenn er nicht durch die Falltür gelinst und gesehen hätte, wie Megan Fisher und all die anderen auf der Straße abgeschlachtet wurden.

Nein.

Achtzig Prozent der Menschheit war in der Stadt Wayward Pines ausgelöscht worden.

„Ich denke immer, dass es doch gleich an der Tür klopfen müsste", meinte Theresa. „Glaubst du, es besteht noch eine Chance, dass es einer der andere bis hierher schafft?"

„Es besteht immer eine Chance, oder nicht?"

Bens Kopf lag auf Ethans Schoß, und der Junge schlief tief und fest.

„Geht es dir gut?", erkundigte sich Theresa.

„Ich denke schon, trotz meiner Entscheidung, die dazu geführt hat, dass der Großteil der Menschen hier auf brutale Weise ums Leben gekommen ist."

„Du hast den Zaun nicht abgeschaltet und das Tor geöffnet, Ethan."

„Nein, aber ich war der Grund dafür, dass das geschehen ist."

„Kate und Harold wären sonst tot."

„Vielleicht lebt Harold auch jetzt längst nicht mehr."

„Das darfst du nicht so sehen …"

„Ich habe Scheiße gebaut, Baby."

„Du hast diesen Menschen ihre Freiheit gegeben."

„Und sie haben sie bestimmt genossen, als ihnen von den Abbys die Kehle aufgeschlitzt wurde."

„Ich kenne dich, Ethan. Nein, sieh mich an." Sie legte ihm einen Finger unter das Kinn und drehte seinen Kopf zu sich. „Ich kenne dich. Ich weiß, dass du nur getan hast, was deiner Meinung nach das Richtige ist."

„Ich wünschte, wir würden in einer Welt leben, in der die Taten danach bemessen werden, welche Absicht dahinter steckte. Aber tatsächlich geht es nur um die Konsequenzen."

„Ich weiß nicht, was passieren wird, aber ich kann dir versichern, dass ich mich dir jetzt näher fühle, als ich es seit Jahren getan habe, auch wenn wir in Lebensgefahr sind. Vielleicht näher denn je. Ich vertraue dir jetzt, Ethan. Ich weiß, dass du mich liebst. So langsam begreife ich es besser als jemals zuvor."

„Das tue ich auch, Theresa, und zwar sehr. Du bist alles für mich." Er küsste sie, und sie lehnte sich an ihn und legte ihren Kopf auf seine Schulter.

Er legte einen Arm um sie.

Kurz darauf war sie auch schon eingeschlafen.

Er sah sich um.

Man konnte die kollektive Trauer förmlich spüren. Sie schien wie dichter Rauch schwer in der Luft zu liegen.

Er bekam kalte Hände und schob sie in die Taschen seines Parkas. Dabei berührte er den Speicherstick, auf dem das Video von David Pilcher war, der seine Tochter ermordete. Er drehte ihn vorsichtig zwischen Daumen und Zeigefinger hin und her, während die Wut in seinem Bauch immer größer wurde.

Ted hatte Kopien dieses Videos angefertigt, aber Ethan hatte ihn gebeten, sie vorerst zurückzuhalten. Nichts damit zu machen. Doch das war vor der Abby-Invasion gewesen. Wusste Ted, was in Wayward Pines los war?

Ethan zählte noch einmal durch.

Immer noch sechsundneunzig.

So wenige Menschen.

Er dachte an Pilcher, der in seinem warmen, sicheren Büro saß und auf seinen zweihundertsechzehn Flatscreenfernsehern mit ansah, wie die Menschen, die er entführt und in ein anderes Leben verschleppt hatte, abgeschlachtet wurden.

Stimmen weckten ihn.

Ethan schlug die Augen auf.

Auch Theresa regte sich neben ihm.

In der Höhle war es noch immer nicht besonders hell, aber er hatte das Gefühl, dass es schon viel später sein musste. Als hätte er tagelang geschlafen.

Sanft hob er Bens Kopf von seinem Schoß, stand auf und rieb sich die Augen.

Die meisten anderen waren wach und liefen herum.

In der Nähe der Tür waren lautere Stimmen zu hören.

Er sah zwei getrennte Gruppen, und Kate stand zwischen Hecter und einem anderen Mann.

Die Männer schrien sich an.

Er ging hinüber und sah Kate fragend an.

„Einige Leute wollen nach draußen", erklärte Kate.

Ein Mann namens Ian, der in seinem Laden *The Cobbler's Shoppe* an der Main Street Schuhe reparierte, sagte: „Meine Frau ist da draußen. Wir wurden getrennt, als die vier Gruppen eingeteilt wurden."

„Und was genau haben Sie jetzt vor?", wollte Ethan wissen.

„Ich will ihr helfen! Was denken Sie denn?“

„Dann gehen Sie.“

„Er will auch eine Waffe mitnehmen“, sagte Kate.

Eine Frau, die im Gemeindegarten arbeitete, drängte mehrere Menschen zur Seite und sah Ethan wütend an. „Mein Sohn und mein Mann sind da draußen!“

„Ist Ihnen klar, dass mein Mann auch noch da draußen ist?“

„Warum verstecken wir uns dann hier, anstatt ihnen zu helfen?“

„Sie überleben keine zehn Minuten, wenn Sie diese Höhle verlassen“, entgegnete Hecter.

„Das ist meine Entscheidung, Kumpel“, erwiderte Ian.

„Sie kriegen keine Waffe!“

„Augenblick mal“, schaltete sich Ethan ein. „Diese Unterhaltung geht alle an.“

Er ging in die Mitte der Höhle und sagte so laut, dass ihn alle hören konnten: „Bitte kommen Sie mal alle her! Wir haben was zu besprechen!“

Langsam rückten die erschöpften, verdreckten Menschen näher und sahen ihn mit leeren Augen an.

„Wir haben alle eine harte Nacht hinter uns“, begann er.

Schweigen.

Er spürte Zorn und Vorwürfe in den Blicken, die ihn trafen.

Dabei fragte er sich, wie viel davon wirklich da war und wie viel er sich nur einbildete.

„Ich weiß, dass Sie sich alle Sorgen um die Menschen machen, die es nicht bis hierher geschafft haben. Das tue ich auch. Wir haben es ja selbst nur mit Mühe und Not geschafft. Und einige von Ihnen werden sich fragen, warum wir nicht stehen geblieben sind und den anderen geholfen haben. Aber ich kann Ihnen versichern, dass diese Höhle jetzt leer wäre, wenn wir das getan hätten, da wir dann alle tot im Tal liegen würde. Das ist die traurige, harte Wahrheit. Und der Mann, der verantwortlich für unsere Lage ist …"

Die Emotionen überkamen ihn.

Er ließ den Tränen freien Lauf und unterdrückte das Zittern seiner Stimme nicht.

„Ich ging ganz hinten in der Reihe", fuhr er fort, „und konnte sehen, was mit den Menschen über der Erde passiert ist. Ich weiß, wozu diese Abscheulichkeiten fähig sind. Und wir sollten meiner Meinung nach die grausame Wahrheit akzeptieren, dass wir möglicherweise alles sind, was von Wayward Pines noch übrig ist."

„Sagen Sie das nicht!", schrie jemand.

Ein Mann trat in den Kreis. Er gehörte zum Festkomitee, trug noch seine schwarze Kleidung und hatte eine Machete in der Hand. Ethan hatte noch nie ein Wort mit ihm gewechselt, aber er wusste, wo er wohnte und dass er in der Bücherei arbeitete. Er war schlank und fit, hatte einen rasierten Schädel und Bartstoppeln im Gesicht. Außerdem umwehte ihn ein Hauch unverdienter Arroganz, wie sie oft von Menschen zur Schau gestellt wurden, die sich allein um der Macht willen nach Autorität sehnten.

„Ich werde Ihnen sagen, was Sie tun werden", sagte er. „Sie werden auf Händen und Knien zurück zu Pilcher kriechen und den Mann um Verzeihung bitten. Sie werden ihm sagen, dass Sie die Schuld an allem tragen, dass Sie diesen Mist aus eigenem Antrieb über uns gebracht haben und dass wir wollen, dass es wieder so wird wie früher. Dass keiner von uns das alles gewollt hat."

„Dafür ist es zu spät", erwiderte Ethan, „Sie alle kennen jetzt die Wahrheit. Das lässt sich nicht rückgängig machen. Es gibt keinen einfachen Ausweg."

Ein kleiner, gedrungener Mann, der Metzger der Stadt, drängte sich in den Kreis.

„Sie sagen also, dass meine Frau und meine Töchter tot sind. Dass wenigstens ein Dutzend meiner engen Freunde das Leben verloren hat. Und was sollen wir Ihrer Meinung nach jetzt machen? Sollen wir uns hier wie ein Haufen Feiglinge verstecken und die anderen einfach abschreiben?“

Ethan ging mit zusammengebissenen Zähnen auf ihn zu. „Das sage ich doch gar nicht, Andrew. Ich will niemanden abschreiben.“

„Was dann? Was sollen wir tun? Sie haben uns den Schleier vor den Augen weggezogen. Aber zu welchem Preis? Dafür, dass wir die meisten unserer Leute verlieren und jetzt so leben? Dann wäre ich lieber weiterhin versklavt, aber in Sicherheit, und hätte noch meine Familie.“

Ethan trat einen Schritt zurück und sah in die Gesichter der anderen. Theresa weinte und bedeutete ihm, dass sie ihn liebte. „Ich habe vielleicht den ersten Schuss abgegeben“, gestand er, „aber ich habe den Zaun nicht deaktiviert oder das Tor geöffnet. Der Mann, der für den Tod unserer Familien und unserer Freunde verantwortlich ist und auch dafür, dass Sie sich überhaupt in Wayward Pines befinden, ist am Leben und erfreut sich gerade mal drei Kilometer von hier entfernt seiner Gesundheit. Meine Frage an Sie ist: Finden Sie das gerecht?“

„Er hat seine eigene Privatarmee, das haben Sie selbst gesagt“, warf Andrew ein.

„Ja.“

„Was sollen wir Ihrer Meinung nach tun?“

„Ich will, dass Sie nicht die Hoffnung verlieren! David Pilcher ist ein Monster, aber das gilt nicht für alle Menschen in diesem Berg. Ich werde dorthin gehen.“

„Wann?“

„Jetzt sofort. Und ich möchte, dass mich Kate Ballinger und zwei andere, die schießen können, begleiten.“

„Wir sollten mit einer größeren Gruppe rübergehen“, meinte ein Mann.

„Warum? Damit wir die Aufmerksamkeit auf uns ziehen und noch mehr Leute umkommen? Nein, wir müssen schnell und unauffällig vorgehen. Möglichst ungesehen bleiben. Und ja, es ist durchaus möglich, dass wir nicht wieder zurückkommen, aber die Alternative ist, hier in der Höhle rumzusitzen und auf das Unausweichliche zu warten. Da ergreife ich doch lieber die Initiative."

„Selbst wenn Sie es bis in den Berg schaffen", warf Hecter ein, „glauben Sie wirklich, dass Sie diesen Mann aufhalten können?"

„Ja, das glaube ich."

Eine Frau trat vor. Auch sie trug noch ihr Kostüm aus der vergangenen Nacht, ein Ballkleid und eine Tiara, die noch immer auf ihrem Haar thronte. Ihr Make-up war auf schaurige Weise über ihr ganzes Gesicht verschmiert.

„Ich möchte auch etwas sagen", erklärte sie. „Ich weiß, dass viele wütend auf diesen Mann sind. Auf den Sheriff. Mein Mann …" Sie brauchte einen Moment, um sich zu sammeln. „Er war in einer anderen Gruppe. Wir waren seit sechs Jahren verheiratet. Wir wurden zu dieser Ehe gezwungen, aber ich habe ihn geliebt. Er war mein bester Freund, auch wenn wir kaum miteinander gesprochen haben. Es ist unglaublich, wie viel man allein durch den Blickkontakt über einen Menschen erfahren kann. Durch unauffällige Blicke." Ein zustimmendes Gemurmel erhob sich. Sie starrte Ethan an. „Aber Sie sollten wissen, dass es mir lieber wäre, Carl wäre tot oder ich müsste heute sterben, als dass ich noch eine Stunde länger in dieser kranken Illusion einer Stadt leben müsste. Wir waren wie Gefangene. Wie Sklaven. Ich weiß, dass Sie getan haben, was Sie für das Richtige hielten, und ich gebe Ihnen nicht die Schuld an dem, was geschehen ist. Das mögen einige Leute hier anders sehen, aber ich weiß auch, dass ich nicht die Einzige bin, die so denkt."

„Danke", erwiderte Ethan. „Danke, dass Sie mir das gesagt haben."

Er drehte sich langsam um die eigene Achse und studierte die fünfundneunzig Gesichter um sich herum, während er die Last auf seinen Schultern spürte, weil ihr Leben in seinen Händen lag.

Schließlich sagte er: „Ich gehe in zehn Minuten los. Kate, bist du dabei?"

„Aber sicher."

„Ich brauche noch zwei Freiwillige. Mir ist klar, dass viele von Ihnen mitkommen möchten, aber es könnte auch durchaus sein, dass diese Höhle ein weiteres Mal angegriffen wird. Wir werden Sie bewaffnet und gut beschützt zurücklassen. Wenn Sie glauben, dass Sie schießen können, sehr fit sind und Ihre Angst im Zaum halten können, dann treffen wir uns gleich an der Tür."

Ethan setzte sich zwischen Theresa und Ben auf die Bühne.

„Ich will nicht, dass du wieder da rausgehst", sagte der Junge.

„Ich weiß, Kumpel. Aber mal unter uns: Ich bin selbst auch nicht gerade scharf darauf."

„Dann bleib hier."

„Manchmal muss man auch Dinge tun, die man nicht tun will."

„Warum?"

„Weil es das Richtige ist."

Er konnte sich nicht vorstellen, wie es im Kopf des Jungen aussah. All die Lügen, die man ihm in der Schule beigebracht hatte, verschmolzen auf einmal mit der erschreckenden Wahrheit. Ethan konnte sich noch daran erinnern, wie sein Vater ihn geweckt hatte, als er in Bens Alter gewesen war und Albträume gehabt hatte. Er hatte ihm immer gesagt, dass das nur ein böser Traum wäre und dass es so etwas wie Monster nicht gäbe.

Aber in der Welt seines Sohnes existierten Monster.

Und sie waren überall.

Wie konnte man einem Kind helfen, mit etwas fertig zu werden, das man selbst kaum verarbeiten konnte?

Der Junge legte die Arme um Ethan und drückte ihn fest.

„Du kannst ruhig weinen", meinte Ethan. „Dafür muss man sich nicht schämen."

„Du weinst nicht."

„Dann sieh mal genauer hin."

Der Junge blickte auf. „Warum weinst du, Dad? Weil du nicht zurückkommen wirst?"

„Nein, weil ich dich liebe. Ich liebe dich so sehr."

„Kommst du zurück?"

„Ich werde es jedenfalls versuchen."

„Was ist, wenn du es nicht tust?"

„Er wird zurückkommen, Ben", sagte Theresa.

„Nein, wir sollten ehrlich zu ihm sein. Das, was ich tun muss, ist sehr gefährlich, mein Junge. Es ist durchaus möglich, dass ich es nicht schaffe. Wenn mir etwas zustößt, dann musst du dich um deine Mutter kümmern."

„Ich will nicht, dass dir etwas zustößt". Ben fing wieder an zu weinen.

„Sieh mich an, Ben."

„Was ist?"

„Wenn mir etwas zustößt, musst du dich um deine Mutter kümmern. Du bist dann der Mann im Haus."

„Okay."

„Versprich es mir."

„Ich verspreche es."

Als Ethan den Jungen auf den Scheitel küsste, sah er Theresa an. Sie war so stark.

„Du wirst zurückkommen", sagte sie, „und dann wirst du dafür sorgen, dass in dieser Stadt alles besser wird."

Hassler

Der Nomade hatte vorgehabt, eine letzte Nacht in der Wildnis zu verbringen, aber in dem Moment, in dem Hassler in seinen Schlafsack stieg, den er auf einer Pinie befestigt hatte, wurde ihm klar, dass er nicht schlafen konnte.

Er war jetzt seit eintausenddreihundertacht Tagen in der Wildnis jenseits des Zauns. Auch wenn er sich nicht ganz sicher war, so schätzte er, dass sich Wayward Pines nur noch einige Kilometer weiter nördlich befand, und jetzt, wo das Abby-Rudel nicht mehr im Weg war, konnte er endlich nach Hause gehen.

An jedem qualvollen Tag seiner Expedition waren seine Gedanken zu irgendeinem Zeitpunkt zu diesem Augenblick gewandert, und er hatte sich gefragt: „Werde ich die Stadt je wiedersehen? Wie wird es sich anfühlen, sie wieder zu betreten? Erneut in Sicherheit zu sein und alles Geliebte um sich zu haben?"

In der Geschichte von Wayward Pines waren acht Nomaden auf die andere Seite des Zauns geschickt worden. In Pilchers innerem Zirkel wurde es als ultimative Ehre und großes Opfer angesehen. Soweit Hassler wusste, war kein Nomade je von einer längeren Mission zurückgekehrt. Wenn das während seiner Abwesenheit nicht geschehen war, dann würde er der erste sein.

Langsam und methodisch packte er seinen Rucksack zum letzten Mal: die leeren Einliterwasserflaschen, sein Feuerzeug, den leeren Verbandskasten, die letzten Stücke des schimmligen Büffeldörrfleischs.

Aus reiner Gewohnheit schob er sein in Leder gebundenes Tagebuch wieder in den Plastikbeutel. Auf diesen Seiten stand alles, was er in diesen letzten dreieinhalb Jahren in der Wildnis gesehen und erlebt hatte. Traurige Tage. Freude. Tage, an denen er geglaubt hatte, sie wären sein letzter. Alles über das, was er entdeckt und bestaunt hatte.

Sein rasendes Herz, als ein Abby-Rudel aus fünfzigtausend Abbys über die Ebene gerast war, die früher einmal die Bonneville Salt Flats am Great Salk Lake gewesen waren.

Die Tränen, die ihm über das Gesicht liefen, als er in einem lebensverändernden Sonnenuntergang mit angesehen hatte, wie sich die Ruinen von Portland von Rost in Bronze verwandelten.

Crater Lake: leer.

Mount Shasta: geköpft.

Wie er auf den Ruinen von Fort Point gestanden und über die Bucht hinweg das angestarrt hatte, was von der Golden-Gate-Brücke noch übrig war: dreißig Meter des Südturms, der wie der Mast eines versunkenen Schiffs aus dem Wasser ragte.

All die Nächte, die er nass und frierend verbracht hatte.

Hungrig und einsam.

Die grauen Morgende, an denen ihm der Wille fehlte, seinen Schlafsack zu verlassen und weiterzugehen.

Die Nächte, die er zufrieden an seinem Feuer gesessen und Pfeife geraucht hatte.

Was für ein seltsames, erstaunliches Leben.

Und jetzt konnte er nach all dem nach Hause gehen.

Hassler zog die Riemen des Rucksacks zu, verschnürte sie und hievte ihn auf seine Schultern. An diesen letzten paar Tagen beeilte er sich mehr als sonst, und er konnte die Anstrengung in seinen Beinen und seinen Hüften spüren, diesen sich langsam aufbauenden Schmerz, der erst nach mehreren Tagen, in denen er sich ausruhen konnte, wieder verschwinden würde. Aber was machte das jetzt schon noch? Schon bald würde er sauber sein und mit vollem Bauch in einem warmen, weichen Bett liegen. Da konnte es doch nichts schaden, wenn er auf den letzten Metern noch mal Gas gab.

Er folgte einem Fluss, bis dieser nach Westen abzweigte.

Das Rauschen des Wassers wurde leiser.

Der Wald wurde dunkel und leise.

Jeder Schritt hatte eine Bedeutung, und jeder war wichtiger als der letzte.

Einige Minuten vor Sonnenaufgang blieb er stehen.

Direkt vor ihm ragte der Zaun auf.

Aber irgendetwas stimmte nicht. Er sollte unter Strom stehen und vor sich hin summen, aber er gab kein Geräusch von sich.

Ein einziger Gedanke schoss durch Hasslers Kopf: „Theresa!"

Hassler rannte zum Tor.

V

Ted

Teds Unterkunft auf Etage 4 war doppelt so groß wie die der anderen, was einer der Vorteile war, wenn man zu den Ersten in David Pilchers innerem Zirkel gehörte. Seit vierzehn Jahren lebte er jetzt in diesem winzigen Zimmer, und es war für ihn zu seinem chaotischen Zuhause geworden, wo alles gewissermaßen an seinem Platz war.

Das Leben innerhalb der Superstruktur verging in einem seltsamen Rhythmus aus Arbeit und Freizeit, und die meisten Menschen brauchten einige Jahre, bis sie ein Gleichgewicht geschaffen hatten. In welcher Abteilung man auch arbeitete, die Schichten waren immer gleich: zehn Stunden am Tag, sechs Tage die Woche. Und dennoch ging es nur langsam voran. Ted hatte als Leiter der Überwachungsabteilung in letzter Zeit kaum eine Woche weniger als siebzig Stunden gearbeitet. Die Herausforderung war, etwas zu finden, was man in den anderen siebzig Stunden Freizeit pro Woche machen konnte, außer zu schlafen. Er war kein extrovertierter Mensch, und obwohl sie für ihn nur auf den Überwachungsmonitoren existierten, hatte Ted das Gefühl, jede Sekunde, in der er arbeitete, mit den Einwohnern von Wayward Pines zu verbringen. Daher wollte er in seiner Freizeit vor allem alleine sein.

Er hatte es mit dem Malen versucht.

Mit der Fotografie.

Er konnte einige gescheiterte Strickversuche für sich verbuchen.

Hatte ausgiebig trainiert.

Bis er eines Tages eine antike Schreibmaschine in der Arche entdeckt hatte, eine Underwood Touchmaster Five. Er trug sie zusammen mit einigen Schachteln voll Papier in sein Schlafzimmer und richtete sich eine kleine Schreibecke ein.

Schon sein ganzes Leben lang hatte er einen großen amerikanischen Roman schreiben wollen.

Aber jetzt, da es kein Amerika mehr gab und eigentlich nichts anderes mehr, wusste er erst nicht, worüber er schreiben sollte.

Ergab es überhaupt noch Sinn, Bücher zu schreiben und Kunstwerke zu erschaffen, wenn die Menschheit doch so gut wie ausgestorben war?

Er wusste es nicht, aber als er begann, auf diesen alten Tasten, die derart abgenutzt waren, dass man die Buchstaben kaum noch erkennen konnte, herumzutippen, wurde ihm bewusst, wie gerne er schrieb und dass er das Gefühl dieser Maschine unter seinen Fingern liebte.

Sie hatte keinen Bildschirm.

Da war nur dieses wunderbare, spürbare Klickern der Tasten, der schwache Geruch nach Tinte, während sich das Blatt langsam füllte, und er selbst, der mit seinen Gedanken alleine war.

Anfangs hatte mit der Idee einer Detektivgeschichte herumgespielt.

Doch das lief sich bald tot.

Danach versuchte er sich an seiner eigenen Lebensgeschichte, die er jedoch schnell leid war.

Nach ein paar Wochen wusste er es auf einmal. Den ganzen Tag lang starrte er Überwachungsmonitore an, die Hunderte von Privatleben in allen Stadien der Verzweiflung darstellten. Er würde die Einwohner von Wayward Pines zu seinen Charakteren machen, ihr früheres Leben schildern, ihre Integration beschreiben und sich ihre Gedanken und Ängste vorstellen.

Als er erst einmal angefangen hatte zu schreiben, konnte er gar nicht mehr aufhören.

Die Geschichten sprudelten nur so aus ihm heraus, und der Papierstapel neben seinem Schreibtisch wuchs, bis er mehrere tausend Seiten gefüllt hatte, auf denen er das Leben der Menschen in Wayward Pines beschrieb, wie er es sich vorstellte.

Er wusste nicht, was er mit all diesen Geschichten machen sollte.

Er konnte sich nicht vorstellen, dass es jemanden gab, der sie lesen wollte.

Sein Arbeitstitel war: „Das geheime Leben von Wayward Pines", und er stellte sich vor, dass auf dem Cover eine Collage der Gesichter aller Menschen, die in diesem Tal lebten, prangen würde. Aber zuerst musste er das Buch fertigstellen, und genau da lag das Problem. Es war kein Ende in Sicht. Die Leben gingen einfach weiter. Neues passierte. Menschen starben. Andere wurden neu in die Stadt integriert. Wie konnte man ein lebendiges Buch veröffentlichen, in dem die Geschichten niemals endeten?

Die Antwort war ihm tragischerweise letzte Nacht eingefallen, als Ted in Pilchers Büro gesessen und mit angesehen hatte, wie ein Rudel Abbys in der Stadt wütete.

Das Ende würde für alle auf einmal kommen, wenn der „Gott" der Stadt eine plötzliche und endgültige Entscheidung traf.

Es klopfte frühmorgens an Teds Tür.

Er lag im Bett, wo er die ganze Nacht wie gelähmt vor Angst verbracht hatte. Er konnte sich nicht entscheiden.

„Herein", rief er.

David Pilcher, sein ältester Freund, betrat das Zimmer.

Ted hatte nicht geschlafen, und Pilcher sah aus, als wäre es ihm genauso gegangen.

Der alte Mann wirkte müde. Ted konnte sehen, dass er verkatert war, da er immer wieder die Augen zusammenkniff, und er roch noch nach Scotch. Auf seinem Gesicht zeichnete sich ein Bartschatten ab, und auch auf seinem rasierten Kopf waren einige graue Stoppeln zu sehen.

Pilcher zog den Stuhl von Teds Schreibtisch vor das Bett und setzte sich.

Er sah Ted an.

„Was haben Sie für mich?", fragte er.

„Was ich habe?"

„Ihr Team. Sie haben gesagt, dass Sie sich darum kümmern. Dass Sie herausfinden werden, wer Sheriff Burke bei seiner Rebellion geholfen hat."

Ted seufzte. Er setzte sich auf, nahm seine Brille mit den dicken Gläsern vom Nachttisch und setzte sie auf. Er trug noch immer das befleckte, kurzärmlige Hemd mit der Clipkrawatte. Und dieselbe Hose. Er hatte sich noch nicht mal die Schuhe ausgezogen.

Letzte Nacht in Pilchers Büro hatte Ted Angst gehabt.

Jetzt war er nur noch müde und wütend.

Sehr, sehr wütend.

„Wenn Sie sagen, dass der Sheriff Informationen hatte, die er sich nicht anders hätte beschaffen können, wollten Sie mir damit irgendetwas Bestimmtes sagen?"

Pilcher lehnte sich auf seinem Stuhl zurück und schlug die Beine übereinander.

„Nein, eigentlich nicht. Ich möchte nur, dass Sie als Leiter der Überwachung Ihren Job machen."

Ted nickte.

„Ich hatte auch nicht damit gerechnet, dass Sie mir darauf antworten", meinte Ted, „aber das ist schon okay. Ich weiß, welche Informationen das sind. Ich hätte es Ihnen schon letzte Nacht sagen sollen, aber da hatte ich zu große Angst." Pilcher legte den Kopf schief. „Ich habe die Bilder von dem gefunden, was Sie und Pam Ihrer Tochter angetan haben."

Einen Augenblick lang war es erschreckend still in Teds Quartier.

„Weil Sheriff Burke Sie gebeten hat, ihm zu helfen?“, wollte Pilcher wissen.

„Ich habe die ganze Nacht hin und her überlegt, was ich machen soll.“ Pilcher griff in die Tasche und holte ein technisches Gerät heraus, das wie ein Kristallsplitter aussah.

„Haben Sie eine Kopie des Videos gemacht?“, fragte Pilcher.

„Ja.“

Pilcher sah erst zu Boden und dann wieder in Teds Gesicht.

„Sie wissen, was ich alles für unser Projekt getan habe. Dafür, dass wir jetzt hier sitzen können, zweitausend Jahre später, als letzte Vertreter der Menschheit. Diese Rettung ist …“

„Es gibt eine Grenze, David.“

„Finden Sie?“

„Sie haben Ihre eigene Tochter ermordet.“

„Sie hat eine geheime Gruppe …“

„Es gibt kein Szenario, in dem der Mord an Alyssa gerechtfertigt wäre. Wie kommt es, dass Ihnen das nicht klar ist?“

„Ich habe eine Entscheidung getroffen, Ted, und zwar schon in diesem vorherigen Leben, dass nichts, absolut gar nichts, wichtiger ist als Wayward Pines.“

„Nicht einmal Ihre eigene Tochter.“

„Nicht einmal meine süße Alyssa. Denken Sie denn, ich hätte das gewollt?“ Jetzt liefen ihm die Tränen die Wangen herunter.

„Ich weiß nicht mehr, was Sie wollen. Sie haben eine ganze Stadt ermordet. Ihre eigene Tochter. Und schon vor Jahren Ihre Frau. Wo führt das hin? Wo ist die Grenze?“

„Es gibt keine Grenze.“

Ted strich über den Speicherstick in seiner Hand. „Sie können noch immer einiges gutmachen“, meinte er.

„Wie meinen Sie das?“

„Rufen Sie alle zusammen. Packen Sie aus. Gestehen Sie ihnen, was Sie Alyssa angetan haben. Sagen Sie ihnen, was die Menschen in Wayward Pines Ihretwegen durchmachen mussten …"

„Das würde keiner von ihnen verstehen, Ted. Sie tun es doch auch nicht."

„Hier geht es nicht darum, dass sie es verstehen, sondern um das, was richtig ist."

„Warum sollte mich das interessieren?"

„Um Ihrer Seele willen, David."

„Ich werde Ihnen mal was erzählen. Schon mein ganzes Leben lang haben die Menschen nicht verstanden, was ich erreichen will. Meine Frau hat es nicht verstanden und Alyssa auch nicht. Und ich bin traurig, wenn auch nicht schockiert, dass Sie es ebenfalls nicht begreifen. Sehen Sie doch, was ich geschaffen habe. Wenn es noch Geschichtsbücher gäbe, wäre ich darin als wichtigster Mensch aufgeführt, der je gelebt hat. Das ist keine Wahnvorstellung. Das ist die Realität. Ich habe die menschliche Spezies gerettet, Ted, weil es nichts gab, was ich für den Erfolg nicht getan hätte. Das hat kein Mensch je verstanden. Gut, zwei taten es schon, aber Arnold Pope ist tot und Pam ist verschwunden. Wissen Sie, was das bedeutet?"

„Nein."

„Das bedeutet, dass ich mir jetzt selbst die Finger schmutzig machen muss."

Auf einmal war Pilcher aufgestanden du kam auf das Bett zu. Ted begriff nicht, was gerade geschah, bis er die kurze Klinge des Jagdmessers seines Chefs sah, in der sich das Licht spiegelte.

Ethan

Letzten Endes waren Maggie und Hecter die einzigen Freiwilligen, die Ethan wirklich mitnehmen wollte. Keiner der anderen aus der Gruppe, nicht einmal Kate, hatte es wie sie schon mit Abbys zu tun bekommen. Er war davon überzeugt, dass der Mut der meisten verfliegen würde, sobald sie einem Abby gegenüberstanden, daher wollte er sich lieber auf Menschen verlassen, bei denen er wusste, was ihn erwartete.

Sie rüsteten sich aus.

Maggie hatte in ihrem Leben erst einmal ein Gewehr abgefeuert, daher lud Ethan für sie eine Mossberg 930 mit Schrotmunition und steckte ihr noch Ersatzpatronen in die Taschen ihres Trenchcoats. Er zeigte ihr, wie man die Waffe hielt und wie man sie nachlud, und bereitete sie auf den heftigen Rückstoß vor.

Für Hecter lud er noch eine Mossberg und eine 357er Smith and Wesson.

Kate entschied sich für das Bushmaster AR-15 und eine 40-kalibrige Glock als Notbehelf.

Dann stand Ethan im Durchgang und sah die Handvoll Menschen an, die er bewaffnet hatte, damit sie die Tür der Höhle bewachen sollten.

„Und was ist, wenn Sie nicht zurückkommen?“, fragte der Mann vom Festkomitee.

„Sie haben hier genug Provision für mehrere Tage“, erwiderte Kate.

„Und was dann?“

„Dann müssen Sie wohl alleine klarkommen.“

Theresa und Ben standen weiter hinten in der Höhle.

Sie hatten sich schon voneinander verabschiedet.

Ethan sah seiner Frau in die Augen, bis die schwere Tür zugezogen und verriegelt wurde.

Es war eiskalt im Freien.

In einiger Entfernung strömte Tageslicht durch die Öffnung.

„Wir schießen nur, wenn wir keine andere Wahl haben“, sagte Ethan. „Im besten Fall kommen wir durch die Stadt, ohne einen einzigen Schuss abzugeben. Sobald bekannt ist, wo wir uns befinden, sind wir so gut wie tot.“

Kate führte die Gruppe zum Licht am Ende des Durchgangs.

Ethan dachte noch einmal an den letzten Blick, den er Theresa und Ben zugeworfen hatte, bevor die Tür geschlossen worden war.

„Habe ich euch gerade zum letzten Mal gesehen?“, dachte er. „Wisst ihr eigentlich, wie sehr ich euch liebe?“

Sie standen am Berghang und sahen auf das Tal herab.

Es war Morgen.

Aus der Stadt, die dreihundert Meter unter ihnen lag, drang kein Geräusch zu ihnen hinauf.

Ethan genoss es, das Sonnenlicht im Gesicht zu spüren.

„Es kommt einem wie ein völlig normaler, schöner Morgen vor, nicht wahr?“, flüsterte Maggie.

Sie waren zu weit entfernt, um auf den Straßen unter ihnen Einzelheiten erkennen zu können. Ethan dachte an das Fernglas, das in der untersten Schublade seines Schreibtischs auf dem Revier lag. Das hätte er jetzt gut gebrauchen können.

Er ging an den Rand und sah direkt nach unten auf einhundert Meter glatten, vertikalen Stein herab, der in der Sonne glänzte.

Sie gingen über die Planke und ruhten sich auf der anderen Seite vor dem Abstieg kurz aus.

Der Stein war von der Sonne erwärmt worden.

Sie kletterten nach unten.

Umklammerten die Kabel.

Folgten dem Weg, der in den Stein geschlagen worden war.

Es waren keine Vögel zu hören.

Auch kein Wind.

Nur das angestrengte Atmen von vier Menschen.

Unterhalb der Baumgrenze, wo die Sonne nicht hinschien, waren die Kabel eiskalt.

Dann hatten sie es geschafft und standen auf dem weichen Waldboden.

„Kennst du den Weg in die Stadt, Kate?“, wollte Ethan wissen.

„Ich denke schon. Es ist komisch, aber ich bin noch nie im Hellen hier gewesen.“

Sie führte sie zwischen die Bäume.

An einigen Stellen lag noch immer Schnee und man konnte Fußabdrücke aus der vergangenen Nacht erkennen. Sie folgten den Spuren den Berg herunter. Ethan sah sich immer wieder um, aber zwischen den Bäumen bewegte sich nichts. Der Wald schien völlig verlassen zu sein.

Nach einer Weile hörte er den Wasserfall.

Sie gingen einen steilen Abhang hinunter.

Kurz darauf hatten sie den Fluss und den Eingang des Abwasserkanals erreicht. Die Abbys, die Ethan erschossen hatte, lagen tot im Wasser und am Flussufer.

Ein leichter Dunst wehte ihm ins Gesicht.

Er starrte den Wasserfall an, der sich aus sechzig Metern Höhe über eine Felskante nach unten ergoss. Das Sonnenlicht erschuf einen Regenbogen, wo es durch das herabstürzende Wasser schien.

„Gehen wir jetzt in den Tunnel?“, fragte Kate.

„Nein“, antwortete Ethan. „Wir sollten lieber im Freien bleiben.“

Nach vierhundert Metern wurde das Gelände gerader und sie kamen hinter einem alten, baufälligen Haus aus dem Wald. Ethan erkannte es wieder, weil er dort den verstümmelten Körper von

Agent Evans gefunden hatte, als er in Wayward Pines eingetroffen war.

Im hohen Gestrüpp neben dem Gebäude blieben sie stehen.

Bis zu diesem Augenblick hatte Ethan die Stille als tröstlich empfunden. Jetzt wurde sie langsam beunruhigend. Es war, als würde die Welt den Atem anhalten und auf etwas warten.

„Ich hatte mir überlegt, dass wir uns für den Weg ans Südende der Stadt einen funktionstüchtigen Wagen suchen sollten", meinte er. „Kate, fährt die alte Rostlaube vor eurem Haus noch?"

„Ich habe den Wagen seit Jahren nicht mehr benutzt und würde mich nicht darauf verlassen."

„Mein Wagen funktioniert noch", sagte Maggie.

„Wann sind Sie zum letzten Mal damit gefahren?", wollte Ethan wissen.

„Vor zwei Wochen. Ich bekam eines Morgens einen Anruf, und jemand sagte mir, ich soll ein paar Stunden in der Stadt herumfahren."

„Ich habe mich immer gefragt, warum wir das tun sollten", meinte Hecter.

„Weil die Straßen in einer normalen Stadt niemals völlig leer sind", entgegnete Ethan. „Das war nur ein weiterer Trick, damit Wayward Pines echt wirkte. Wo wohnen Sie, Maggie?"

„In der Eighth Street, zwischen der Sixth und der Seventh."

„Das ist nur sechs Blocks entfernt. Wo sind die Schlüssel?"

„In der Nachttischschublade."

„Sind Sie sich da ganz sicher?"

„Zu einhundert Prozent."

Ethan sah um die Hausecke und konnte in der Ferne auf der Straße einige Leichen liegen sehen, aber nirgendwo ließ sich ein Abby blicken.

„Wir sollten uns kurz hinsetzen und ausruhen", schlug er vor.

Sie setzten sich und lehnten sich mit dem Rücken an die verrotteten Balken der Hauswand.

„Maggie, Hecter, Sie waren beide nicht beim Militär, richtig?"

Sie schüttelten den Kopf.

„Ich war Black-Hawk-Pilot und habe in Falludschah einige schlimme Dinge gesehen. Wir müssen hier sechs Blocks weit durch feindliches Territorium, und es gibt einen Weg, wie man sich in solchen Situationen bewegt, um Verluste zu vermeiden. Von unserer aktuellen Position kann ich nur die umliegenden Blocks sehen, aber wenn wir die Straße überqueren, ändert sich unser Blickwinkel und wir haben neue Informationen. Obwohl es nur sechs Blocks sind, müssen wir sie nach und nach angehen. Maggie und ich werden zuerst die Straße überqueren und eine Position sichern. Wenn ich das Gebiet von unserem neuen Standpunkt aus überblickt habe, gebe ich das Zeichen, dann kommen Hecter und Kate nach. Einverstanden?"

Sie nickten.

„Ich möchte noch eine letzte Sache sagen, bevor wir losgehen. Man nennt das eine taktische Reihe. Wir bleiben dicht beieinander, wenn wir rennen, aber das Tempo sollte nur so hoch sein, dass wir dabei noch wachsam bleiben können. Wenn die Luft rein ist, ist die Verlockung groß, sich auf weiter entfernte Gebiete zu konzentrieren, weil man sehen möchte, was einen da erwartet, aber das ist ein Fehler. Wenn wir Abbys aus ein- oder zweihundert Metern Entfernung sehen, haben wir noch Zeit zu reagieren. Das Schlimmste, was uns passieren kann, ist ein Überraschungsangriff. Wenn eine dieser Kreaturen aus einem Busch oder um eine Ecke kommt, dann haben Sie nicht mal mehr Zeit, die Waffe hochzureißen. Also achten Sie auf die unmittelbare Umgebung. Das hat oberste Priorität. Wenn Sie an einem Busch vorbeigehen und nicht sehen, was dahinter ist, dann überprüfen Sie das. Haben Sie verstanden?"

Maggies Schrotflinte zitterte in ihren Händen.

Ethan berührte ihre Hand. „Sie schaffen das schon“, versicherte er ihr.

Sie drehte sich plötzlich zur Seite und übergab sich ins Gras.

Kate tätschelte ihr den Rücken und flüsterte: „Das ist schon okay. Es ist nicht schlimm, Angst zu haben. Das ist sogar sehr vernünftig, denn so bleiben Sie wachsam.“

Ethan schoss durch den Kopf, dass diese Frau auf das, was sie vorhatten, völlig unvorbereitet war. Maggie hatte noch nie etwas derart Schreckliches erlebt oder so unter Druck gestanden, und doch stand sie es tapfer durch.

Schließlich wischte sich Maggie den Mund ab und atmete mehrmals tief durch.

„Alles okay?“, fragte Ethan.

„Ich kann das nicht. Ich dachte, ich schaffe es, aber …“

„Ich *weiß*, dass Sie es können.“

„Nein, ich sollte lieber zurückgehen.“

„Wir brauchen Sie, Maggie. Die Menschen in der Höhle brauchen Sie.“

Sie nickte.

„Sie bleiben bei mir“, sagte Ethan, „und wir machen einen Schritt nach dem anderen.“

„Okay.“

„Sie schaffen das.“

„Ich brauche noch einen Augenblick.“

Er hatte so etwas im Krieg schon erlebt. Man nannte diesen Zustand Kampflähmung, und er trat ein, wenn ein Soldat vom Schrecken der Gewalttaten und der ständigen Todesangst übermannt wurde. Während seiner Zeit im Irak war das schlimmste Szenario die Kugel eines Scharfschützen oder eine Granate. Aber selbst an den schlimmsten Tagen in Falludschah hatte man sich nicht davor fürchten müssen, gefressen zu werden.

Er half Maggie beim Aufstehen.

„Sind Sie bereit?“, fragte er.

„Ich denke schon.“

Er deutete auf die andere Straßenseite. „Wir gehen zu dem Haus da vorn an der Ecke. Denken Sie an nichts anderes.“

„Okay.“

„Sie werden auf den Straßen einige Leichen sehen, also seien Sie gewarnt. Ignorieren Sie sie. Sehen Sie sie nicht einmal an.“

„Gefahrengebiete.“ Sie versuchte zu lächeln.

„Genau. Bleiben Sie in meiner Nähe.“

Ethan hob seine Schrotflinte auf.

Ihm wurde ganz flau im Bauch.

Da war sie wieder, diese alte, vertraute Angst.

Als sie fünf Schritte gemacht hatten, konnten sie die Leichen auf der Straße deutlich sehen. Und es war unmöglich, sie nicht anzusehen. Er zählte sieben Menschen, darunter zwei Kinder, die im wahrsten Sinne des Wortes in Stücke gerissen worden waren.

Maggie hielt mit ihm Schritt.

Er konnte sie einen oder zwei Meter hinter sich hören.

Sie betraten die Straße, aber mit Ausnahme des Geräuschs, das ihre Schritte machten, war es totenstill.

Nur ihr eigenes Keuchen war noch zu hören.

Die ganze First Avenue entlang regte sich nichts.

Es war so ruhig.

Sie betraten den Vorgarten und liefen die letzten paar Schritte zu dem zweistöckigen viktorianischen Haus.

Dort hockten sie sich unter ein Fenster.

Ethan sah um die Ecke.

Er blickte noch einmal die First Avenue entlang.

Die Luft war rein.

Er sah zu Kate und Hecter hinüber und hob den rechten Arm.

Sie standen auf und liefen los, Kate voraus und mit zuversichtlicher Miene, als wüsste sie, was sie tat, und Hecter einige Schritte und mit betretenem Gesichtsausdruck hinterher. Ethan wusste sofort, wann sie die Leichen sahen. Hecters Gesicht wurde finster, und Kate biss die Zähne zusammen. Sie konnten den Blick nicht davon abwenden.

Ethan sah Maggie an. „Das haben Sie gut gemacht."

Dann waren alle vier wieder vereint.

„Die Straße ist leer", erklärte Ethan. „Ich weiß nicht, warum es so ruhig ist, aber das müssen wir ausnutzen. Dieses Mal bleiben wir zusammen. Wir gehen mitten auf der Straße weiter."

„Warum?", wollte Hecter wissen. „Wäre es nicht sicherer, in der Nähe der Häuser zu bleiben anstatt im Freien?"

„Ecken sind gefährlich", erwiderte Ethan.

Er gönnte Hecter und Kate eine kleine Verschnaufpause.

Dann stand er auf.

„Was ist unser nächstes Ziel?", erkundigte sich Kate.

„Da ist ein grünes Haus auf der anderen Straßenseite in zwei Blocks Entfernung. Davor stehen ein paar Wacholderbüsche, hinter denen wir in Deckung gehen. Sind alle bereit?"

„Soll ich die Nachhut bilden?", schlug Kate vor.

„Ja. Du übernimmst die rechte Seite und siehst dich hin und wieder um, damit wir nicht von der Seite überrascht werden."

Es war ein trügerisch friedlicher Morgen auf der Eighth Street.

Sie liefen mitten auf der Straße, an beiden Straßenseiten flankiert von einfachen viktorianischen Häusern, vor denen die weißen Lattenzäune in der frühmorgendlichen Sonne strahlten. Ethans Magen zog sich vor Hunger zusammen. Er konnte sich nicht daran erinnern, wann er zum letzten Mal etwas gegessen hatte.

Er sah abwechselnd zu den Häusern auf der linken Straßenseite und nach vorn.

Vor allem die Wege zwischen den Häusern machten ihn nervös, da man über sie in die Gärten gelangte, die er nicht einsehen konnte.

Sie kamen zur ersten Kreuzung.

Das war wirklich merkwürdig. Er hatte damit gerechnet, dass es in der Stadt nur so von Abbys wimmelte. Jetzt fragte er sich, ob sie gegangen waren. Hatten sie die Stadt im Laufe der Nacht überfallen und waren danach zurück in die Wildnis gegangen, aus der sie gekommen waren – und zwar durch Pilchers Tor? Das würde ihnen die Sache natürlich vereinfachen, wenn er die Kontrolle über die Torsteuerung erringen und sie einfach wieder aussperren konnte.

Das grüne Haus war jetzt ganz nahe, es befanden sich nur noch zwei Häuser dazwischen.

Er ging etwas schneller und steuerte den Vorgarten an.

Auf einmal rannte Kate neben ihm her.

„Was ist los?", fragte er völlig außer Atem.

„Schneller", keuchte sie. „Lauf einfach."

Ethan sprang auf den Bürgersteig und rannte über den Rasen.

Als er sich umdrehte, konnte er nichts erkennen.

Sie hatten die Wacholderbüsche erreicht.

Taumelten hinein.

Duckten sich in den Schatten zwischen den Büschen und dem Haus.

Sie waren alle außer Atem.

„Was ist passiert, Kate?", fragte Ethan.

„Ich habe einen gesehen."

„Wo?"

„In einem der Häuser an der Straße."

„*In* einem Haus?"

„Er stand einfach nur da und sah aus dem Fenster."

„Glaubst du, dass er uns gesehen hat?"

„Keine Ahnung."

Ethan ging langsam auf die Knie und spähte zwischen den Zweigen hindurch.

„Runter!", flüsterte Kate.

„Ich muss das überprüfen. Welches Haus war es?"

„Das braune mit den gelben Fensterrahmen. Eine Hollywoodschaukel auf der Veranda. Zwei Gartenzwerge im Vorgarten."

Er sah es.

Dann sah er, wie die Fliegengittertür langsam zufiel, und hörte leise das Holz gegen den Türrahmen klacken.

Aber er sah keinen Abby.

Ethan hockte sich wieder hinter die Büsche.

„Er ist draußen", sagte er. „Die Fliegengittertür ist gerade zugefallen. Aber ich weiß nicht, wo er jetzt ist."

„Er könnte ums Haus rumgelaufen sein", meinte Kate. „Vielleicht schleicht er sich von der Seite an uns ran. Wie clever sind diese Viecher?"

„Verdammt clever."

„Weißt du, wie sie jagen? Wie gut ihre Sinne entwickelt sind?"

„Das weiß ich nicht."

„Ich höre was", murmelte Maggie auf einmal.

Sie schwiegen alle.

Da war ein klickendes, kratzendes Geräusch.

Ethan richtete sich gerade so weit auf, dass er wieder zwischen den Zweigen hindurchsehen konnte.

Der Abby ging aufrecht über den Bürgersteig auf das Haus zu.

Das Klicken kam von seinen Krallen, die auf dem Beton aufkamen.

Es war ein großer Bulle.

Wenigstens hundertzehn Kilo schwer.

Er hatte vor Kurzem gefressen. Ethan konnte das Schlagen seines gewaltigen Herzens durch das getrocknete Blut und die

Eingeweide hindurch, die wie ein Lätzchen an seiner Brust klebten, kaum sehen.

An den Verandastufen blieb er stehen.

Er drehte den Kopf.

Ethan duckte sich.

Er hielt einen Finger an die Lippen und zog Kates Kopf zu sich heran, damit er ihr ins Ohr flüstern konnte.

„Er ist an der Veranda, sechs Meter von uns entfernt. Wir müssen angreifen."

Sie nickte.

Er ging auf die Knie, hob die Schrotflinte und reckte den Kopf über den Wacholderbusch.

Habe ich eine Patrone in der Kammer?

Natürlich, ich habe die Waffe letzte Nacht geladen.

Der Abby war verschwunden, aber sein Geruch war übermächtig.

Er musste ganz in der Nähe sein.

Auf einmal schoss er mit gebleckten Zähnen und Augen, die wie nasse, schwarze Steine aussahen, auf der anderen Seite des Busches nach oben.

Der Knall war ohrenbetäubend, und trotz der Größe der Kreatur wurde sie rücklings ins Gras geschleudert. Er hatte eine große Wunde in der Brust, aus der das dunkle Blut wie aus einem Geysir über die durchsichtige Haut strömte.

Kate war bereits aufgesprungen.

Hecter und Maggie hockten wie erstarrt hinter dem Busch.

„Wir müssen hier weg", sagte Ethan.

Er bahnte sich den Weg aus dem Busch.

Der Abby war noch am Leben. Er stöhnte und versuchte, sich das zentimetergroße Loch zuzuhalten, während er ungläubig mit ansah, wie er verblutete.

Er griff nach Ethan, als dieser vorbeilief, und erwischte den Saum seiner Jeans mit einer Kralle, wobei er den Stoff problemlos aufriss.

Kate war direkt hinter ihm, aber Hecter und Maggie waren nicht so schnell.

„Bewegung!“, brüllte Ethan.

Sie rannten auf die Straße.

Ethan stand der Schweiß auf der Stirn, der ihm in die brennenden Augen lief.

Sie gelangten an die nächste Kreuzung.

Nirgendwo war ein Abby zu sehen.

Ethan sah über die Schulter die Eighth Street hinunter.

Maggie und Hecter rannten, so schnell sie konnten, aber auch hinter ihnen war alles leer.

Die Schule nahm den gesamten Block auf Ethans rechter Seite ein.

Hinter dem Maschendrahtzaun lag ein einsamer Spielplatz.

Wippen. Schaukeln. Rutschen. Ein Karussell.

Ein Tetherballpfahl.

Ein Basketballkorb.

Der rote Ziegelsteinbau dahinter.

„Oh mein Gott“, stieß Maggie aus.

Ethan drehte sich um.

Sie war mitten auf der Straße stehen geblieben und sah zur Schule hinüber.

Er lief zu ihr zurück.

„Wir müssen weiter.“

Sie deutete nach vorn.

Eine Tür auf der Seite des Gebäudes war aufgegangen, und ein Mann stand auf der Türschwelle und winkte.

„Was machen wir denn jetzt?“, fragte Maggie.

Ja, was machen wir jetzt?

Das war eine dieser Entscheidungen, von denen alles abhängen konnte.

Ethan sprang über den einen Meter zwanzig hohen Zaun und raste über den Schulhof, wobei er an einem Sandkasten und einem Klettergerüst vorbeikam, die im Schatten einer riesigen Pappel standen, deren Blätter den Boden bedeckten.

Der Mann, der die Tür aufhielt, war Spitz, der Postbote von Wayward Pines, was in einer Stadt, in der niemand Briefe verschicken musste, ein ziemlich überflüssiger Job war. Dennoch lief er jeden Tag in der Woche durch die Straßen und steckte falsche Werbebriefe, erfundene Steuerbescheide und Ähnliches in die Briefkästen. Er war ein muskulöser Mann mit extravagantem Bart und einer erstaunlich breiten Taille für jemanden, der den ganzen Tag auf den Beinen war. Momentan trug er ein zerfetztes schwarzes T-Shirt und einen Kilt – sein Kostüm für das Fest – und hatte ein blutiges Stoffstück um seinen linken Arm gewickelt. Über seine Wange zog sich eine böse Stichwunde, und aus seinem rechten Bein war ein Stück Fleisch rausgerissen worden.

„Hi, Sheriff", sagte er, als Ethan vor ihm stand. „Ich hatte nicht erwartet, Sie hier zu sehen."

„Ganz meinerseits, Spitz. Sie sehen beschissen aus."

„Das ist nur eine Fleischwunde." Der Mann grinste. „Wir dachten, die anderen Gruppen wären ausgelöscht worden."

„Unsere hat es durch die Tunnel und in die Höhle geschafft."

„Wie viele sind es noch?"

„Sechsundneunzig."

„Ich habe dreiundachtzig im Keller der Schule."

„Harold?", fragte Kate.

Spitz schüttelte den Kopf. „Tut mir leid."

„Wir dachten schon, alle anderen wären umgekommen", meinte Hecter.

„Wir wurden auf dem Weg zu den Tunneln angegriffen. Am Fluss haben wir etwa dreißig Leute verloren. Es war brutal. Wie Sie sehen können, habe ich mich auch mit einem dieser Mistviecher auseinandersetzen müssen. Fünf Männer waren nötig, um es von mir runterzuziehen, und zu unserem Glück hatte einer von ihnen eine Machete, sonst wären wir alle erledigt gewesen. Ich habe vor einer Minute einen Schuss gehört und dachte mir, ich sehe mal draußen nach."

„Einer hat uns ein Stück weiter die Straße hinauf angegriffen", berichtete Ethan. „Wir dachten schon, sie hätten sich alle in die Wälder zurückgezogen."

„Oh nein. Die Stadt ist noch voll von denen. Ich bin ein paar Mal in die angrenzenden Häuser gelaufen, um was zu essen und zu trinken zu besorgen. In einigen Häusern verstecken sich noch Menschen. Kurz vor Sonnenaufgang habe ich Gracie und Jessica Turner gerettet. Jim hatte sie in einen Schrank eingesperrt und ihn zugenagelt. Er ist nicht zufällig bei Ihrer Gruppe, oder?"

„Ich habe ihn letzte Nacht gesehen", erwiderte Ethan. „Er hat es nicht geschafft."

„Das ist jammerschade."

„Wie geht es Ihren Leuten?", erkundigte sich Maggie.

„Drei sind letzte Nacht an ihren Verletzungen gestorben. Zwei sind in sehr schlechtem Zustand und werden den Tag vermutlich nicht überleben. Einige von uns sind ziemlich zerkratzt, und alle sind total durch den Wind. Wir haben nichts zu essen und nur ein bisschen Wasser aus den Trinkbrunnen. Wir hatten einen Lehrer in unserer Gruppe, und wenn er nicht vorgeschlagen hätte, dass wir hierher kommen, dann wären wir jetzt alle tot. Davon bin ich überzeugt. Das war die Hölle letzte Nacht."

„Wie gut ist der Keller gesichert?", fragte Ethan.

„Es könnte schlimmer sein. Wir haben uns hinter zwei Türen in einem Musikzimmer verschanzt. Es hat keine Fenster und nur einen Eingang. Wir haben auch Barrikaden errichtet. Es ist zwar keine Festung, aber wir werden schon durchhalten."

Einige Blocks weiter war ein Schrei zu hören.

„Kommen Sie lieber rein", meinte Spitz. „Das klingt, als hätte der Abby, den Sie getötet haben, noch einen Kumpel."

Ethan sah erst Kate und dann wieder Spitz an.

„Ich will zum Berg", sagte er. „Zu Pilcher."

„Wenn es Verletzte gibt, kann ich vielleicht helfen", schaltete sich Maggie ein. „In meinem früheren Leben hatte ich eine Ausbildung als Krankenschwester angefangen."

„Dann würden wir Sie mit Kusshand nehmen", erwiderte Spitz.

Ein zweiter Schrei antwortete dem ersten.

„Haben Sie Waffen?", wollte Ethan wissen.

„Eine Machete."

Verdammt. Er musste jemanden bei ihnen lassen, der schießen konnte. Diese Menschen brauchten einen besseren Schutz, als ihnen ein großes Messer bieten konnte.

„Kate, du bleibst ebenfalls hier", sagte er.

„Du brauchst mich."

„Ja, aber was ist, wenn wir beide getötet werden? Zumindest haben wir so einen Plan B, falls ich nicht mehr zurückkomme. Und du kannst diese Leute beschützen."

„Tja, Ethan, dann sind wohl nur noch wir beide übrig", meinte Hecter, der diese Vorstellung wohl erst einmal verdauen musste.

„Sehen wir uns wieder, Sheriff?", wollte Spitz wissen.

„Das will ich doch hoffen." Ethan nahm Maggies Hand. „In der Nachttischschublade?"

„Ja. Gehen Sie nach oben und gleich nach rechts. Es ist die Tür am Ende des Flurs."

„Haben Sie die Haustür abgeschlossen?"

„Nein."

„Welche ist es?"

„Rosa mit weißen Fensterrahmen. Ein Kranz an der Haustür."

Maggie und Spitz gingen in die Schule.

Ethan wollte sich schon abwenden, aber Kate hielt ihn mit kalten Händen im Nacken fest. Sie zog ihn an sich, bis sich ihre Lippen berührten, und dann küsste sie ihn und er ließ es geschehen.

„Sei vorsichtig", sagte sie und verschwand hinter der Tür.

Ethan sah Hecter an.

Die Abbys jaulten.

„Zwei Blocks", meinte Ethan. „Das schaffen wir."

Sie liefen über den Schulhof und zwischen Tischen vorbei über ein offenes Spielfeld und direkt auf den Zaun zu.

Als sich Ethan umsah, bemerkte er eine Bewegung auf der Straße – blasse Gestalten kamen auf allen vieren auf sie zu.

Mit der Schrotflinte über der Schulter legte er beide Hände auf den Zaun und sprang hinüber.

Sie kamen an eine Kreuzung.

Rechts: alles frei.

Links: vier Abbys, die auf sie zukamen, aber noch einige Blocks entfernt waren.

Als sie die Hälfte des Blocks hinter sich gebracht hatten, stürzte sich ein Abby durch das Wohnzimmerfenster eines Hauses und griff Ethan an.

„Laufen Sie weiter", rief er Hecter zu, blieb stehen und lud die Schrotflinte durch.

Hecter sauste an ihm vorbei, und Ethan schaltete das Monster mit einem Kopfschuss aus.

Dann jagte er hinter Hecter her, und als sie an der letzten Kreuzung vor Maggies Haus ankamen, ging ihm auf, dass er sie nie gefragt hatte, was sie überhaupt für einen Wagen fuhr. Hier in der Gegend standen viele Autos am Straßenrand, und zwei parkten direkt vor Maggies Haus.

Direkt vor ihnen tauchten Abbys auf, die von der Main Street kamen und noch einen Block entfernt waren, und Ethan sah sich gerade noch rechtzeitig um, um zu sehen, wie ein halbes Dutzend zwei Blocks hinter ihnen in der Nähe der Schule auftauchten.

Hecter und er rannten die letzten zehn Meter bis zu Maggies Haus.

Sie liefen die Stufen hinauf und über die Veranda.

Rissen die Fliegengittertür auf.

Die Abbys schrien hinter ihnen.

Sie kamen näher.

Hecter wurde immer nervöser.

Ethan drehte den Türknauf, drückte die Tür mit der Schulter auf und lief ins Haus.

„Schließen Sie die Tür ab!“, rief Ethan, als Hecter reingetaumelt kam. „Stellen Sie sich mitten auf die Treppe, und knallen Sie jeden ab, der durch die Tür kommt!“

„Wo wollen Sie hin?“

„Ich hole die Autoschlüssel.“

Ethan rannte die Treppe hinauf.

Die Schreie der Abbys waren durch die Wände hindurch zu hören.

Oben wandte er sich nach rechts und rannte auf die letzte Tür am Ende des Flurs zu.

Er trat sie auf, ohne langsamer zu werden.

Gelbe Wände, weißer Stuck unter der Decke.

Wehende, zugezogene Vorhänge.

Ein Bademantel aus Frottee lag über einer Sessellehne.

Ein großes Bett mit vielen Kissen, das ordentlich gemacht worden war.

Ein Stapel mit Büchern von Jane Austen und ein Räuchergefäß auf dem Nachttisch.

Die kalte Luft roch noch immer leicht nach den Räucherstäbchen.

Maggies Zuflucht.

Ethan rannte zum Nachttisch und zog die Schublade auf.

Von unten war das Geräusch einer zersplitterten Scheibe zu hören.

Holz zerbrach.

Ein Schnauben.

Hecter rief etwas, als Ethan gerade die Hand in die Schublade steckte und den Schlüssel ertastete.

Eine Schrotflinte wurde abgefeuert.

Abbys schrien.

Hecter rief: „Oh Gott!"

Das *Tschuck-Tschuck*, als er wieder durchlud.

Bumm.

Tschuck-Tschuck.

Die leeren Patronenhülsen fielen auf den Boden.

Ethan stopfte sich Maggies Autoschlüssel in die Hosentasche und rannte auf den Flur.

Hecter schrie.

Es waren keine Schüsse mehr zu hören.

Ethan rutschte mit den glatten Stiefelsohlen auf dem Holzboden aus, als er oben an der Treppe ankam, und versuchte, die Vorwärtsbewegung aufzuhalten.

Blut.

Überall Blut.

Drei Abbys auf Hecter, einer zerrte an seinem rechten Bein, ein zweiter riss den Bizeps aus dem Arm und der dritte zerrte an den Bauchmuskeln.

Hecter schrie auf und schlug mit einer Hand auf den Schädel des Abbys, der ihn ausweidete.

Ethan hob die Schrotflinte.

Die erste Kugel köpfte den Abby, der sich gerade in Hecters Bauch vorarbeitete, und er erschoss den zweiten, als dieser schnaubend aufsah, aber der dritte hatte einen Vorsprung und war in der Luft, um Ethan anzuspringen, bevor er die Mossberg wieder geladen hatte, sodass er ihn im Flug erwischte.

Der Abby fiel die Treppe wieder runter und gegen die beiden Abbys, die gerade durch die Haustür stürmten.

Ethan lud durch und baute sich am oberen Treppenabsatz auf, während er überlegte, wie er weiter vorgehen sollte, gegen seine Panik ankämpfte und den Gedanken zu verdrängen versuchte, dass jetzt alles gelaufen war. Sein linker Arm war vom Rückstoß der Mossberg derart angeschlagen, dass es schon wehtat, den Schaft nur an die Schulter zu drücken.

Die beiden Abbys krabbelten unter dem Toten hervor und kamen auf Ethan zu, der sie beide erschoss, bevor sie bei ihm ankamen.

Im Haus war es vom Pulverdampf ganz neblig geworden, und einen Augenblick lang war nichts als das Zischen der Oberschenkelarterie in Hecters Bein zu hören, aus der das Blut an die Haustür spritzte.

Die Treppe war blutgetränkt und glitschig.

Hecter stöhnte und zitterte, während er seine Innereien mit den Händen festhielt und ein fassungsloses Gesicht machte.

Er hatte sehr viel Blut verloren, ihm stand kalter Schweiß in den Haaren und sein Gesicht war schon jetzt leichenblass.

Der Blick, mit dem er Ethan ansah, glich dem eines sterbenden Soldaten, der denjenigen betrachtete, den die Kugel verfehlt hatte.

Darin zeichnete sich Angst ab.

Verständnislosigkeit.

Bitte, Gott, sag mir, dass das nicht wahr ist.

Die Haustür war aus den Angeln gerissen worden, und Ethan konnte durch die Öffnung erkennen, dass immer mehr Abbys in den Vorgarten strömten.

Sie würden Hecter auffressen, während er seine letzten Atemzüge tat.

Ethan zog seine Pistole und entsicherte sie.

Auch wenn er keine Ahnung hatte, ob es stimmte, sagte er: „Sie sind gleich an einem besseren Ort."

Hecter starrte ihn einfach nur an.

Ich hätte Sie hochschicken und die Schlüssel holen lassen sollen.

Ethan schoss dem Pianisten zwischen die Augen. Als die Monster durch die Haustür hereinkamen, lief er schon wieder durch den Flur zu Maggies Schlafzimmer.

Er nahm die zweite Tür auf der rechten Seite.

Er drückte sie leise hinter sich zu und schloss sie ab, auch wenn das niemanden aufhalten würde.

Unter dem Fenster mit der Milchglasscheibe stand eine Badewanne mit Löwenfüßen.

Als er darauf zuging, konnte er die Abbys durch die Tür hören.

Sie fraßen.

Ethan legte die Schrotflinte auf das Waschbecken und stieg in die Badewanne.

Er öffnete das Fenster.

Die Öffnung war gerade mal sechzig Zentimeter hoch.

Das wird eng.

Er stieg auf den Wannenrand und sah durch das Fenster in den kleinen Garten, der umzäunt und leer war.

Die Treppe knarrte, die Abbys kamen nach oben.

Auf dem Flur war ein lauter Knall zu hören, als wäre jemand mit voller Wucht gegen eine der Türen gerannt.

Ethan machte einen Schritt nach hinten und griff nach der Schrotflinte.

Ein Abby kreischte auf der anderen Seite der Tür.

Etwas schlug gegen die Badezimmertür.

Das Holz splitterte.

Ethan legte eine Patrone ein und schoss mitten durch die Tür, woraufhin etwas gegen die Wand auf der anderen Flurseite prallte.

In der Tür war ein patronengroßes Loch, Blut strömte darunter hindurch und breitete sich langsam auf den schwarz-weißen Fliesen aus.

Ethan stieg wieder auf den Wannenrand.

Er ließ die Schrotflinte aufs Dach fallen und quetschte sich durch das Fenster, als ein anderer Abby hinter ihm gegen die Tür schlug.

Dann kniete sich Ethan unter den Fensterrahmen, legte acht Patronen in das Gewehr und hängte es sich am Riemen über die Schulter.

Der Abby schlug noch immer auf die Badezimmertür ein.

Ethan schloss das Fenster und ging vorsichtig über das Dach.

Der Boden befand sich dreieinhalb Meter unter ihm.

Er ging auf die Hände und Knie und ließ sich über die Kante nach unten fallen, wobei er sich an der Regenrinne festklammerte, bis er sich ganz ausgestreckt hatte und seine Füße nur noch eineinhalb Meter vom Boden entfernt waren.

Als er sich fallen ließ, kam er hart auf, ging in die Knie, um den Aufprall zu absorbieren, rollte sich ab und war im nächsten Moment schon wieder auf den Beinen.

Durch die Fensterscheibe in der Hintertür sah er die Abbys im Haus herumlaufen.

Ethan lief über den gepflasterten Innenhof, und seine Muskeln, seine Knochen, jeder Zentimeter seines Körpers schmerzte mit jeder Sekunde mehr.

Der Zaun bestand aus verwitterten Latten und war einen Meter fünfzig hoch; durch ein Tor gelangte man auf die Seitenstraße.

Er konnte weit und breit keine Abbys entdecken.

Also öffnete er das Tor gerade weit genug, dass er hindurchschlüpfen konnte.

Hinter sich hörte er im ersten Stock Glas zerschellen.

Er rannte neben dem Haus her und wurde langsamer, als er vorne ankam.

Für den Moment war die Luft rein.

Am Straßenrand vor Maggies Haus parkten zwei Autos.

Ein alter Jeep CJ-5 mit Verdeck.

Ein weißer Buick Station Wagon, der uralt aussah.

Er zog die Schlüssel aus der Tasche.

Drei an einem Ring.

Alle unbeschriftet.

Irgendwo über sich hörte er ein Schaben, das von Krallen stammen konnte, die über das Blechdach gezogen wurden.

Er lief weiter.

Als er auf dem Bürgersteig war, schaute er sich um und sah gerade noch, wie ein Abby vom Dach auf die Veranda sprang, dann zu Boden fiel und sofort zum Angriff überging.

Ethan blieb stehen, wirbelte herum, riss die Schrotflinte hoch und feuerte dem Abby eine Kugel in die Brust.

Im Haus erhob sich Geschrei.

Der Station Wagon war näher.

Die Chancen stehen fünfzig-fünfzig, dass es Maggies Wagen ist.

Ethan riss die Beifahrertür auf, setzte sich ins Auto und zog die Tür hinter sich zu.

Er kletterte hinter das Lenkrad und rammte den ersten Schlüssel ins Zündschloss.

Er passte nicht.

„Komm schon."

Nummer zwei.

Er glitt leicht hinein.

Aber er ließ sich nicht drehen.

Ein Abby riss Maggies Haustür aus den Angeln.

Nummer drei.

Vier weitere Abbys tauchten hinter dem ersten auf, und während zwei von ihnen über den Rasen zu ihrem sterbenden Freund liefen, ließ sich der dritte Schlüssel nicht einmal ins Schloss stecken.

Scheiße, Scheiße, Scheiße.

Ethan duckte sich auf dem Sitz und kroch unter das Lenkrad.

Er konnte nichts mehr sehen, aber die Abbys im Vorgarten hören.

Wenn sie in den Wagen sehen und dich entdecken, was dann? Geh lieber gleich.

Er griff nach dem Türgriff und zog vorsichtig daran.

Die Tür ging langsam auf.

Er glitt auf den Asphalt und drückte sich an den Wagen, sodass man ihn vom Haus aus nicht sehen konnte.

Auf der Straße waren keine Abbys zu sehen.

Vorsichtig erhob er sich ein Stück, um durch die Fenster zu sehen.

Allein sechs Abbys standen im Vorgarten, und durch das offene Fenster sah er zwei weitere, die Hecters Überreste fraßen.

Der Jeep parkte nur wenige Meter von der Stoßstange des Station Wagons entfernt.

Ethan nahm die Schrotflinte vom Sitz und kroch über den Boden.

Er ging das Risiko ein, dass man ihn mehrere Sekunden lang sehen konnte, und lief zum Jeep hinüber, aber sie hatten ihn nicht bemerkt.

Ethan richtete sich auf und sah durch die Plastikfenster des Verdecks.

Einige Abbys waren wieder hineingegangen.

Einer hockte noch wimmernd über der Leiche des Abbys, den Ethan erschossen hatte.

Die Fahrertür war nicht abgeschlossen.

Ethan stieg ein und legte die Schrotflinte zwischen die Sitze.

Er hatte gerade den ersten Schlüssel in der Hand, als ein Abby schrie.

Sie hatten ihn gesehen.

Sie kamen auf ihn zu.

Er drehte den Schlüssel um.

Nichts.

Als er den zweiten Schlüssel ins Schloss stecken wollte, wurde ihm klar, dass die Zeit nicht reichen würde. Er nahm die Schrotflinte, sprang aus dem Jeep und stellte sich mitten auf die Straße.

Fünf Abbys rannten bereits auf ihn zu.

Ein Fehlschuss und du bist tot.

Er erschoss den vordersten und dann die beiden auf der linken Seite, während er langsam nach hinten ging, da die letzten beiden immer näher kamen.

Er brauchte drei Schüsse, um den vierten auszuschalten.

Mit einer Patrone erledigte er auch den fünften, der auf drei Meter heran war.

Drei weitere Abbys kamen aus dem Haus gerannt. Im Augenwinkel bemerkte er, dass ringsherum auf den Straßen ebenfalls Bewegungen zu erkennen waren – ganze Abby-Rudel kamen aus allen Richtungen auf ihn zu.

Als er hinter sich ein Knurren hörte, drehte er den Kopf.

Zwei Abbys kamen auf allen vieren rasend schnell auf ihn zugerannt, ein großes Weibchen und ein kleinerer Abby, der höchstens dreißig Kilogramm wiegen konnte.

Er zielte auf den kleineren.

Volltreffer.

Der Abby rollte über die Straße.

Seine Mutter, die helle Augen hatte, blieb abrupt stehen und beugte sich über ihr sterbendes Kind.

Sie stieß ein langes, tragisches Heulen aus.

Ethan ließ die leere Patronenhülse zu Boden fallen.

Er zielte.

Die Mutter sah ihn an, und der intelligente, lodernde Hass in ihren zusammengekniffenen Augen war nicht zu übersehen.

Sie stellte sich auf die Hinterbeine und rannte auf ihn zu.

Sie kreischte.

Klick.

Leer.

Er ließ die Schrotflinte fallen und zog die Pistole, während er rückwärts zum Jeep ging. Dann schaltete er die Mutter mit zwei Schüssen in die Kehle aus.

Sie waren überall.

Er rannte auf den Jeep zu.

Ein über zwei Meter großer Abby sprang auf die Motorhaube.

Ethan schoss ihm versehentlich zwei Kugeln (Muskelerinnerung vom letzten Doppelschuss) in den Oberkörper.

Er stand neben der Fahrertür, als ein weiterer Abby das Heck des Jeeps umrundete.

Ethan tötete ihn mit einem Kopfschuss auf kurze Distanz, eine halbe Sekunde, bevor ihm der Abby eine Kralle in die Luftröhre bohren konnte.

Er stieg in den Wagen.

Inzwischen wusste er nicht mehr, welchen Schlüssel er beim letzten Mal ausprobiert hatte, und so schob er einfach irgendeinen ins Schloss.

Ein Abby tauchte neben dem Plastikfenster auf der Beifahrerseite auf.

Eine Kralle schlitze das Verdeck auf, und ein langer, muskulöser Arm griff in den Wagen.

Ethan nahm die Desert Eagle, die auf seinem Schoß lag, und schoss dem Abby ins Gesicht, der gerade versuchte, in den Wagen zu klettern.

Der Schlüssel ließ sich nicht drehen.

Während er mit dem nächsten herumfummelte, schoss ihm ein Gedanke durch den Kopf: „Was war, wenn Maggie auf der anderen Straßenseite geparkt hatte? Oder etwas weiter die Straße entlang?“ Es war ja sehr unwahrscheinlich, dass sie den Wagen in absehbarer Zeit wieder benutzen würde.

Dann werde ich in diesem Jeep bei lebendigem Leib gefressen.

Hinter Ethan wurde das Verdeck aufgeschlitzt.

Als er sich umdrehte, bohrte sich gerade eine schwarze Kralle durch das Heckfenster.

Er konnte zwar nur verschwommen durch das alte, dreckige Plastik sehen, aber es reichte aus, um das Monster anzuvisieren.

Er schoss durch das Fenster.

Blut spritzte auf das Plastik, und der Schlitten der Pistole klackte.

Leer.

Sie hatte nur ein Magazin, und er würde wenigstens dreißig Sekunden brauchen, um die Schachtel mit der Munition rauszuziehen und nachzuladen.

Augenblick mal.

Nein.

Er hatte keine Ersatzmunition für die Desert Eagle mitgenommen.

Nur für die Mossberg.

Die Abbys kamen immer näher. Er konnte ein Dutzend durch die Windschutzscheibe sehen und weitere hören, die aus Maggies Haus zu kommen schienen.

Während er den nächsten Schlüssel ins Schloss steckte, dachte er: „Irgendwie ist es schon komisch, dass mein Leben davon abhängt, ob sich dieser Schlüssel jetzt drehen lässt oder nicht.“

Er ließ sich ganz ins Schloss stecken.

Ethan rammte den Fuß fest auf die Kupplung.

Bitte.

Der Motor drehte einige Male durch …

Und erwachte mit einem gurgelnden Geräusch zum Leben.

Ethan löste die Handbremse, legte den Rückwärtsgang ein und trat aufs Gaspedal.

Der Jeep ruckte nach hinten und knallte gegen den Station Wagon, wobei er einen schreienden Abby zwischen den Stoßstangen einklemmte. Dann legte Ethan den ersten Gang ein, riss das Lenkrad herum und trat das Gaspedal bis zum Anschlag durch.

Er fuhr auf die Straße.

Überall waren Abbys.

Mit einem robusteren Wagen hätte er nicht gezögert, sondern sich direkt durch sie hindurch einen Weg gebahnt, aber der Jeep war kompakt und hatte keinen besonders breiten Radstand, sodass die Gefahr bestand, dass er umkippen konnte.

Ethan bezweifelte, dass der Wagen eine direkte Kollision mit einem mittelgroßen Bullen überstehen würde.

Es fühlte sich so gut an zu beschleunigen.

Er machte einen schnellen Schlenker nach links, um einem Abby auszuweichen, und der Jeep schlingerte kurz auf zwei Reifen.

Aber Ethan gelang es, ihn wieder auszurichten, doch schon kamen vier weitere Abbys auf ihn zu, die sich nicht beirren ließen, sondern weiter auf ihrem Kamikazekurs blieben.

Er riss das Lenkrad herum, fuhr über den Bürgersteig und mit fünfzig Stundenkilometern durch einen Lattenzaun, um dann durch den Vorgarten eines Eckgrundstücks zu rasen, auf der anderen Seite ebenfalls den Zaun umzufahren. Der Motor des Jeeps jaulte laut, als der Wagen aus der Kurve kam und wieder über die Straße raste. Die Reifen quietschten, als Ethan wieder geradeaus lenkte.

Die Straße vor ihm war frei.

Der Drehzahlmesser war schon im roten Bereich.

Ethan schaltete in den zweiten Gang.

Der Motor, was für einer auch immer da unter der Haube war, hatte ordentlich Pferdestärken.

Ethan sah in den Seitenspiegel.

Eine Horde Abbys, bestimmt vierzig oder fünfzig, jagte ihm mitten auf der Straße hinterher, und ihr Kreischen war sogar über das Dröhnen des Achtzylinders hinweg zu hören.

Als er den nächsten Block passierte, hatte er bereits auf hundert Stundenkilometer beschleunigt.

Er kam an einem Park vorbei, in dem ein Dutzend Abby-Babys an einem auf dem Gras liegenden Leichenhaufen herumnagte.

Da mussten an die vierzig oder fünfzig Leichen liegen. Sie stammten vermutlich von einer der gescheiterten Gruppen.

Die Sixth Avenue war auf einmal zu Ende.

In der Ferne war bereits der hoch aufragende Pinienwald zu sehen.

Ethan schaltete einen Gang runter.

Er hatte wenigstens vierhundert Meter Vorsprung vor den Abbys.

In der Thirteenth Street nahm er eine harte Kurve nach rechts und trat das Gaspedal wieder durch.

Einen Block lang fuhr er am Wald entlang, dann kam das Krankenhaus.

Ethan schaltete noch einen Gang runter und fuhr durch die sanfte Linkskurve auf die Hauptstraße, die aus der Stadt führte.

Er gab Vollgas.

Wayward Pines wurde im Rückspiegel immer kleiner.

Er fuhr am Straßenschild vorbei und fragte sich, ob es in der vergangenen Nacht irgendjemand so weit in den Wald geschafft hatte.

Wie als Antwort auf seine Frage kam er an einem alten Oldsmobile vorbei, das am Straßenrand parkte. So gut wie jede Fensterscheibe war herausgebrochen worden, und das Chassis war völlig verbeult und verkratzt. Irgendjemand hatte versucht, aus der Stadt zu fliehen, und war offenbar einer Gruppe von Abbys in die Hände gefallen.

An dem Schild, das vor der scharfen Kurve warnte, fuhr er von der Straße herunter und in den Wald.

Auch zwischen den Bäumen wurde er nicht langsamer.

In der Ferne wurden die Felsen sichtbar.

Er hatte noch eine Tasche voll Schrotflintenmunition, aber keine Schrotflinte mehr.

Und eine durchschlagkräftige Pistole ohne Patronen.

Das war nicht gerade die beste Vorbereitung für das, was er jetzt vorhatte.

Der große Felsvorsprung, der den Eingang zur Superstruktur verbarg, lag einhundert Meter vor ihm.

Ethan schaltete in den zweiten Gang und umklammerte das Lenkrad fester.

Fünfzig Meter.

Er drückte das Gaspedal so weit durch, wie es nur ging, und die Wärme des überhitzten Motors drang durch die Lüftungsschlitze ins Wageninnere.

Bei fünfundzwanzig Metern wappnete er sich.

Die Tachonadel bewegte sich nicht.

Er fuhr mit fünfundsechzig Stundenkilometern gegen eine Felswand.

Theresa Burke

Sie war in Seattle, in ihrem alten Haus in Queen Anne, und saß mit ihrer Familie im Garten. Es war einer dieser perfekten Sommerabende, an denen man alles in der Ferne erkennen konnte. Mount Rainier. Den Puget Sound und die Olympics auf der anderen Seite des Wassers. Lake Union und die Skyline. Alles war kühl und grün, und das Wasser schimmerte im Sonnenuntergang. All die Trübsal aufgrund der kalten, grauen Tage mit endlosem Nieselregen wurde mit solchen Abenden vergolten. Die Stadt sah schon fast zu schön aus.

Ethan stand am Grill und briet Lachsfilets auf Brettern aus in Wein getränktem Zedernholz. Ben lag in einer Hängematte und klimperte auf einer Gitarre herum. Sie war *da*. Alles wirkte so lebendig, und der Traum war unfassbar klar. Sie stellte sogar die Realität infrage, als sie zu ihrem Mann ging und ihm die Hände auf die Schultern legte. Sie konnte den Fisch riechen, das Sonnenlicht tatsächlich in den Augen spüren und den guten Bourbon schmecken, den sie trank und der ihre Beine schwer werden ließ.

„Ich glaube, die sind fertig", sagte sie, doch dann begann die Welt zu wackeln, und obwohl ihre Augen offen waren, schlug sie sie noch einmal auf und stellte fest, dass Ben sie wachrüttelte.

Sie setzte sich auf dem kalten Steinboden der Höhle auf und musste sich erst einmal zurechtfinden. Einen Moment lang hatte sie nicht die geringste Ahnung, wo sie sich befand. Menschen liefen an ihr vorbei zu einer großen, schweren Holztür, die jetzt offen stand.

Der Traum verblasste schnell, und die reale Welt drang wie ein schmerzhafter Kater auf sie ein. Sie konnte sich nicht daran erinnern, wann sie das letzte Mal von ihrem vorherigen Leben geträumt hatte, und das Timing kam ihr jetzt besonders grausam vor.

„Warum steht die Tür offen?“, fragte sie und sah Ben an.

„Wir müssen gehen, Mom.“

„Warum?“

„Die Abbys kommen zurück. Einer der Wächter sagt, er hätte eine ganze Horde gesehen, die die Klippen hinaufkommt.“

Das riss sie mit einem Schlag aus ihrer Benommenheit.

„Wie viele?“, wollte sie wissen.

„Das weiß ich nicht.“

„Warum verlassen alle die Höhle?“

„Sie glauben, dass die Tür keinem weiteren Angriff standhält. Komm mit.“ Er nahm ihre Hände und zog sie hoch.

Sie gingen auf die offene Tür zu, während sich die Panik in der Höhle ausbreitete und sich die Leute anstießen, um zum Ausgang zu gelangen, einander die Ellenbogen in die Rippen rammten und sich grob zur Seite schoben. Theresa nahm Bens Hand und schob ihn vor sich her.

Sie drängten sich über die Schwelle der gewaltigen Tür.

Im Tunnel hallten die Stimmen wider, und alle wollten nur noch ans Tageslicht am anderen Ende.

Theresa und Ben kamen unter einem Mittagshimmel ins Freie, der so blau war, dass er schon fast falsch aussah. Sie ging an den Rand der Klippe und sah nach unten, wobei sich ihr der Magen umdrehte.

„Großer Gott“, murmelte sie.

Wenigstens zwanzig Abbys kletterten am Berg nach oben.

Weitere fünfzig versammelten sich am Fuß des Berges, neunzig Meter unter ihr.

Und es kamen immer noch mehr aus dem Wald.

Ben kam an den Rand, aber sie hielt ihn zurück. „Denk nicht mal daran.“

Was als Chaos in der Höhle begonnen hatte, grenzte hier im Freien schon an Hysterie. Die Menschen hatten gesehen, was auf sie zukam. Einige waren zurück in den Tunnel geflohen. Andere versuchten, am Berg weiter nach oben zu klettern. Einige waren vor Angst wie erstarrt, lehnten sich an den Felsen und versuchten, alles um sich herum auszublenden.

Alle, die von Ethan Waffen bekommen hatten, brachten sich an der Kante in Position und zielten auf die Abbys, die bereits nach oben kletterten.

Theresa sah, wie eine Frau das Gewehr fallen ließ.

Ein Mann verlor den Halt und stürzte schreiend nach unten.

Der erste Schuss hallte durch die Luft.

„Was machen wir denn jetzt, Mom?"

Theresa sah die Angst in den Augen ihres Sohnes. Dann blickte sie den Steinpfad entlang, der zurück in die Höhle führte.

„Hätten wir lieber in der Höhle bleiben sollen?", fragte Ben.

„Und beten, dass die Tür hält? Nein."

Auf der rechten Seite des Höhleneingangs führte ein schmaler Vorsprung um den Berg herum. Aus dieser Entfernung konnte Theresa nicht erkennen, ob er breit genug war, um darauf zu stehen, aber es war wenigstens ein Hoffnungsschimmer.

„Komm mit." Sie nahm Bens Arm und schob ihn auf den Tunnel zu, während hinter ihr weitere Schüsse abgegeben wurden.

„Du hast doch gesagt ..."

„Wir gehen nicht zurück in die Höhle, Ben."

Als sie die Tunnelöffnung erreichten, nahm Theresa den Vorsprung genauer in Augenschein. Er war gerade mal dreißig Zentimeter breit. Hier gab es keine Planken, keine Kabel. Sie wusste nicht, ob es überhaupt möglich war, was sie vorhatte.

Sie sah ihren Sohn an, während die Menschen an ihnen vorbei und zurück in den Tunnel rannten.

Irgendwo im Wald unter ihnen schrie ein Abby.

„Wir müssen über diesen Vorsprung", sagte sie.

Ben starrte den schmalen, natürlichen Weg über die Klippen an. „Das sieht aber gruselig aus."

„Möchtest du lieber in der Höhle festsitzen, wenn fünfzig Abbys die Tür aufbrechen?"

„Was ist mit den anderen?"

„Es ist meine Aufgabe, dich zu beschützen. Bist du bereit?"

Er nickte kurz und wenig überzeugend.

Theresas Magen zog sich zusammen. Sie stellte einen Fuß auf den Vorsprung und drückte die Brust gegen die Wand, während sie mit den Handflächen über den Felsen strich. Dann machte sie kleine, schlurfende Schritte, während sie sich mit den Händen an jedem sich bietenden Vorsprung festhielt. Nach eineinhalb Metern sah sie zu Ben zurück.

„Hast du gesehen, wie ich das gemacht habe?"

„Ja."

„Du bist dran."

So schwer es bereits gewesen war, den breiten Weg in den Berg hinein zu verlassen, so war es jetzt noch viel quälender, ihrem Sohn dabei zuzusehen, wie er auf den Felsvorsprung trat. Und er sah als Erstes nach unten.

„Nein, tu das nicht, Liebling. Sieh mich an."

Ben hob den Kopf. „Es sieht bei Tageslicht noch viel erschreckender aus."

„Konzentrier dich einfach darauf, deine Füße sicher abzusetzen, und halte dich so wie ich mit den Händen an der Wand fest. Manchmal findet man Stellen, an denen man sich festhalten kann."

Langsam kam Ben auf sie zu.

„Das machst du großartig, Schatz."

Er kam bei ihr an.

Sie gingen weiter.

Nach sechs Metern wurde der Felsspalt unter ihnen weiter und sie konnten den Waldboden hundertzwanzig Meter unter sich sehen. Die Wand fiel so vertikal ab, dass man nicht einmal dagegen prallen würde, sondern direkt zu Boden fiel.

„Wie hältst du dich, Schatz?“, fragte Theresa.

„Ganz okay.“

„Siehst du nach unten?“

„Nein.“

Theresa drehte sich um. Er schaute nach unten.

„Verdammt noch mal, Ben.“

„Ich kann es nicht ändern“, erwiderte er. „Dabei wird mir ganz flau im Magen.“

Sie hätte am liebsten die Hand ausgestreckt, seine Hand gehalten und ihn in den Arm genommen.

„Wir müssen weiter“, sagte sie.

Theresa war sich nicht sicher, aber der Vorsprung schien schmaler zu werden. Ihr linker Fuß, den sie senkrecht zum Felsvorsprung abstellte, sodass er in Richtung Berg zeigte, stand nun schon mehr als fünf Zentimeter über.

Als sie an eine Biegung kamen, wurden aus Richtung der Höhle wieder Schüsse abgegeben. Theresa und Ben drehten sich beide um. Mehrere Dutzend Menschen zogen sich schnell und mit angespannten Gesichtern in den Tunnel zurück, was vermuten ließ, dass sie um ihr Leben liefen. Erst schrie ein Abby, dann ein zweiter und danach immer mehr, als diese blassen, durchsichtigen Monster über den Rand der Klippe kletterten. Sobald ihre Krallen gerade Boden berührten, liefen sie auf allen vieren über den Pfad, der zum Tunnel führte.

„Was ist, wenn sie uns sehen?“, fragte Ben.

„Beweg dich nicht“, flüsterte Theresa. „Zuck nicht mal mit der Wimper.“

Als der letzte Abby – sie hatte vierundvierzig gezählt – im Tunnel verschwunden war, sagte sie: „Gehen wir weiter.“

Während sie um die Biegung herum verschwanden, drang ein donnerndes Geräusch aus dem Tunnel.

„Was ist das?“, wollte Ben wissen.

„Das sind die Abbys. Sie schlagen auf die Höhlentür ein.“

Theresa drückte sich eng an den Felsen und machte einen Schritt um die Ecke auf einen fünfzehn Zentimeter breiten Vorsprung, während ihr das Herz bis zum Hals schlug.

Auf einmal hallten laute Schreie durch den Tunnel.

VI

Hassler

Gas Works Park
Seattle, Washington
Vor 1816 Jahren

Hassler wendet einen Burger auf dem Grill, der im Schatten der Überreste der Seattle Gas Light Company steht, einer Ansammlung aus verrosteten Zylindern und Eisenteilen, die in der Ferne aufragen wie die Ruinen einer Steampunk-Skyline. Das smaragdgrüne Gras reicht bis zum Ufer des Lake Unions herunter, der im Licht der Nachmittagssonne funkelt. Es ist Juni. Es ist warm. Die ganze Stadt scheint auf den Beinen zu sein und diesen wunderschönen Tag, wie es ihn hier nur selten gab, zu genießen.

An Segelbootmasten hängen bunte Dreiecke und sprenkeln den See.

Drachen bringen mehr Farbe an den Himmel.

Frisbees fliegen durch die Luft, und der helle Klang lachender Kinder hallt vom Lüftungsgebäude der Anlage herüber, das zu einer „Spielfarm" umgebaut worden ist.

Hier findet das jährliche Firmenpicknick des Seattle-Büros des Secret Service statt, und Hassler kann den Gedanken nicht abschütteln, dass es sehr merkwürdig ist, all diese nackten Beine und Füße in Sandalen anstelle der ordentlichen schwarzen Anzüge und Kostüme zu sehen.

Sein Assistent Mike kommt mit zwei leeren Tellern und dem Wunsch nach Bratwürsten zu ihm herüber.

Während Hassler eine Wurst aufspießt, entdeckt er Theresa Burke, die sich von der Gruppe entfernt, mit der sie bis eben geplaudert hat, und relativ schnell auf das Ufer zugeht.

Hassler legt die Gabel hin und sieht seinen Assistenten an.

„Hatte ich erwähnt, dass Sie befördert werden?", fragt Hassler.

Mike reißt selbstsüchtig die Augen auf. Der junge Mann arbeitet erst seit acht Monaten für Hassler, aber er hat bereits bei mehreren Gelegenheiten bewiesen, wie unfähig er ist zu bemerken, dass seine Hauptaufgabe im Leben darin liegt, ans Telefon zu gehen, Kaffee einzuschenken und die Diktate des leitenden Special Agents abzutippen.

„Ehrlich?", sagt Mike.

Hassler nimmt seine rot-weiß karierte Schürze ab und reicht sie seinem Lehrling.

„Zu Ihren neuen Pflichten gehört, die Leute zu fragen, ob sie einen Hamburger, eine Bratwurst oder beides wollen. Und natürlich, nichts anbrennen zu lassen."

Mike sackt in sich zusammen. „Ich wollte gerade für Lacy etwas zu essen holen."

„Ist das Ihre neue Freundin?"

„Ja."

„Dann sagen Sie ihr, sie soll herkommen, damit Sie ihr die gute Nachricht mitteilen können." Hassler schlägt Mike auf die Schulter und verlässt den Grill, um über das mit Butterblumen durchzogene Gras zu gehen.

Theresa steht am Wasser.

Hassler geht ans Ufer, bleibt in sechs Metern Entfernung stehen und tut so, als würde er die wundervolle Aussicht genießen.

Die Funktürme auf dem Capitol Hill.

Die mit Häusern bedeckten Hänge von Queen Anne.

Nach einem Augenblick sieht er zu ihr herüber.

Theresa starrt mit finsterer Miene aufs Wasser, hat den Kiefer angespannt, und in ihren Augen lodert es.

„Ist alles in Ordnung?", erkundigt er sich.

Sie zuckt zusammen, sieht zu ihm hinüber, wischt sich über die Augen und zwingt sich zu einem gequälten Lächeln.

„Oh, ja. Ich genieße nur den Tag. Da wünscht man sich doch, dass es öfter so schön wäre."

„Allerdings. Ich wünschte mir beinahe, dass ich segeln könnte."

Theresa dreht sich zum Park um, wo sich die anderen aufhalten.

Hassler sieht ebenfalls hin.

Die Brise trägt den angenehmen Geruch von Bier in Plastikbechern herüber.

Er entdeckt Ethan Burke und Kate Hewson, die allein ein Stück abseits stehen. Kate lacht, als Ethan gestikuliert und ihr offenbar eine Geschichte oder einen Witz erzählt.

Hassler tritt näher an Theresa heran.

„Sie amüsieren sich hier nicht, habe ich recht?"

Sie schüttelt den Kopf.

„Diese Arbeitspartys müssen für die Familien immer sehr komisch sein. Meine Agenten sehen sich jeden Tag und verbringen vermutlich mehr Zeit miteinander als mit ihren Partnern zu Hause. Und dann kommen sie hierher und müssen sich wie eine Außenseiterin fühlen", meint er.

Theresa lächelt. „Sie haben es sehr gut auf den Punkt gebracht."

Sie will noch etwas anderes sagen, hält dann jedoch inne.

„Was?", hakt Hassler nach und macht noch einen Schritt auf sie zu. Jetzt kann er ihre Haarspülung riechen und das Duschbad, das sie heute Morgen benutzt hat.

Theresas Augen sind klar und grün. Die Elektrizität, die sie auszustrahlen scheinen, geht auf ihn über und schießt ihm bis in den

Bauch. Auf einmal fühlt er sich krank, aufgeregt, eingeschüchtert, lebendig – und zwar alles auf einmal.

Es geht ihm blendend.

„Muss ich mir Sorgen machen?“, fragt sie.

„Weswegen?“

Sie spricht leiser. „Wegen den beiden. Ethan und …“, es macht den Anschein, als wolle sie den Namen nicht einmal aussprechen, um keinen schlechten Geschmack im Mund zu haben, „Kate.“

„Wieso Sorgen?“ Er weiß es, aber er will dennoch, dass sie es ausspricht.

„Wie lange sind sie jetzt Partner? Seit vier Monaten?“, fragt sie.

„Ja, so in etwa.“

„Das ist eine intensive Beziehung zwischen Partnern, nicht wahr?“

„Das kann passieren. Man bearbeitet die Fälle zusammen. Macht oft Überstunden. Man muss dem anderen sein Leben anvertrauen.“

„Dann ist sie sozusagen seine Ehefrau bei der Arbeit.“

„Es würde mir schwerfallen, Ihnen zwei Agenten zu nennen, die einander nicht nahestehen“, entgegnet Hassler. „Das bringt der Job nun einmal mit sich.“

„Es ist einfach nur schwer“, meint Theresa.

„Das kann ich mir vorstellen.“

„Dann denken Sie also nicht …“

„Ich habe nichts gesehen, was mich auf den Gedanken bringen würde, dass Ethan Ihnen je untreu geworden wäre. Er ist ein Glückspilz. Ich hoffe, das wissen Sie.“

Theresa stößt die Luft aus und vergräbt das Gesicht in den Händen.

„Was ist los?“, will er wissen.

„Ich hätte nicht …“

„Nein, das ist schon in Ordnung. Bitte.“

„Tun Sie mir einen Gefallen?“, bittet ihn Theresa dann.

„Jeden, den Sie wollen.“

„Erzählen Sie Ethan nichts von diesem Gespräch. Sie kennen mich nicht sehr gut, Adam, aber ich neige normalerweise nicht zu Eifersucht. Es ist nur so … Ich weiß auch nicht, was mit mir los ist."

„Meine Lippen sind versiegelt." Hassler lächelt. „Und Sie sollten wissen, dass ich sehr gut darin bin, Dinge geheim zu halten. Das steht schließlich schon in meiner Jobbeschreibung."

Jetzt lächelt ihn Theresa an. Er kann es kaum ertragen und weiß, dass er in den kommenden Tagen an kaum etwas anderes denken wird.

„Danke", sagt sie und legt ihm kurz eine Hand auf den Arm.

Dieser Moment könnte seiner Meinung nach ewig andauern.

„Ich könnte hier bleiben", schlägt er vor, „und Ihnen Gesellschaft leisten."

„Oh nein, Sie müssen sich da drüben um die Party kümmern, und ich bin ein großes Mädchen. Aber danke für das Angebot."

Theresa geht über den Rasen zurück, und Hassler sieht ihr nach. Er weiß es selbst nicht genau, was diese Frau an sich hat, dass es ihm das Herz zerreißt. Eigentlich sind sie bestenfalls Bekannte und haben sich vielleicht fünf Mal miteinander unterhalten.

Als sie mal ins Büro kam, um Ethan etwas zu bringen.

Bei einer zufälligen Begegnung in der Philharmonie.

Bei einem Essen, zu dem ihn die Burkes eingeladen hatten.

Hassler war nie verheiratet und seit der Highschool nicht mehr verliebt, aber in diesem Moment, als er am Ufer des Lake Union steht und mit ansieht, wie Theresa zu Ethan geht und ihm einen Arm um die Taille legt, spürt er die Eifersucht in sich auflodern, als müsste er mit ansehen, wie sich die Frau, die zu ihm gehört, in einen anderen Mann verliebt.

Ethan

Er raste mit dem CJ-5 durch die als Felsen getarnte Tür. Ein Metallstück steckt in der Windschutzscheibe und hat einen langen, sich verzweigenden Riss mitten im Glas verursacht.

Ethan hatte schon fast damit gerechnet, dass eine Brigade von Pilchers Männern auf ihn warten würde, aber der Tunnel ist leer.

Er schaltet in den dritten Gang.

Mehr als fünfundfünfzig Stundenkilometer schafft der Wagen auf dem steilen Weg nicht.

Die Scheinwerfer strahlen nach oben.

Wasser tropft vom Stein auf die eingerissene Windschutzscheibe.

Immer, wenn er um eine Kurve fährt, rechnet er mit einer Straßensperre und mit einigen von Pilchers Männern mit Sturmgewehren, die den Befehl haben, sofort zu schießen.

Andererseits war es auch durchaus möglich, dass Pilchers Leute gar nicht wussten, was er getan hatte.

Die einzigen Kamerabilder in der Superstruktur waren im Überwachungshauptquartier und in Pilchers Büro zu finden gewesen. Die Überwachungstechniker konnte man aus- oder einsperren, bestechen oder töten. Pilchers innerer Zirkel war dem Mann zweifellos mit wahnhafter Treue ergeben, aber Ethan konnte sich nicht vorstellen, dass sie einfach tatenlos zusehen würden, wie er den Rest der Menschheit ermordete.

Es knackte in seinen Ohren.

Er kam immer näher und stieß weiterhin auf keinen Widerstand.

Wenn er sich nicht irrte, dann hatte Pilcher vor, dafür zu sorgen, dass jeder einzelne Bewohner von Wayward Pines ausgelöscht wurde, um seinen Leuten dann zu sagen, dass es ein schrecklicher Unfall gewesen wäre. Ein Ausfall des Zauns. Nichts, was er hätte verhindern können.

Ethan ging vom Gas, als der Eingang der Superstruktur nach einer langen, sanften Kurve in Sicht kam.

Er fuhr in die riesige Höhle und hielt den Jeep an.

Legte den ersten Gang ein.

Schaltete den Motor aus.

Er nahm die Desert Eagle, die vor dem Sitz auf dem Boden lag, zog den Schlitten zurück und ließ ihn vorschnellen, sodass die Waffe aussah, als wäre sie geladen. Dann kramte er noch einmal in seinen Taschen herum, fand aber nur zwei Schachteln mit Schrotflintenmunition und sein Harpy-Messer.

Er öffnete die Tür und stieg aus. Die Arche war ruhig, und es war nur ein leises Zischen zu hören, der Ausstoß von Luft, das aus dem blau beleuchteten Suspensionszentrum kam.

Als er sich den dicken Glastüren näherte, durch die man auf die erste Etage des Komplexes gelangte, fiel ihm auf, dass er keine Schlüsselkarte hatte.

Über den Türen hing eine Kamera, die auf ihn gerichtet war.

Beobachtest du mich gerade?

Du musst doch wissen, dass ich hier bin.

Eine Stimme hinter ihm sagte: „Legen Sie die Hände an den Hinterkopf, und verschränken Sie die Finger."

Ethan hob die Hände und drehte sich langsam um.

Ein Junge von Anfang zwanzig mit einem Verband um den Kopf stand fünfzehn Meter entfernt neben dem nächsten der riesigen zylindrischen Reservoirs, die es massenweise in der Arche gab, und hatte ein AR-15 auf ihn gerichtet.

„Hi, Marcus", begrüßte ihn Ethan.

Marcus kam auf ihn zu, und in dem schwachen Licht der von der Decke hängenden Kugellampen machte es den Anschein, als wäre er stinksauer. Dazu hatte er auch guten Grund. Bei ihrer letzten Begegnung hatte ihm Ethan mit der Pistole eins übergebraten.

„Mr Pilcher wusste, dass Sie kommen würde", meinte Marcus.

„Hat er Ihnen das gesagt, ja?"
„Er hat mir alles erzählt, was Sie getan haben."
„Alles, was *ich* getan habe?"
„Und er hat auch gesagt, dass ich Sie erschießen soll, von daher …"
„Menschen sterben in Wayward Pines, Marcus. Frauen und Kinder."
Marcus hatte die Distanz zwischen ihnen halbiert, und Ethan konnte genug Zorn in seinen Augen sehen, um davon auszugehen, dass er den Abzug tatsächlich drücken würde.
Die Glastüren öffneten sich. Ethan drehte sich um und sah einen großen, blonden Mann, der mit einer Pistole auf Ethans Herz zielte. Ethan erinnerte sich an ihn, da sie sich im Leichenschauhaus begegnet waren. Es war Alyssas Freund Alan, Pilchers Sicherheitschef.
Ethan sah zu Marcus hinüber, dem Jungen, der jetzt sein Maschinengewehr anlegte und sich schussbereit machte.
Ethan sah Alan an. „Haben Sie auch den Befehl, mich sofort zu erschießen?"
„Allerdings."
„Wo ist Ted?"
„Keine Ahnung."
„Sie sollten mich vorher anhören", erklärte Ethan.
Marcus kam näher. Als Alan die Waffe auf Ethans Gesicht richtete, machte Marcus einen Schritt auf ihn zu und zog die Desert Eagle aus Ethans Hosenbund, um sie dann zur Seite zu schleudern.
„Sie haben ja keine Ahnung, was da draußen los ist", sagte Ethan. „Keiner von Ihnen. Letzte Nacht hat Pilcher den Zaun deaktiviert und das Tor geöffnet. Er hat ein Rudel Abbys in Tal gelassen, das die meisten Einwohner massakriert hat."
„Blödsinn", erwiderte Alan.
„Er lügt", behauptete Marcus. „Warum hören wir ihm …"

„Ich möchte Ihnen etwas zeigen“, unterbrach ihn Ethan. „Ich greife jetzt langsam in meine Tasche …“

„Ich schwöre bei Gott, dass ich Sie umlege, wenn Sie das machen.“

„Sie haben mir doch gerade meine Waffe abgenommen.“

„Alan, wir haben den Befehl …“, setzte Marcus an.

„Halten Sie die Klappe“, fuhr ihn Ethan an. „Das ist ein Gespräch unter Erwachsenen.“ Er sah Alan in die Augen. „Erinnern Sie sich noch, wie wir uns im Leichenschauhaus begegnet sind? Und worum Sie mich gebeten haben?“

„Sie sollten Alyssas Mörder finden.“

„Genau.“

Alan fixierte Ethan.

„Ich weiß jetzt, wer sie ermordet hat“, fuhr Ethan fort.

Alan verspannte sich.

„Es war Ihr Boss. Und Pam hat ihm geholfen.“

„Wenn Sie mit solchen Anschuldigungen ankommen, sollten Sie die auch lieber …“

„Beweisen?“, ergänzte Ethan. „Darf ich?“

„Aber ganz langsam.“

Ethan griff in die Tasche und tastete mit den Fingern, bis er ihn gefunden hatte. Dann holte er den Speicherstick heraus und hielt ihn hoch. „Pilcher und Pam haben Alyssa umgebracht. Aber zuerst haben sie sie gefoltert. Der Leiter der Überwachungsabteilung hat mir diese Aufzeichnung gegeben. Darauf ist alles zu sehen.“ Alan hielt die Waffe weiterhin auf Ethan gerichtet, und seine Miene war nicht zu deuten. „Ich habe eine Frage an Sie, Alan“, meinte Ethan. „Wenn das, was ich sage, die Wahrheit ist, wem gilt dann Ihre Loyalität?“

„Er spielt nur mit Ihnen“, knurrte Marcus.

„Es gibt nur einen Weg, das herauszufinden", erwiderte Ethan. „Was schadet es, wenn Sie sich das ansehen, Alan? Es sei denn, Sie wollen Alyssas Tod nicht mehr rächen."

Ethan hörte, wie ein anderer Mann hinter der Tür durch den Korridor lief.

Er war ganz in Schwarz gekleidet und mit einem Taser, einer Pistole, einem Maschinengewehr und ordentlich Testosteron bewaffnet. Als er sich der Glastür näherte, entdeckte er Ethan und riss die Waffe hoch. Auf einmal legte Alan den rechten Arm um Ethans Hals und hielt ihm die Pistole an die Schläfe.

Die Türen gingen auf.

„Ich hab ihn", sagte Alan. „Bleiben Sie zurück."

„Töten Sie ihn!", schrie Marcus. „Sie haben Ihre Befehle!"

Der Neuankömmling sagte: „Was tun Sie denn, Alan?"

„Sie werden diesen Mann nicht erschießen, Mustin. Noch nicht."

„Was ich will und was ich nicht will hat verdammt wenig damit zu tun, und das wissen Sie besser als jeder andere."

Alan legte den Arm enger um Ethans Hals.

„Der Sheriff sagt, die Stadt wird von Abscheulichkeiten überrannt und der Boss hätte das Tor geöffnet. Er behauptet auch, Mr Pilcher und Pam wären für Alyssas Tod verantwortlich."

„Es ist eine Sache, so was zu behaupten", entgegnete Mustin, „aber eine ganz andere, es zu beweisen."

Ethan hielt den Speicherstick hoch.

„Er sagt, er hätte eine Videoaufzeichnung von Alyssas Tod."

„Na und?", knurrte Marcus.

Alan sah den jungen Mann wütend an. „Was willst du damit sagen, Kleiner? Dass du, falls auch nur irgendwas davon wahr ist, damit einverstanden bist, dass Mr Pilcher einen von uns umbringt, und zwar seine eigene Tochter, und die Sache verschleiert. Würdest du ihm das durchgehen lassen?"

„Er ist der Boss“, erwiderte Marcus. „Falls er das wirklich getan hat, muss er einen guten Grund dafür …“

„Er ist kein Gott, nicht wahr?“

Ein Schrei hallte durch den Tunnel und durch die Arche.

Alan ließ Ethan los. „Was war das?“

„Das klang fast so, als hätte einer der Abbys den Weg in den Berg gefunden“, stellte Ethan fest. „Ich bin durch den Tunneleingang gerast.“

Alan sah Mustins Waffe an. „Haben wir noch was Durchschlagkräftigeres als ein AR-15?“

„Eine M230-Maschinenkanone auf einem beweglichen Podest.“

„Mustin, Marcus, Sie holen diese Kanone. Rufen Sie alle zusammen. Das ganze Team.“

„Was haben Sie mit ihm vor?“, fragte Marcus und deutete mit dem Kinn auf Ethan.

„Wir beide gehen ins Überwachungsbüro und sehen uns an, was er da mitgebracht hat.“

„Uns wurde befohlen, ihn zu töten“, beharrte Marcus.

Alan machte einen Schritt auf ihn zu, sodass der Lauf des AR-15 gegen sein Brustbein drückte.

„Würden Sie wohl nicht mit der Waffe auf mich zielen?“

Marcus senkte die Waffe.

„Während Sie und Mustin dafür sorgen, dass wir nicht alle aufgefressen werden, sehe ich mir an, was laut den Worten des Sheriffs beweist, wie meine Freundin gestorben ist. Und wenn es nicht das ist, was er versprochen hat, dann werde ich ihn auf der Stelle exekutieren. Sind Sie damit einverstanden?“

Theresa

„Du hast es fast geschafft“, flüsterte Theresa.

Ben setzte den Fuß auf den nächsten Fußhalt.

Die Schreie aus der Höhle der Wanderer waren noch immer zu hören. Der schmale Vorsprung war verschwunden, und jetzt stiegen sie über eine fünfzehn Grad steile Klippe nach unten. Bisher hatten sie genug Stellen gefunden, an denen sie die Hände und Füße auf dem guten, harten Granit platzieren konnten, aber Theresa konnte einen sechzig Meter tiefen Sturz nicht ausblenden, der sie bei einem Fehltritt erwartete. Die Tatsache, dass sich ihr Sohn hier bei ihr in der Felswand aufhielt, war für sie kaum zu ertragen.

Wenn Ben abstürzte, würde sie hinterher springen.

Aber bisher hörte er auf sie, befolgte ihre Instruktionen und schaffte es für einen Zwölfjährigen verdammt gut, sich zusammenzureißen.

Ben trat auf den Sims, auf dem Theresa seit fünf Minuten auf ihn wartete. Er führte nirgendwo hin, aber hier hatten sie wenigstens etwas Platz und mussten sich nicht verzweifelt an der Wand festklammern.

Sie hatten noch einen weiten Weg vor sich, aber sie machten Fortschritte, und die Baumwipfel der Pinien befanden sich nur noch sechs Meter unter ihnen.

Aus dem Tunnel, der sich weit über ihnen befand, hallte ein weiterer Schrei zu ihnen herüber.

„Denk nicht darüber nach“, sagte Theresa. „Stell dir gar nicht vor, was sie durchmachen müssen. Konzentrier dich darauf, wo du bist, Ben. Darauf, kluge, sichere Bewegungen zu machen.“

„Jeder in dieser Höhle wird sterben“, sagte er.

„Ben …“

„Wenn wir den Vorsprung nicht entdeckt hätten …“

„Das haben wir aber. Und schon bald sind wir von diesem Berg runter und suchen deinen Vater.“

„Hast du Angst?“, wollte Ben wissen.

„Natürlich habe ich Angst.“

„Ich auch.“

Theresa strich ihrem Sohn über die Wange. Sie war vom Schweiß glatt und feucht und rosig durch die Anstrengung und die ersten Anzeichen eines Sonnenbrands.

„Glaubst du, dass es Dad gut geht?“, fragte Ben.

„Ich denke schon“, antwortete sie, aber beim Gedanken an Ethan stiegen ihr die Tränen in die Augen. „Dein alter Mann ist ein zäher Knochen. Ich hoffe, das weißt du.“

Ben nickte und sah an der Felswand in die Dunkelheit des dichten Pinienwalds hinab.

„Ich will nicht gefressen werden“, sagte er.

„Das werden wir auch nicht. Wir sind ebenfalls zähe Knochen. Unsere ganze Familie besteht aus zähen Knochen.“

„Du bist kein zäher Knochen“, widersprach ihr Ben.

„Wie bitte?“

„Du bist eine zähe Knochine.“

Theresa verdrehte die Augen. „Na los, du Witzbold. Gehen wir weiter.“

Am späten Nachmittag gelangten sie endlich auf den weichen Waldboden.

Sie waren seit Stunden auf der Klippe und im grellen Sonnenlicht gewesen. Schweißnass warteten sie darauf, dass sich ihre Augen an das schwache Licht unter den Bäumen anpassten.

„Was jetzt?“, wollte Ben wissen.

Das wusste Theresa auch nicht so genau. Sie schätzte, dass sie etwa eineinhalb Kilometer vom Stadtrand entfernt waren, aber wusste nicht, ob es wirklich klug war, zurück nach Wayward Pines zu gehen. Die Abbys wollten fressen. Sie würden dort bleiben, wo sich die Menschen aufhielten oder zumindest dort, wo sie gewesen waren. Andererseits konnte sie sich mit Ben in einem Haus verschanzen, wenn sie es bis in die Stadt schafften, oder sich in einem Keller einschließen. Wenn die Abbys sie im Wald fanden, konnten sie sich nirgendwo verstecken. Es war schon spät, und die Vorstellung, hier draußen im Dunkeln im Wald zu schlafen, gefiel ihr gar nicht.

„Ich denke, wir sollten wieder in die Stadt gehen", beschloss sie schließlich.

„Aber da sind die Abbys."

„Ich kenne einen Ort, an dem wir uns verstecken können. Wo wir warten können, bis dein Dad alles in Ordnung gebracht hat."

Theresa ging los, und Ben blieb ihr dicht auf den Fersen.

„Warum gehst du so langsam?", wollte er wissen.

„Weil ich nicht auf Zweige treten will. Ich will kein Geräusch machen. Wenn etwas in der Nähe ist, sollten wir es früh genug hören können, um uns noch irgendwo zu verstecken."

Sie gingen weiter und bahnten sich einen Weg durch den Wald.

Es waren keine Schreie mehr zu hören, weder von Menschen noch von Abbys.

Da waren nur ihre Schritte auf den Piniennadeln, ihr angestrengtes Atmen und das Säuseln des Windes, der durch die Baumwipfel pfiff.

Ethan

Er folgte Alan durch die Glastüren. Sie gingen über die Treppe in den ersten Stock und durch den Korridor auf Etage zwei.

Als sie sich dem Überwachungsraum näherten, zog Alan eine Schlüsselkarte aus der Tasche.

Er zog sie durch das Lesegerät, und über der Tür leuchtete ein roter Punkt auf.

Alan versuchte es noch einmal, aber wieder mit demselben Ergebnis.

Dann schlug er gegen die Tür.

„Hier ist Alan Spear. Aufmachen."

Keine Antwort.

Alan trat zurück, feuerte vier Kugeln in das Lesegerät und trat denn mit seinem Kampfstiefel gegen die Mitte der Tür.

Die Tür flog auf.

Ethan ließ Alan vorgehen.

Der Raum war dunkel und wurde nur vom Leuchten der Monitore erhellt.

An der Konsole saß niemand.

Ethan wartete auf der Türschwelle, während Alan zur inneren Tür ging.

Als er es hier mit seiner Schlüsselkarte versuchte, leuchtete es grün.

Die Tür wurde entriegelt.

Alan richtete sein AR-15 in den Raum.

„Sauber", sagte er.

Ethan kam herein. „Können Sie dieses System bedienen?"

„Ich werde schon herausfinden, wie man die Daten vom Speicherstick abspielt. Geben Sie mal her."

Sie setzten sich an die Konsole.

Als Alan den Stick anschloss, sah Ethan zu den Monitoren hinauf.

Sie waren bis auf einen alle dunkel.

Die Kamera zeigte den Keller der Schule, wo sich eine große Menschenmenge in einem Klassenzimmer zusammendrängte. In der Mitte des Raums lagen die Verletzten auf behelfsmäßigen Betten, während sich ihre Nachbarn um sie kümmerten und ihre Wunden versorgten. Er hielt Ausschau nach Kate, konnte sie aber nirgends entdecken.

Auf einem anderen Bildschirm erschien auf einmal ein Bild.

Es war eine Weitwinkelaufnahme über ein Feld – der Park am Fluss. Darauf war ein Mann zu sehen, der am Ufer entlanghumpelte.

„Sehen Sie mal, Alan."

Alan hob den Kopf.

Der Mann auf dem Bildschirm begann zu rennen – in dieser seltsamen, taumelnden Gangart eines Menschen, der verwundet worden war.

Dann rannten drei Abbys von links ins Bild, während der Mann am rechten Bildschirmrand verschwand.

Ein neuer Monitor wurde hell. Der Feed zeigte die Sixth Street, an der Ethan wohnte. Der Mann lief über das Feld und auf die Straße, und die Abbys verfolgten ihn in aufrechter Haltung. Alle vier kamen der Kamera immer näher.

Vor Ethans Haus hatten sie ihn eingeholt und töteten ihn mitten auf der Straße.

In Ethan loderte die Wut auf und ihm wurde übel.

„Ich hatte schon den ganzen Morgen das Gefühl, dass irgendwas nicht stimmt", sagte Alan.

„Wieso das?"

„Erinnern Sie sich an Mustin, den Wachmann von vorhin? Er ist Scharfschütze. Den ganzen Tag lang hockt er auf einem Berg, sieht auf die Stadt und die Schlucht herab und erschießt alle Abbys, die versuchen, zu uns reinzukommen. Ich habe ihn heute Morgen im Speisesaal gesehen, als er eigentlich auf seinem Posten sein sollte. Er sagte, Pilcher hätte ihn für heute vom Berg abgezogen. Ohne irgendeinen Grund. Der Tag war klar."

„Sonst hätte Mustin ja mit angesehen, was Pilcher all den unschuldigen Menschen angetan hat."

„Wann sind sie durch den Zaun durchgebrochen?", wollte Alan wissen.

„Letzte Nacht. Man hat Ihnen nichts davon erzählt?"

„Kein Sterbenswort."

Ein weiterer Bildschirm wurde hell.

„Ist das der Speicherchip?", erkundigte sich Ethan.

„Ja. Haben Sie es schon gesehen?"

„Ja."

„Und?"

„Ich kann es nicht mehr vergessen."

Alan spielte das Video ab.

Die Kamera hing in einer Ecke unter der Wand und sah auf die Leichenhalle herab. Darin stand Pilcher. Mit Pam. Und Alyssa. Die junge Frau war mit dicken Lederriemen an den Autopsietisch gefesselt worden.

„Kein Audio?", fragte Alan.

„Seien Sie froh darüber."

Alyssa schrie, hob den Kopf vom Tisch und spannte jeden Muskel im Körper an.

Pam kam wieder ins Bild, griff in Alyssas Haare und zerrte ihren Kopf nach unten auf den Metalltisch.

Als Pilcher wieder zu sehen war, legte er ein kleines Messer auf den Tisch und kletterte dann auf Alyssa. Ethan wandte den Blick ab.

Er hatte das Video schon einmal gesehen und wollte die Bilder, die sich in sein Gehirn gebrannt hatten, nicht noch intensivieren.

„Großer Gott“, murmelte Alan.

Er hielt das Video an, schob den Stuhl zurück und stand auf.

„Wo gehen Sie hin?“, fragte Ethan.

„Was denken Sie denn?“ Alan ging zur Tür.

„Warten Sie.“

„Warum?“ Alan drehte sich zu ihm um. Sein Gesichtsausdruck verriet nicht, was er gerade gesehen hatte. Seine Miene erinnerte an das nordische Eis und war leer wie der Winterhimmel.

„Die Menschen in der Stadt brauchen Sie jetzt“, beharrte Ethan.

„Ich werde ihn zuerst umbringen, wenn Sie nichts dagegen haben.“

„Sie denken nicht nach.“

„Seine eigene *Tochter*!“

„Er ist am Ende“, meinte Ethan. „Erledigt. Aber er hat Informationen, die wir brauchen werden. Mobilisieren Sie Ihre Männer. Schicken Sie ein Team los, um das Tor zu schließen und den Zaun wieder einzuschalten. Ich werde zu Pilcher gehen.“

„*Sie*?“

Ethan stand auf. „Ja, genau.“

Alan holte seine Schlüsselkarte aus der Tasche und warf sie auf den Boden. „Dann werden Sie die brauchen.“

Ein Schlüssel fiel daneben.

„Und den auch. Er ist für den Fahrstuhl. Und wo wir schon mal dabei sind …“ Er holte eine Glock aus seinem Schulterholster, hielt sie am Griff fest und reichte sie Ethan. Als der sie entgegennahm, sagte Alan: „Wenn ich Sie das nächste Mal sehe und Sie mir gestehen, dass Sie diesem Stück Scheiße im Eifer des Gefechts eine Kugel in den Bauch geschossen haben, um dann zuzusehen, wie er langsam verblutet, dann werde ich Sie voll und ganz verstehen.“

„Das mit Alyssa tut mir sehr leid.“

Alan verließ den Raum.

Ethan beugte sich vor und hob den Schlüssel und die Plastikkarte auf.

Der Korridor war leer.

Als er die Treppe schon fast erreicht hatte, hörte er es.

Ein Geräusch, das er aus dem Krieg nur allzu gut kannte.

Sie schossen mit der Maschinenkanone, und es klang, als würde jemand eine Trommel schlagen.

Als er auf Etage eins angekommen war, wurden die Geräusche unwirklich. Die Menschen würden jetzt bald ihre Arbeitsplätze und Quartiere verlassen.

Vor einer nicht gekennzeichneten Doppeltür zog er die Karte durch das Lesegerät.

Die Türen öffneten sich.

Er betrat die kleine Fahrstuhlkabine, steckte den Schlüssel ins Schloss und drehte ihn.

Der einzige Knopf begann zu blinken.

Er drückte ihn, die Türen glitten zu, und das Knattern der Maschinenkanone wurde nach und nach leiser.

Ethan holte tief Luft und dachte an seine Familie. Die Angst um sie durchbohrte seinen Magen wie eine spitze Glasscherbe.

Die Türen gingen wieder auf.

Er betrat Pilchers Suite.

Als er an der Küche vorbeikam, hörte er das Zischen von gebratenem Fleisch. Es roch nach Knoblauch, Zwiebeln und Olivenöl, und Koch Tim war offensichtlich bei der Arbeit und bereitete Pilchers Frühstück zu, während die Abbys einbrachen, und tupfte einige Punkte aus einer hellroten Soße mit einem Spritzbeutel auf einen Teller aus feinstem Porzellan.

Während Ethan durch den Flur auf Pilchers Büro zuging, überprüfte er, ob Alans Glock auch geladen war, und stellte erfreut fest, dass sich eine Kugel in der Kammer befand.

Er öffnete die Bürotür, ohne anzuklopfen, und ging hinein.

Pilcher saß auf einem der Ledersofas, von denen man auf die Monitorwand sehen konnte, hatte die Füße auf einen Beistelltisch aus Akazienholz gelegt und hielt eine Fernbedienung in der einen und eine Flasche mit einer braunen Flüssigkeit in der anderen Hand.

Auf der linken Seite der Monitorwand war Wayward Pines zu sehen.

Auf der rechten Bilder der Überwachungskameras in der Superstruktur.

Ethan ging zum Sofa und setzte sich neben Pilcher. Er hätte ihm einfach den Hals brechen können. Ihn totschlagen. Ihn erwürgen. Das Einzige, was ihn davon abhielt, war das Gefühl, dass der Tod dieses Mannes vor allem den Menschen in Wayward Pines gehörte. Das konnte er ihnen nicht wegnehmen. Nicht nach allem, was Pilcher ihnen angetan hatte.

Pilcher sah ihn an, und sein Gesicht war mit tiefen Kratzspuren übersät, die noch bluteten.

„Mit wem haben Sie sich denn angelegt?", wollte Ethan wissen.

„Ich musste Ted heute Morgen entlassen."

Ethan standen die Haare zu Berge.

Pilcher roch nach Alkohol. Er trug einen schwarzen Satinbademantel und sah völlig verwirrt aus, als er Ethan die Flasche anbot.

„Nein, danke."

Auf einem der Bildschirme sah Ethan das grellweiße Mündungsfeuer der Maschinenkanone, die die Abbys im Tunnel niedermähte.

Auf einem anderen: Abbys auf der Main Street, die sich genüsslich an den Opfern der vergangenen Nacht gütlich taten und deren Bäuche sich schon aufblähten.

„Was für ein Ende", murmelte Pilcher.

„Hier geht überhaupt nichts zu Ende, außer Ihrem Leben."

„Ich kann es Ihnen nicht verdenken", sagte Pilcher.

„Mir? Was?"

„Ihren Neid."

„Worauf sollte ich denn bitteschön neidisch sein?"

„Auf mich natürlich. Wie es sich anfühlt, hinter diesem Schreibtisch zu sitzen. All das erschaffen zu haben."

„Sie glauben wirklich, es ginge darum? Sie denken, ich würde Ihren Job haben wollen?"

„Mir ist klar, dass Sie denken, Sie würden den Menschen die Wahrheit und die Freiheit geben, aber seien wir ehrlich, Ethan, es gibt auf dieser Welt nichts Besseres als Macht. Die Macht zu töten. Zu verschonen." Er deutete auf die Bildschirme. „Leben zu kontrollieren. Sie besser zu machen. Oder schlimmer. Wenn es je einen Gott gegeben hat, dann muss er sich so gefühlt haben. Die Menschen wollen Antworten, die sie nicht verarbeiten können. Die Menschen hassen ihn, während sie die Sicherheit genießen, die er ihnen bietet. Ich glaube, ich habe endlich verstanden, warum Gott fortgegangen ist und die Welt sich selbst überlassen hat, damit sie sich zerstören kann." Pilcher lächelte. „Und das werden Sie eines Tages tun, Ethan. Nachdem Sie eine Weile hinter diesem Schreibtisch gesessen haben. Sie werden begreifen, dass die Menschen im Tal nicht so sind wie Sie und ich. Sie können nicht mit dem umgehen, was Sie ihnen letzte Nacht erzählt haben. Sie werden es schon sehen.

„Vielleicht, vielleicht aber auch nicht. In jedem Fall haben sie es verdient, die Wahrheit zu kennen."

„Ich behaupte ja nicht, dass es perfekt gewesen wäre. Oder fair. Aber bevor Sie hergekommen sind, hat es funktioniert, Ethan. Ich habe diese Menschen beschützt, und sie haben ein Leben geführt, dass dem normalen Leben, das sie sich erhoffen konnten, sehr nahe war. Ich habe ihnen eine wunderschöne Stadt gegeben und die Möglichkeit, darauf zu vertrauen, dass alles so war, wie es sein sollte."

Pilcher trank direkt aus der Flasche.

„Ihr größter Fehler ist, dass Sie dem falschen Eindruck aufgesessen sind, die Leute würden Sie *mögen*, Ethan. Dass sie Ihren Mut, Ihre Furchtlosigkeit und Ihren Willen besitzen würden. Wir beide sind Ausnahmen und aus demselben Holz geschnitzt. Selbst meine Leute im Berg kämpfen mit der Angst. Aber wir beide nicht. Wir kennen die Wahrheit. Wir fürchten uns nicht davor, ihr in die Augen zu sehen. Der einzige Unterschied ist, dass ich mir dieser Tatsache bewusst bin, während Sie es erst langsam, auf die schmerzhafte Weise und für den Preis vieler Menschenleben lernen müssen. Aber Sie werden sich eines Tages an diese Unterhaltung erinnern, Ethan. Dann werden Sie verstehen, warum ich das alles getan habe."

„Ich werde nie verstehen, warum Sie den Zaun deaktiviert haben. Warum Sie Ihre eigene Tochter ermordet haben."

„Wenn Sie lange genug herrschen, dann werden Sie es verstehen."

„Ich habe nicht vor zu herrschen."

„Ach nein?" Pilcher lachte. „Was denken Sie, was das da unten ist? Plymouth Rock? Wollen Sie eine Verfassung schreiben? Eine Demokratie ins Leben rufen? Die Welt auf der anderen Seite des Zauns ist zu grausam, zu feindselig. Diese Stadt braucht einen starken Mann, der sie anführt."

„Warum haben Sie den Zaun abgeschaltet, David?"

Der alte Mann nippte an seinem Whisky.

„Ohne mich würde es unsere Spezies auf dieser Welt nicht mehr geben. Wir sind ganz allein wegen mir hier. Dank meines Geldes. Meiner Brillanz. Meiner Vision. Ich habe ihnen *alles* gegeben."

„Warum haben Sie es getan?"

„Man könnte durchaus behaupten, dass ich sie erschaffen habe. Ebenso wie Sie. Und Sie besitzen die Dreistigkeit, mich zu fragen …"

„Warum?"

Auf einmal brannte in Pilchers Augen sein ungezügelter Zorn.

„Wo waren diese Leute denn, als ich entdeckt habe, dass das menschliche Genom sich zersetzt? Dass die Menschheit innerhalb weniger Generationen aussterben würde? Als ich eintausend Suspensionseinheiten gebaut habe? Als ich einen Tunnel ins Herz eines Berges gebohrt habe und eine fünfhunderttausend Quadratmeter große Arche mit genug Lebensmitteln ausgestattet habe, um die letzte Stadt auf Erden wieder aufzubauen? Und wo wir gerade dabei sind: *Wo zum Teufel sind Sie damals gewesen, Ethan?*"

Pilchers ganzer Körper bebte vor Zorn.

„Waren Sie an dem Tag dabei, als ich aus der suspensierten Animation aufgewacht und mit meiner Crew nach draußen gegangen bin, nur um festzustellen, dass die Abbys die Welt übernommen hatten? Waren Sie da, als ich über die Main Street ging und meinen Arbeitern dabei zusah, wie sie die Häuser bauten? Jede Straße gepflastert haben? An dem Morgen, an dem ich den Leiter der Suspensionsabteilung in mein Büro gerufen und angewiesen habe, Sie zu wecken, damit Sie wieder bei Ihrer Frau und Ihrem Sohn sein können? Ich habe Ihnen dieses Leben gegeben, Ethan. Ihnen und jedem anderen in diesem Tal. Jedem in diesem Berg."

„*Warum?*"

„Weil ich es konnte", knurrte Pilcher. „Weil ich ihr verdammter Schöpfer bin und Schöpfungen denjenigen, der sie geschaffen hat, nicht infrage zu stellen haben. Denjenigen, der ihnen die Luft zum Atmen gibt. Und der sie ihnen jederzeit wieder wegnehmen kann."

Ethan sah zu den Monitoren hinüber. Darauf war das Chaos in der Höhle zu sehen. Die Maschinenkanone war leer, und die Wachen fielen mit ihren AR-15 immer weiter zurück, während die Monster näherkamen.

„Ich hätte Sie nicht einmal hier rauflassen müssen. Ich hätte den Fahrstuhl absperren können. Was haben Sie jetzt mit mir vor?", fragte Pilcher leise.

„Das haben die Menschen zu entscheiden, die Sie ermorden wollten.

Pilcher stiegen die Tränen in die Augen.

Als könnte er sich selbst einen Augenblick lang klar und deutlich sehen.

Er drehte sich zu seinem Schreibtisch um.

Sah zur Monitorwand hinauf.

Seine Stimme wurde emotional und rau.

„Es ist mir entglitten", sagte er und blinzelte, und dann war die Härte in die kleinen, schwarzen Augen zurückgekehrt, als wäre Wasser zugefroren.

Pilcher ging mit einem Jagdmesser mit kurzer Klinge auf Ethan los und versuchte, es in Ethans Bauch zu bohren.

Ethan wehrte Pilchers Hand ab, und die Klinge streifte nur seine Seite.

Dann stand er auf und setzte einen so heftigen linken Haken an, dass Pilchers Kopf herumgerissen wurde und sein Wangenknochen brach. Durch die Wucht stürzte Pilcher zu Boden, und sein Kopf schlug gegen die Tischkante.

Dann lag Pilcher zitternd auf dem Rücken, das Messer rutschte ihm aus der Hand und fiel klappernd zu Boden.

VII

Hassler

Hauptquartier des Secret Service
Seattle, Washington
Vor 1814 Jahren

Hassler betritt sein Eckbüro im Columbia Center und stellt erfreut fest, dass Ethan Burke bereits vor seinem Schreibtisch sitzt. Seiner Armbanduhr zufolge ist er fünf Minuten zu spät dran, und da Burke vermutlich fünf Minuten früher gekommen ist, wartete er jetzt seit wenigstens zehn Minuten.

Gut.

„Entschuldigen Sie, dass Sie warten mussten", sagt Hassler, als er an seinem Agenten vorbeigeht.

„Kein Problem."

„Sie fragen sich bestimmt, warum ich Sie von der Everett-Sache abgezogen habe."

„Wir stehen kurz vor einer Verhaftung."

„Freut mich, das zu hören, aber ich habe etwas Dringenderes für Sie."

Hassler nimmt Platz und mustert Ethan über den Schreibtisch hinweg. Er trägt heute keinen Anzug, sondern sein Überwachungsoutfit, einen grauen Overall, dessen Schultern vom morgendlichen Nieselregen noch feucht sind. Er kann den Umriss von Ethans verborgenem Schulterholster an dessen linker Seite sehen.

In diesem Moment schießt Hassler durch den Kopf, dass er noch alles beenden kann. Solange er die Worte nicht ausgesprochen hat, hat er kein Verbrechen begangen.

In all seinen Jahren bei der Verbrechensbekämpfung hat er beim Verhör von Kriminellen immer wieder von dieser nebulösen Grenze zwischen richtig und falsch gehört. Sie haben nur gestohlen, um ihre Familie zu versorgen. Sie wollten es kein zweites Mal tun. Und sein Lieblingsspruch: Es war ihnen nicht einmal bewusst, dass sie eine Grenze überschritten hatten, bis sie sich auf der anderen Seite tief in feindlichem Territorium befanden ohne die Hoffnung darauf, je wieder zurückzukommen.

Aber da Hassler auf dieser Seite des Schreibtischs sitzt, dieser Seite der Grenze, kommt ihm dieses Heraufbeschwören der zweideutigen Natur von richtig und falsch wie ausgemachter Blödsinn vor.

Er sieht seine Wahl glasklar vor sich.

Wenn er Ethan diesen Auftrag gibt, dann hat er die Grenze für immer überschritten.

Dann gibt es kein Zurück mehr.

Wenn er dieses ganze Unterfangen noch absagt und Ethan zu seinem Fall in Everett zurückschickt, dann bleibt er ein guter Mann, der beinahe etwas sehr Böses getan hätte.

Daran ist nichts verwirrend. Aus seiner Perspektive gibt es keine Grauzone.

„Sir?", fragt Ethan.

Hassler denkt an Theresa, wir er sie vor einigen Jahren beim Firmenpicknick gesehen hat. Er denkt an Ethan, der mit Kate geflirtet hat, während seine Frau ganz alleine und weinend am Ufer des Lake Union stand.

Theresas Ängste in Bezug auf Kate und Ethan hatten sich im vergangenen Jahr bestätigt, als Kate völlig unerwartet um eine Versetzung nach Boise, Idaho, gebeten hat. Ethan hat Theresa mit seiner

Partnerin betrogen, und alle wussten es. Er hat seine Frau gedemütigt, und eine Frau wie Theresa hat etwas viel Besseres verdient.

„Adam?", fragte Ethan.

Hassler stößt die Luft aus, während der Regen hinter ihm ans Fenster prasselt.

„Kate Hewson wird vermisst", sagt er.

Ethan beugt sich auf seinem Stuhl vor. „Seit wann?"

„Seit vier Tagen."

„Ist sie bei einem Auftrag verschwunden?"

„Ihr Partner wird ebenfalls vermisst. Ein Mann namens Evans. Sie und Kate hatten eine … besondere Beziehung, nicht wahr?"

Ethan beißt nicht an, sondern macht nur ein angespanntes Gesicht.

„Daher dachte ich, dass Sie die Suche nach Ihrer ehemaligen Partnerin übernehmen möchten."

Ethan steht auf.

„Boise schickt uns die Fallakten per E-Mail", fährt Hassler fort. „Wir buchen für Sie den nächsten Flug von Sea-Tac. Morgen früh treffen Sie sich mit Agent Stallings im Büro von Boise, und dann werden Sie zusammen in den Norden zu dem letzten Ort fahren, an dem Kate gesehen worden ist."

„Und wo ist das?"

„In einer Kleinstadt namens Wayward Pines."

Hassler schaut Ethan hinterher, als dieser sein Büro verlässt.

Er hat es getan.

Er hat alles in Bewegung gesetzt.

Das Komische daran ist, dass er sich jetzt nicht anders fühlt als vorher. Da ist keine Reue, keine Angst, keine Nervosität.

Falls es überhaupt eine Emotion gibt, die heraussticht, dann ist es Erleichterung.

Er dreht sich auf seinem Stuhl herum und starrt aus dem Fenster in das graue, nasse Dämmerlicht in der Innenstadt von Seat-

tle hinaus, während sich Wassertropfen an der Scheibe bilden und daran herunterlaufen.

Von seinem Büro im einunddreißigsten Stock kann er das Gebäude sehen, in dem Theresa als Anwaltsgehilfin arbeitet. Er stellt sich vor, wie sie an ihrem tristen Schreibtisch sitzt und Diktate abtippt.

Er weiß noch nicht genau wie, aber eines Tages wird sie ihm gehören. Er wird sie so lieben, wie sie es verdient hat. Irgendwie war sie zum Einzigen geworden, was für ihn auf dieser Welt noch wichtig war, und das war wohl das größte Mysterium seiner gesamten Existenz.

Er klappt sein Prepaidhandy auf und wählt eine Nummer.

„Hallo?", meldet sich David Pilcher.

„Ich bin's", erwidert Hassler.

„Ich hatte mich schon gefragt, ob ich je wieder etwas von Ihnen hören würde."

„Er kommt morgen zu Ihnen."

„Wir werden bereit sein."

Hassler beendet das Gespräch, nimmt den Akku aus dem Handy und bricht es in zwei Teile. Dann legt er die Einzelteile in den Styroporbehälter, der ganz unten in seinem Mülleimer liegt und die Überreste seines gestrigen Mittagessens enthält.

Theresa

Theresa und Ben erreichten den Waldrand, als die Sonne gerade hinter den fernen Bergen unterging.

„Warte hier", flüsterte sie ihrem Sohn zu.

Dann kroch sie durch die Büsche weiter, und die toten Blätter raschelten laut unter ihren Knien.

Sie sah zwischen den Zweigen hindurch.

Sie hatten den Stadtrand von Wayward Pines erreicht, waren jedoch aus irgendeinem Grund durch den Wald zur Nordseite der Stadt gelangt. Die Straßen, die Theresa sieht, schienen leer zu sein. Die Häuser waren dunkel. Und es war kein Laut zu hören.

Jetzt drehte sie sich zu Ben um und winkte ihn zu sich.

Er kroch nicht gerade leise durch die Blätter und hockte sich neben sie.

Sie legte den Mund an sein Ohr und flüsterte: „Wir müssen zehn Blocks weit laufen."

„Wo gehen wir hin?"

„Zum Büro des Sheriffs."

„Gehen oder rennen?"

„Rennen", flüsterte Theresa. „Aber hol zuerst ein paar Mal tief Luft, damit du genug in der Lunge hast."

Sie atmeten beide mehrmals tief durch.

„Bereit?", fragte sie dann.

„Bereit."

Theresa kroch aus dem Dickicht und stand auf, um sich dann umzudrehen und Ben aufzuhelfen. Sie standen im Garten eines Hauses, das sie erkannte, da sie es vor drei Monaten einem jungen Paar verkauft hatte, das ein Baby erwartete und dessen gutes Benehmen mit einem größeren, schöneren Haus belohnt wurde.

Wie es ihnen in den letzten vierundzwanzig Stunden wohl ergangen war?

Die meisten Vorgärten in Wayward Pines waren von Lattenzäunen umgeben, daher mussten Theresa und Ben auf dem Bürgersteig laufen.

Es wurde langsam dunkel im Tal.

Die Nacht schien viel zu schnell anzubrechen, sobald die Sonne hinter den Bergen versunken war, und da es im ganzen Tal keinen Strom gab, würde es ein sehr dunkler Abend werden.

Sie kamen an der ersten Leiche auf der Straße vorbei.

Theresa sah Ben an und sagte: „Sieh nicht hin, Schatz."

Aber sie hielt sich nicht an ihren eigenen Ratschlag.

Die gute Nachricht war, dass man ihn derart ausgeweidet hatte, dass er weniger wie ein Mensch, sondern eher wie ein Haufen aus Eingeweiden und Knochen aussah. Ein Bussard hockte auf dem Brustkorb und fraß von den Überresten.

Sie kamen zur Kreuzung First Avenue und Eleventh Street.

Theresa konnte die hohen Pinien in einiger Entfernung sehen, die vor dem Büro des Sheriffs standen.

„Wir haben es fast geschafft", sagte sie. „Nur noch eineinhalb Blocks."

„Ich bin müde."

„Ich auch, aber das schaffen wir jetzt auch noch."

An der Kreuzung First und Thirteenth wisperte Ben: „Mom!"

„Was ist?"

„Sieh doch!"

Theresa sah sich um.

Drei Blocks weiter die Thirteenth Street entlang liefen zwei blasse Gestalten auf allen vieren auf sie zu.

„Schneller!", schrie Theresa.

Sie beschleunigten, als der Adrenalinstoß ihnen Kraft schenkte und sie noch einmal alles gaben. Theresa sprang über den Bürgersteig und lief durch das gestutzte Gras auf den Eingang des Gebäudes zu.

Nachdem sie es betreten hatten, blieb Theresa stehen und sah durch die Glastür wieder nach draußen auf die Straße.

„Ob sie gesehen haben, dass wir hier reingelaufen sind?", fragte Ben.

Der erste Abby kam mit hohem Tempo auf die Kreuzung gerannt und änderte im nächsten Augenblick auch schon die Richtung, um direkt auf das Büro des Sheriffs zuzulaufen.

„Komm mit!" Theresa wirbelte herum und lief durch den Eingangsbereich.

Je weiter sie sich von der Tür entfernten, desto dunkler wurde es.

Sie rannte über die Schwelle in Ethans Büro und sah, dass der Waffenschrank offen stand, Munition auf dem Boden lag und mehrere Gewehre hinter dem Schreibtisch zurückgeblieben waren.

Die unteren Fächer des Waffenschranks standen ebenfalls offen.

Sie griff hinein, holte eine große Pistole heraus, zielte auf die Wand und drückte ab. Nichts passierte. Entweder war die Waffe gesichert oder nicht geladen.

„Beeil dich, Mom!"

Sie nahm einen Revolver aus dem Schrank, aber der war ebenfalls nicht geladen, und sie wusste nicht einmal, wie man die Trommel ausklappte, um Patronen hineinzustecken, falls sie überhaupt die richtige Munition dafür entdeckte. Vor dem Waffenschrank lagen wenigstens ein halbes Dutzend offene Munitionsschachteln auf dem Fußboden.

„Was machst du denn, Mom?", fragte Ben.

So wird das nichts! Ihnen lief die Zeit davon, und obwohl sie mit einem Agenten des Secret Service verheiratet war, wusste sie nicht das Geringste über Schusswaffen.

„Neuer Plan", sagte sie.

„Was jetzt?"

Sie kramte in Ethans Schreibtisch herum. Er musste doch irgendwo sein. In seiner ersten Woche in diesem Job hatte Ethan sie hier herumgeführt und ihr auch die einzige Arrestzelle gezeigt, deren Schlüssel er an dem Karabinerhaken, an dem er befestigt war, um den Finger gewirbelt hatte. Dabei hatte er grinsend gesagt: „Wenn Sie den Sheriff nicht irgendwie bestechen können, dann werden Sie die Nacht wohl in der Zelle verbringen müssen, Mrs Burke."

Sie hatte gesehen, wie er den Schlüssel wieder in die mittlere Schublade gelegt hatte, und jetzt schob sie ihre Finger bis ganz nach hinten und suchte verzweifelt danach.

Da war er ja!

Sie spürte den Karabiner, zog den Schlüssel heraus und rannte um den Schreibtisch herum auf Ben zu.

„Was machen wir jetzt?", rief er.

„Komm einfach mit!"

Sie rannten wieder durch den Flur.

Draußen schrie ein Abby.

„Sie sind hier, Mom!"

Als sie durch die Lobby liefen, sah Theresa, dass die beiden Abbys den mit kleinen Pinien gesäumten Weg heraufkamen und in wenigen Sekunden durch die Tür kommen mussten.

„Schneller, Ben!", rief sie.

Sie bogen in einen anderen dunklen Flur ab.

Am anderen Ende sah Theresa die schwarzen Gitterstäbe der einzigen Arrestzelle von Wayward Pines.

Als sie zum ersten Mal davorgestanden hatte, waren ihr die Zellen aus *The Andy Griffith Show* wieder eingefallen. Diese vertikalen Gitterstäbe hatten schon etwas Eigentümliches an sich. Ebenso das schmale Bett und der Tisch darin. Es war ein Ort, an dem die samstäglichen Trunkenbolde Stammgäste waren.

Jetzt wirkte sie Zelle auf sie jedoch eher wie ein Rettungsboot.

Durch ein hohes Fenster am anderen Ende des Flurs drang das schwindende Licht herein.

Theresa knallte gegen die Gitterstäbe, als die Abbys gerade die Glastür zerschmetterten und ins Gebäude eindrangen.

Sie umklammerte den Schlüssel und steckte ihn ins Schloss.

Krallen klickten im dunklen Flur hinter ihr über den Boden.

Einer der Abbys kreischte.

Der Bolzen drehte sich.

Theresa riss die Tür auf und schrie: „Rein da!“

Ben rannte in dem Moment in die Zelle, in dem der erste Abby zu sehen war.

Theresa betrat die Zelle, zog die Tür hinter sich zu und verschloss sie. Eine halbe Sekunde später knallte der Abby gegen die Gitterstäbe.

Ben schrie.

Als der Abby sich gerade wieder aufrappelte, kam der zweite aus dem Flur.

Das war das erste Mal, dass Theresa einen Abby aus der Nähe sah.

Der, der gegen die Gitterstäbe geprallt war, war riesig und mit Blut bedeckt.

Er sah aus, als würde der Tod von ihm ausgehen.

Ben drückte den Rücken an die hintere Wand und hatte die Augen weit aufgerissen. Um seine Füße herum bildete sich eine Pfütze.

„Können sie uns hier drin erwischen?“, fragte er.

„Ich glaube nicht.“

„Bist du dir sicher.“

„Nein.“

Als der zweite Abby gegen die Gitterstäbe sprang, wackelte das ganze Gebilde.

Theresa legte die Arme um Ben, während sich der erste Abby zu seiner vollen Größe von einem Meter siebzig aufrichtete.

Er legte den Kopf schief und sah sie durch die Gitterstäbe hindurch an, während seine milchigen Augen blinzelten, er überlegte und versuchte, das Problem zu lösen.

„Was ist dieses Ding, das sich da in seiner Brust bewegt?“, flüsterte Theresa.

„Das ist sein Herz, Mom.“

„Woher weißt du …“ Ach ja. Er hatte ja in der Schule einiges über sie gelernt.

Das Herz schlug schnell und war verschwommen und verzerrt durch die Hautschichten zu erkennen, und Theresa hatte das Gefühl, durch eine zentimeterdicke Eisschicht zu sehen.

Dieser Abby hatte kurze Beine, und wenn er aufrecht stand, reichten seine Arme bis zum Boden. Er schob den rechten Arm, der schmal, aber muskulös war, zwischen den Gitterstäben hindurch. Der Arm musste über einen Meter zwanzig lang sein, und Theresa sah panisch mit an, wie sich diese schwarzen Krallen über dem Boden der Zelle ausstreckten.

„Verschwinde!", schrie sie.

Der andere Abby stellte sich neben die Zelle und tat dasselbe. Sein linker Arm war eineinhalb Meter lang, und als seine Kralle Bens Schuh streifte, trat Theresa auf die Klaue.

Der Abby brüllte.

Theresa zog Ben in die Ecke, die am weitesten von den Gitterstäben entfernt war, und sie hockten sich auf das Bett.

„Müssen wir sterben, Mom?"

„Nein."

Drei weitere Abbys kamen aus dem Flur kreischend und zischend zur Zelle gelaufen. Gleich darauf kamen noch mehr, und der Krawall im Raum wurde immer lauter.

Schon bald streckten sich fünfzehn Arme durch die Gitterstäbe, während sich andere Abbys dagegen warfen.

Theresa sackte auf die nicht bezogene Matratze und nahm Ben fest in die Arme.

Das Licht, das durch das Fenster hereinschien, war nicht mehr blau, sondern lila, und es wurde zunehmend dunkler im Raum.

Sie legte den Mund an Bens Ohr und sagte über den Lärm der Monster hinweg: „Denk an etwas Schönes."

Ben zitterte in ihren Armen, und es kamen immer mehr Abbys in den Raum.

Theresa starrte zu dem hohen Fenster hinauf, während die Monster an den Gitterstäben rüttelten und ihre grauenhaften langen Arme in die Zelle streckten.

Das Letzte, was sie sah, bevor das Licht ganz verschwand, war, dass der Raum auf der anderen Seite der Gitterstäbe randvoll mit Abbys war, von denen einer vor dem Schloss kniete und versuchte, seine Kralle in das Schlüsselloch zu bekommen.

Auf einmal gab es nichts mehr zu sehen. Die Nacht war über Wayward Pines hereingebrochen.

Und sie waren in der Dunkelheit mit diesen Monstern gefangen.

Ethan

Ethan fuhr mit dem Fahrstuhl von Pilchers Suite in die erste Etage hinunter. Als sich die Fahrstuhltüren öffneten, konnte er noch immer Schüsse hören, die allerdings weiter weg zu sein schienen.

Er ging zur Glastür am anderen Ende des Flurs, und zog die Pistole, die Alan ihm gegeben hatte, als er über die Türschwelle in die Arche ging.

Offenbar war der Großteil von Pilchers innerem Kreis hier runtergekommen, um nachzusehen, was das für ein Tumult war, da hier wenigstens einhundert Menschen mit verwirrter, ängstlicher Miene herumliefen.

Hier waren die Schüsse lauter, und sie kamen tief aus dem Tunnel, der durch den Berg nach Wayward Pines führte.

Überall lagen tote Abbys herum.

Mehrere Haufen im Tunnel.

Vierzig oder fünfzig in der Höhle.

Das Blut floss in Strömen über den Stein.

Fünf mit Laken bedeckte Leichen lagen neben dem Eingang zur Suspension in einer Reihe nebeneinander.

Der Geruch nach Schießpulver war kaum auszuhalten.

Alan kam aus dem Tunnel gelaufen.

Ethan bahnte sich durch die Menge einen Weg in seine Richtung und sah, dass Alans Gesicht voller Blut war und sein rechter Arm vermutlich von einer Kralle aufgerissen worden war.

Das Knattern eines AR-15 hallte durch den Tunnel.

Gefolgt von einem Schrei.

„Wir drängen sie zurück", berichtete Alan, „aber es müssen an die zweihundert Abbys sein. Ich habe einige Leute verloren. Die Munition für die M230 ist alle. Ohne die Maschinenkanone wäre alles noch viel schlimmer gewesen. Wo ist Pilcher?"

„Er liegt gefesselt und bewusstlos in seinem Büro."

„Ich werde jemanden nach oben schicken." Alans Funkgerät piepte. „Alan. Over", meldete er sich.

Mustins Stimme kam aus dem Lautsprecher, der schreien musste, weil um ihn herum geschossen wurde. „Wir haben die letzte Gruppe aus dem Tunnel getrieben, aber die Tür wurde zerstört. Over."

„Ich habe bereits einen Wagen mit Blechen aus verstärktem Metall und drei Metallarbeiter zu ihnen geschickt. Sie werden die Tür zuschweißen. Over", sagte Alan.

„Verstanden, wir halten die Stellung! Over."

„Sie können den Eingang nicht versiegeln", warf Ethan ein. „Wir müssen die Leute ins Tal bringen. Meine Frau und mein Sohn sind da unten!"

„Das werden wir auch, aber wir müssen uns neu formieren und nachladen. Ich weiß von acht Männern, die ich verloren habe. Wenn wir mit voller Schlagkraft nach Wayward Pines ausrücken wollen, dann sollten wir alle Waffen aus unserem Arsenal mitnehmen. Und wir müssen mehr Munition für die Maschinenkanone finden.“ Er machte ein ernstes Gesicht, als er hinzufügte: „Und wir können da nicht mitten in der Nacht rausfahren.“

„Wie bitte?“

„Es ist bereits Abend. Es wird längst dunkel geworden sein, bis wir aufbruchbereit sind. Wir fahren morgen früh bei Tagesanbruch los.“

„*Morgen?*“

„Wir sind nicht für einen Kampf bei Nacht ausgerüstet.“

„Denken Sie denn, die unbewaffneten Menschen im Tal wären es? Meine Frau und mein Sohn …“

„Im Dunkeln werden wir nur abgeschlachtet, und das wissen Sie genauso gut wie ich. Dadurch würden wir nur die einzige Chance verspielen, die wir haben, um diese Leute zu retten.“

„*Verdammt!*“

„Sie können mir glauben, dass ich auch am liebsten sofort mit gezückten Waffen in die Stadt fahren würde.“

Ethan ging auf den Tunnel zu.

„Wo wollen Sie denn hin?“, rief Alan ihm nach.

„Meine Familie suchen.“

„Wenn Sie da nachts alleine rausgehen, dann werden Sie nur gefressen. Da draußen sind Hunderte von diesen Kreaturen.“

Ethan, der schon zwei Schritte in den Tunnel gemacht hatte, blieb stehen.

„Ich kann mir sehr gut vorstellen, wie Sie sich fühlen“, sagte Alan. „Wenn das meine Familie da draußen wäre, dann könnten Sie mich auch nicht zurückhalten. Aber Sie sind klüger als ich, Ethan. Und Ihnen muss doch klar sein, dass Sie weder Ihre Familie noch sonst jemanden retten, wen Sie heute Nacht auf einer Selbstmordmission ums Leben kommen.“

Verdammt.

Er hatte recht.

Ethan drehte sich um und stieß einen frustrierten Seufzer aus.

„Dann müssen die Einwohner von Wayward Pines also noch eine Nacht ohne Licht, ohne Wärme, ohne Essen und ohne Wasser verbringen und sich ihr Tal mit einem Rudel Abbys teilen."

Alan kam auf ihn zu.

Weit entfernt im Tunnel waren wieder Schüsse zu hören.

„Hoffentlich haben diejenigen, die die erste Invasionswelle überlebt haben, ein sicheres Versteck gefunden", meinte Alan. „Wo ist Ihre Familie?"

„Ich habe sie in einer Höhle hinter einer verschlossenen Tür mitten in den Bergen zurückgelassen."

„Dann ist sie in Sicherheit."

„Das weiß ich nicht. Eine Gruppe hat sich in der Schule verschanzt", berichtete Ethan. „Unten im Keller. Achtzig oder neunzig Personen. Was ist, wenn wir …"

„Das ist zu riskant, und das wissen Sie."

Ethan nickte. „Was ist mit dem Tor im Zaun? Steht es noch immer offen, sodass weitere tausend oder dreißigtausend Abbys einfach ins Tal eindringen können, wenn ihnen danach ist?"

„Ich habe den leitenden Techniker darauf angesetzt. Er sagt, wir können den Zaun nicht von hier aus wieder einschalten."

„Warum nicht?"

„Offenbar hat Pilcher das interne System sabotiert. Der einzige Weg, um den Zaun wieder zu aktivieren und das Tor zu schließen, ist eine manuelle Überbrückung."

„Lassen Sie mich raten …"

„Direkt am Tor. Es würde doch keinen Spaß machen, wenn es ganz einfach wäre, oder?"

„Ich würde vorschlagen, dass wir jemanden dorthin schicken", entgegnete Ethan. „Und zwar sofort."

„An der Südseite des Berges gibt es einen geheimen Eingang. Von dort aus sind es nur vierhundert Meter bis zum Zaun."

„Schicken Sie einen Techniker und ein paar Wachen hin."

„Okay, aber während ich das tue …“ Alan sah über die Schulter zu der Menschenmenge, die sich in der Arche versammelt hatte. „Sie wissen noch gar nichts. Sie haben bloß die Schüsse gehört und sind hergekommen, weil sie wissen wollten, was los ist.“

„Ich werde mit ihnen reden“, versprach Ethan.

Er ging auf die Leute zu.

„Seien Sie nicht zu hart zu ihnen!“, rief Alan ihm hinterher.

„Wieso nicht?“

„Weil dies das einzige Leben ist, das sie kennen, und Sie werden es gleich in tausend Stücke zerspringen lassen.“

Theresa

Theresa wurde ruckartig wach und schlug die Augen auf, aber es war stockdunkel.

Ben regte sich und murmelte im Schlaf immer wieder: „Nein, nein, nein.“

Sie schüttelte ihn, bis er wach war, und flüsterte: „Es ist alles okay, Schatz. Mama ist bei dir.“

Es war Jahre her, dass sie diese Worte zu ihrem Sohn gesagt hatte. Damals war sie noch eine junge Mutter gewesen und hatte ihr Baby in den Schlaf gewiegt, während das Fenster in seinem Zimmer auf Kippe stand und sie vom Flüstern des Regens in Seattle eingelullt wurden.

„Was ist los?“, fragte Ben.

„Wir sitzen noch immer in der Zelle, aber es geht uns gut.“

„Wo sind die Monster?“

Es war beunruhigend leise, und hinter den Gitterstäben war keine Bewegung zu hören.

„Ich glaube, sie sind vorerst weg."
„Ich habe großen Durst."
„Ich weiß, Schatz. Ich auch."
„Steht vorne am Eingang nicht ein Wasserkühler?"
„Ich glaube schon."
„Vielleicht sollten wir da rausgehen und versuchen …"
„Oh, ich halte das für keine besonders gute Idee, Benjamin", sagte eine Frau, die in der Dunkelheit auf der anderen Seite der Gitterstäbe stand.
Theresa zuckte zusammen. „Wer ist da?"
„Erkennen Sie meine Stimme denn nicht, meine Liebe? Wie kann das sein? Sie haben mir jeden vierten Donnerstag im Monat Ihr Herz ausgeschüttet, und das jetzt schon seit …"
„Pam? Großer Gott, was machen Sie …"
„Ich habe Sie beide vor ein paar Stunden schreien gehört und gesehen, wie die Abbys Sie ins Büro des Sheriffs gejagt haben. Dann habe ich gewartet, bis sie wieder abgezogen sind. Ich bin ja so froh, dass Ihnen beiden nichts passiert ist. Sie haben ja keine Ahnung. Da haben Sie wirklich schnell geschaltet, als Sie sich hier eingeschlossen haben."
Theresa hatte erwartet, dass sie irgendwann etwas erkennen konnte, aber noch immer konnte sie die Hand vor Augen nicht sehen.
„Mir ist noch nicht ganz klar, was letzte Nacht passiert ist", fuhr Pam fort. „Hat Ihr Mann einen Abby mit in die Stadt gebracht?"
„Er hat ihnen alles erzählt. Über die Abbys. Die Überwachung. Dass wir zweitausend Jahre in der Zukunft sind. Dass es außer uns keine Menschen mehr gibt."
„Dann hat er es also wirklich getan. Dieses Arschloch. Hey, sehen Sie mich nicht so an."
Theresa lief es kalt den Rücken herunter.
„Es ist stockdunkel hier", sagte sie.

„Ja, das ist es. Aber ich kann sehen, dass Sie Benjamin in Ihren Armen halten und in der Dunkelheit ungefähr in die Richtung starren, in der ich sitze, und mir gefällt Ihr …"

„Wie?"

„Man nennt es ein Nachtsichtgerät, Theresa, und das ist nicht das erste Mal, dass ich Sie durch eins beobachte."

„Wovon redet sie da, Mom?"

„Ben, lass …"

„Benjamin, ich rede davon, dass ich deine Mutter und deinen Vater dabei erwischt habe, wie sie sich nachts im Schutz der Dunkelheit aus eurem Haus in der Sixth Street geschlichen haben. Du solltest wissen, dass das streng verboten ist."

„Reden Sie nicht so mit meinem Sohn …"

„Reden Sie nicht so mit einer Frau, die eine Schrotflinte auf Sie richtet."

Einen Augenblick lang war es totenstill. Theresa versuchte, das Bild in ihrem Kopf zusammenzusetzen: Pam saß vor ihrer Zelle, hatte ein Nachtsichtgerät auf und zielte mit einer Schrotflinte auf sie und Ben.

„Sie richten eine Waffe auf meinen Sohn?" Theresa versuchte, die Frage mit eiskaltem Tonfall auszusprechen, doch ihre Stimme zitterte und verriet den Zorn und die Angst, die sich in ihr ausbreiteten.

„Ich werde ihn auch erschießen."

Sie schien auf einen Schlag jegliche Kraft zu verlieren.

Theresa kniete sich hin und versuchte, Ben mit ihrem Körper abzuschirmen.

„Ach, bitte", sagte Pam. „Ich muss doch nur …" Sie bewegte sich, denn ihre Stimme kam jetzt aus einer anderen Richtung, „aufstehen und auf diese Seite der Zelle gehen. Dann habe ich wieder ein freies Schussfeld."

„Warum tun Sie das? Sie sind mein Seelenklempner."

„Ich war nie Ihr Seelenklempner."

„Wie meinen Sie das?"

„Es ist wirklich bedauerlich, Theresa. Ich habe Sie gemocht und unsere Sitzungen genossen. Sie müssen wissen, dass das, was Ihnen und Ihrem Sohn passieren wird, nichts Persönliches ist. Aber Sie sind dummerweise mit dem Mann verheiratet, der diese Stadt zerstört hat."

„Ethan hat überhaupt nichts zerstört. Er hat nur allen die Wahrheit gesagt."

„Das stand ihm aber nicht zu. Die Wahrheit kann für jene, deren Geist schwach ist, sehr gefährlich sein."

„Sie haben es gewusst, nicht wahr?", fragte Theresa. „Sie haben es die ganze Zeit gewusst."

„Was? Die Wahrheit über Wayward Pines? Natürlich wusste ich es. Ich habe dabei geholfen, diese Stadt aufzubauen, Theresa. Ich war von Anfang an hier. Vom ersten Tag an. Diese Stadt ist die einzige Heimat, die ich je hatte, und Ihr Mann hat sie ruiniert. Er hat alles ruiniert."

„Ethan hat das Tor nicht geöffnet. Er hat den Zaun nicht deaktiviert und die ganzen Monster hier reingelassen. Das hat Ihr Boss getan."

„Mein Boss, David Pilcher, hat diese Stadt erschaffen. Jedes Haus. Jede Straße. Er hat jeden einzelnen Einwohner höchstpersönlich ausgewählt. Jedes Teammitglied. Ohne ihn wären Sie seit Jahrhunderten tot. Wie können Sie es wagen, den Mann infrage zu stellen, der Ihnen dieses Leben geschenkt hat?"

„Pam, bitte. Mein Sohn ist für all das nicht verantwortlich. Das wissen Sie doch."

„Sie begreifen es nicht, meine Liebe. Hier geht es nicht darum, Ihnen und Ben die Schuld an Ethans Taten in die Schuhe zu schieben. Wir sind längst viel weiter."

„Was wollen Sie dann?" Theresa spürte, wie ihr die Tränen in die Augen schossen und sie Panik bekam.

Ben weinte und zuckte in ihren Armen.

„Mich interessiert nur noch, wie ich Ihrem Mann wehtun kann. Das ist alles", antwortete Pam. „Falls er noch am Leben ist, wird er irgendwann nach Ihnen suchen, und wissen Sie, was er dann findet?"

„Sie müssen das nicht tun, Pam."

„Ihre Leichen und mich, wie ich hier sitze und auf ihn warte. Er soll wissen, dass ich das getan habe, bevor ich ihn umbringe."

„Hören Sie mir einfach …"

„Ich höre Ihnen zu. Aber bevor Sie weiterreden, möchte ich, dass Sie in sich gehen und sich fragen, ob Sie wirklich glauben, Sie könnten mich umstimmen."

Irgendwo in der Lobby am anderen Ende des Flurs hörte Theresa ein leises Geräusch.

Als würde eine Glasscherbe zersplittern.

Bitte, lass es ein Abby sein. Bitte!

„Die meisten Einwohner sind letzte Nacht ums Leben gekommen", sagte Theresa. „Ich weiß nicht, wie viele von uns überhaupt noch übrig sind."

Wieder knirschte es leise.

Theresa sprach etwas lauter.

„Aber was auch immer Sie über meinen Mann denken mögen, so verstehe ich nicht, wie Sie glauben können, es wäre das Beste für unsere Spezies, wenn Sie zwei von uns ermorden. Die Menschheit steht doch kurz vor dem Aussterben!"

„Wow, das ist ein gutes Argument, Theresa. Daran hatte ich noch gar nicht gedacht."

„Wirklich?"

„Nein, war nur Spaß. Das ist mir scheißegal." Pam legte eine Patrone in die Kammer. „Ich verspreche, dass Sie nicht leiden müssen. Und Sie sollten ehrlich gesagt mal die positive Seite sehen. Zumindest sterben Sie beide nicht durch einen Abby. So werden Sie gar nichts spüren. Okay, vielleicht merken Sie ein bisschen, aber es wird schnell vorbei sein."

„Er ist doch noch ein Kind!", schrie Theresa.

„Ach ja, könnten Sie mir wohl den Zellenschlüssel rüberschieben, bevor …"

Das Mündungsfeuer erhellte den ganzen Raum.

Der Knall war ohrenbetäubend.

„Wir sind tot. Sie hat es getan", dachte Theresa.

Aber sie konnte noch immer denken.

Und sie spürte ihren Sohn in ihren Armen.

Sie wartete darauf, dass der Schmerz einsetzte, aber er kam nicht.

Jemand sagte ihren Namen, doch da es in ihren Ohren noch so klingelte, klang es, als würde die Stimme aus einem sehr tiefen Loch zu ihr nach oben dringen.

Ein Funke flackerte auf, und Theresa sah einen hellen Fleck vor sich. *Ist das das Licht am Ende des Tunnels? Bin ich jetzt tot und rase darauf zu? Ist mein Sohn bei mir?*

Wieder war da ein Funke, aber dieses Mal erlosch er nicht.

Er wurde heller und heller, bis eine einzelne Flamme ein winziges Bündel getrocknetes Moos in Brand setzte.

Das Moos rauchte, und sie konnte den Rauch riechen, während sie mit ansah, wie zwei Hände das brennende Moos hochhoben und die Flammen das dreckigste Gesicht erhellten, das sie je gesehen hatte. Es war umgeben von einem wilden Bart, der jahrelang ungezähmt gewachsen sein musste.

Aber diese Augen …

Selbst in dem schwachen Licht und trotz des ganzen Schmutzes und der Wildheit in diesem Gesicht erkannte sie diese Augen wieder. Und nicht einmal der Schreck darüber, dass sie beinahe gestorben wäre, konnte es mit dem Schock aufnehmen, der sie bei diesem Anblick überkam.

„Theresa! Geliebte!“, sagte der Mann mit rauer Stimme.

Theresa ließ Ben los und stürzte an die Gitterstäbe.

Als das Licht erlosch, griff sie zwischen den Stäben hindurch nach ihm und zog ihn an sich heran.

Adam Hassler stank wie ein Mann, der seit Jahren in der Wildnis gewesen war, und als sie die Hand unter seinen Staubmantel schob und auf seine Taille legte, spürte sie, dass er nur noch aus Haut und Knochen bestand.

„Adam?“

„Ich bin's, Theresa.“

„Oh mein Gott!“

„Ich kann es nicht fassen, dass ich dich tatsächlich berühre.“

Er küsste sie durch die Gitterstäbe hindurch.

Ben stieg vom Bett und kam langsam näher. „Ich dachte, du wärst tot“, sagte er.

„Ich müsste auch tot sein, kleiner Mann. Ich hätte tausend Mal sterben sollen.“

Ethan

Er stand auf der Motorhaube von Maggies Jeep und starrte auf die einhundertfünfzig Menschen hinunter, die sich in der Arche um ihn versammelt hatten. Es kam ihm seltsam vor, diese Gruppe um sich zu haben, die in den letzten vierzehn Jahren zusammengearbeitet hatte, um ihre eigenen Mitmenschen, die Einwohner von Wayward Pines, im Ungewissen zu lassen.

„Letzte Nacht habe ich eine schwere Entscheidung getroffen", sagte Ethan. „Ich habe den Einwohnern von Wayward Pines die Wahrheit gesagt. Ich habe ihnen mitgeteilt, welches Jahr wir haben, und ich habe ihnen einen Abby gezeigt."

Eine Stimme aus der Menge rief: „Dazu hatten Sie kein Recht!"

Ethan ignorierte sie.

„Vermutlich wird keiner von Ihnen meinen Entschluss gutheißen, aber das überrascht mich nicht wirklich. Aber ich bin gespannt, was Sie dazu sagen, was David Pilcher als Reaktion darauf getan hat. Er hat den Strom für den Zaun abgestellt und das Tor geöffnet. Wenigstens fünfhundert Abbys sind mitten in der Nacht in das Tal eingedrungen. Mehr als die Hälfte der Einwohner der Stadt wurde abgeschlachtet. Jene, denen die Flucht gelungen ist, sitzen jetzt ohne Lebensmittel und Wasser fest und müssen außerdem frieren, da Pilcher auch die Stromversorgung der Stadt deaktiviert hat."

Auf den Gesichtern zeichnete sich Fassungslosigkeit ab.

Jemand rief: „Sie lügen!"

„Mir ist bewusst, dass jeder von Ihnen zu irgendeinem Zeitpunkt in seinem früheren Leben David Pilcher alles abgekauft hat, was er versprach. Und ich muss zugeben, dass er ein brillanter Mann ist. Das lässt sich nicht leugnen. Niemand kann behaupten, er wäre kein Mann mit Visionen, und er ist der wohl ambitionierteste Mensch, der je gelebt hat. Ich kann nachvollziehen, was Sie an ihm fasziniert hat. Es ist wie ein Rausch, sich in der Gesellschaft einer Person aufzuhalten, die derart viel Macht hat. Dann fühlt man sich selbst gleich viel besser.

Nach allem, was ich herausgefunden habe, waren viele von Ihnen ziemlich am Ende, als David Pilcher in Ihr Leben getreten ist. Er hat Ihnen ein neues Ziel und Ihrem Leben eine Bedeutung gegeben, das ist mir durchaus klar. Aber er ist ebenso ein Monster wie die Abbys, die auf der anderen Seite des Zauns leben. Vielleicht sogar noch schlimmer. Die Idee, die hinter Wayward Pines steckt, war ihm immer wichtiger als die Menschen, die diese Stadt als ihre Heimat ansahen, und, so leid es mir tut, auch wichtiger als Sie.

Sie alle kannten Alyssa. Alles, was ich gehört habe, bestätigt meine Vermutung, dass sie jeder in diesem Berg gemocht hat. Sie war nicht derselben Meinung wie ihr Vater. Sie glaubte, dass die Menschen in Wayward Pines etwas Besseres verdient hatten, als rund um die Uhr überwacht zu werden, als dazu gezwungen zu werden, einander umzubringen, und als ewig im Ungewissen zu bleiben. Was ich Ihnen gleich zeigen werde, ist schrecklich, und es tut mir sehr leid, dass ich das tun muss, aber Sie müssen begreifen, was für einem Mann Sie da geholfen haben, damit Sie umdenken können."

Ethan deutete hinter die Gruppe, wo ein großer Monitor hinter der Glastür an der Wand hing.

Meist wurden darauf die Arbeitspläne eingeblendet. Wer wann in der Überwachungs-, Sicherheits- und Suspensionsabteilung Dienst hatte. Die Ankunfts- und Abfahrtszeiten der Transporter nach Wayward Pines. Es war ein berginternes Nachrichtensystem für Pilchers inneren Kreis.

An diesem Abend würde man darauf sehen können, wie David Pilcher, der Erschaffer von Wayward Pines, seine einzige Tochter ermordete.

„Abspielen", rief Ethan einem von Teds Überwachungstechnikern zu, der neben dem Bildschirm stand.

Theresa

Der Rauch stieg nach oben und durch das vergitterte Fenster in Deckennähe nach draußen. Die Flammen züngelten am Bein von Belindas Schreibtisch entlang und wurden von einem Berg Druckerpapier am Leben gehalten. Ben lag auf der Matratze, die Theresa vom Metallrahmen gezogen und auf den Boden gelegt hatte. Sie saß Hassler gegenüber und hielt ihre Hände ans Feuer.

Auf der anderen Seite der Gitterstäbe lag Pams Körper erschlafft auf dem Boden, und der Blutfleck rings um ihren Kopf wurde immer größer.

„Als ich gesehen habe, dass der Zaun deaktiviert wurde, bin ich sofort in die Stadt geeilt", berichtete Hassler. „Ich war bei unserem Haus, aber du warst nicht da. Ich habe überall gesucht. Ich dachte schon, ihr beide wärt tot. Als ich mir aus dem Büro des Sheriffs Munition holen wollte, hörte ich deine Stimme, als du Pam angefleht hast, euch zu verschonen. Das war nicht gerade die Heimkehr, die ich mir erhofft hatte."

„Ich hatte gar nicht mehr mit dir gerechnet", sagte Theresa. „Man hat mir gesagt, dass du nicht mehr zurückkommen würdest."

„Was ist hier passiert?"

„Die Stadt kennt jetzt die Wahrheit."

„Die ganze Wahrheit?"

„Ja. Wir haben sehr viele Leute verloren. Offenbar hat der Mann, der das alles hier gebaut hat, beschlossen, sein Spielzeug kaputtzumachen und nach Hause zu gehen."

„Wer hat allen die Wahrheit gesagt?"

„Es war ein Fest für Kate und Harold Ballinger anberaumt worden, doch anstatt sie zu exekutieren, hat der Sheriff die Gelegenheit genutzt und alles ans Licht gebracht."

„Pope?"

„Pope ist tot, Adam." Theresa zögerte. „Es ist eine Menge passiert, seitdem du weg warst. Ethan ist jetzt der Sheriff."

„Ethan ist *hier*?"

„Er wurde vor etwa einem Monat in die Stadt integriert. Dabei hat er alles auf den Kopf gestellt. Seitdem ist nichts mehr so, wie es früher gewesen ist."

Hassler starrte in die Flammen. „Ich wusste nicht, dass er hier ist", murmelte er.

„Woher solltest du es auch wissen?"

„Nein, ich … Weiß Ethan Bescheid?"

„Über uns?"

„Ja."

„Nein, ich habe es ihm nicht erzählt. Irgendwann hatte ich es vor, aber Ben und ich haben darüber gesprochen und beschlossen, dass es keine Eile hat. Wir sind ja ohnehin davon ausgegangen, dass wir dich nie wiedersehen würden."

Hassler liefen die Tränen über die Wangen und zogen saubere Spuren über sein völlig verdrecktes Gesicht.

Ben beobachtete ihn von der Matratze aus.

„Das alles ist ja der reinste Albtraum", sagte Hassler.

„Was?"

„Dass ich nach Hause komme und das hier vorfinde. An jedem Tag, den ich auf der anderen Seite des Zauns war, Gefahren, Hunger und Durst überstehen musste, warst es allein der Gedanke an dich, der dafür gesorgt hat, dass ich nie aufgegeben habe. Der Gedanke daran, wie unser Leben sein würde, wenn ich wieder zurückkomme."

„Adam …"

„Dieses Jahr, in dem wir zusammengelebt haben …"

„Bitte."

„Es war das glücklichste Jahr meines Lebens. Ich liebe dich. Ich habe nie aufgehört, dich zu lieben." Hassler krabbelte um das

Feuer herum und legte den Arm um sie. Er schaute zu Ben hinüber. „Ich war doch ein Vater für dich, oder nicht?" Dann sah er Theresa an. „Und ich war dein Mann. Dein Beschützer."

„Ohne dich hätte ich Wayward Pines nicht überlebt, Adam, aber ich dachte, du würdest nicht mehr zurückkehren. Und dann ist auf einmal mein Mann hier, er ist einfach aus dem Nichts aufgetaucht."

Irgendwo draußen jaulte ein Abby.

Hassler zog seinen Rucksack zu sich heran, öffnete ihn und wühlte darin herum, bis er sein ledergebundenes Tagebuch gefunden hatte. Er riss die Plastikhülle ab und schlug das vergilbte Buch auf der ersten Seite auf. Im Licht des Feuers deutete er auf die Inschrift: *Wenn du zurückkommst, und du wirst zurückkommen, werde ich dich ficken, als wärst du gerade aus dem Krieg heimgekehrt, Soldat.*

Ihr Herz drohte zu zerbrechen, als sie diese Worte las.

Sie warfen sie völlig aus der Bahn.

Sie hatte sie geschrieben, kurz bevor Hassler aufgebrochen war.

„Ich habe sie jeden Tag gelesen", sagte er. „Du hast ja keine Ahnung, wie viele harte Zeiten ich dank dieser Worte überlebt habe."

Sie konnte jetzt nichts mehr sehen, da sie ihren Tränen freien Lauf ließ und sich ihre Gefühle wie eine Blutung in ihr ausbreiteten, zu schnell, um noch gestoppt zu werden.

„Ich bitte dich nicht darum, die Zukunft vorherzusagen", sagte er. „Ich rede nur über das Hier und Jetzt. Über diesen Moment. Liebst du mich noch, Theresa?"

Sie sah in seinen schmutzverkrusteten Bart, das vernarbte Gesicht, die tiefliegenden Augen.

Oh ja, und wie sie es tat.

„Ich habe nie aufgehört", flüsterte sie.

Die Erleichterung in seinen Augen war wie ein Hinrichtungsaufschub.

„Aber ich muss eines wissen", erklärte sie. „Als wir zusammengelebt haben, hast du es da gewusst?"

„Was?"

„Was in dieser Stadt los ist. Was sie ist. Hast du all die Geheimnisse gekannt, die uns vorenthalten wurden?"

Er sah ihr in die Augen. „Bis zu dem Tag, an dem David Pilcher zu mir gekommen ist und mir gesagt hat, dass ich für eine Nomadenmission auf die andere Seite des Zauns ausgewählt worden sei, wusste ich genauso wenig wie du."

„Warum hat er dich da rausgeschickt?"

„Um zu erkunden und nach Anzeichen für menschliches Leben außerhalb unseres Dorfes zu suchen."

„Hast du Hinweise darauf gefunden?"

„Mein letzter Eintrag da draußen …" Hassler blätterte ans Ende seines Tagesbuchs. „‚Ich alleine habe den Schlüssel zu dem, was uns alle retten kann. Ich bin im wahrsten Sinne des Wortes der einzige Mann auf der Welt, der die Welt retten kann.'"

„Und, was ist es?", wollte Theresa wissen. „Was ist der Schlüssel?"

„Dass wir unseren Frieden machen."

„Womit?"

„Mit der Tatsache, dass dies wirklich das Ende ist. Die Welt gehört jetzt den Abbys."

Trotz ihres Schocks und ihrer Trauer drangen seine Worte zu ihr durch.

Auf einmal fühlte sich Theresa unendlich einsam.

„Es wird keine Entdeckung geben, die uns rettet", sagte Hassler. „Die uns wieder an die Spitze der Nahrungskette stellt. Dieses Tal ist der einzige Ort, an dem wir überleben können. Wir werden aussterben. Das ist Fakt. Daher sollten wir das zumindest mit Anstand tun und jeden Tag und jeden Augenblick genießen."

Mustin

Mustin wischte den Schnee von den Felsen und hockte sich auf seinen Posten. Aufgrund der Menge an Munition, die er dieses Mal mitgebracht hatte, war er eine Stunde länger zum Gipfel unterwegs gewesen.

Er hatte die Stadt auch schon früher durch sein Zielfernrohr gesehen, aber bisher hatte er noch nie ein Ziel in der Stadt gehabt.

Jetzt zoomte er auf die Überreste von Sheriff Burkes Bronco heran.

Er brauchte drei Schüsse, mit drei minimalen Anpassungen an der Parallaxe nach jedem Schuss, bis er die Kugel genau da hatte, wo er sie haben wollte: im Vorderreifen auf der Fahrerseite.

Die Stadt war in gleichmäßigen Blocks angelegt worden, die an jeder Seite neunzig Meter lang waren, sodass spätere Anpassungen einfach waren, da er jetzt einen Referenzpunkt hatte.

Er dehnte seinen Hals.

Dann nahm lud er die erste Patrone aus dem fünfschüssigen Magazin in den Lauf.

Er sah wieder durch sein Zielfernrohr und aktivierte das Headset, während er die Main Street überprüfte.

„Mustin hier, in Position. Over."

„Wir sind an der Tunneltür. Over", antwortete Ethan Burke.

„Verstanden. Beginne mit der ersten Runde. Bitte bereithalten. Over."

Auf der ganzen Main Street lagen Leichen.

Fünf Abbys fraßen mitten auf der Straße vor dem *Steaming Bean*.

Vorerst ignorierte er den Wald und die Klippen rings um die Stadt und nahm sich Zeit, um die von Osten nach Westen und von Norden nach Süden verlaufenden Straßen zu überprüfen.

Nach jeder Sichtung machte er eine Notiz auf seinem Block.

Elf Minuten später aktivierte er die Sprechfunktion seines Headsets ein weiteres Mal.

„Hier ist wieder Mustin. Over."

„Schießen Sie los", sagte Ethan.

„Ich habe Sichtkontakt zu einhundertundfünf Abscheulichkeiten. Etwa die Hälfte davon bewegt sich in Gruppen zwischen fünfzehn und zwanzig Exemplaren fort. Die anderen sind alleine unterwegs. Bisher noch keine Anzeichen für Überlebende."

„Sie haben zwanzig Minuten, dann legen wir los. Over."

Mustin grinste. Eine Deadline. Das gefiel ihm.

„Wie sieht es mit einer Wette aus? Over", meinte er.

„Wie meinen Sie das."

„Die Anzahl der Abschüsse. Over."

„Tun Sie's einfach."

Mustin begann am Südende der Main und arbeitete sich langsam in Richtung Norden weiter.

Fünfzehn Treffer.

Fünf Fehlschüsse.

Zwölf Abschüsse.

Drei, die sich wünschten, lieber tot zu sein, und sich über die Straße schleiften.

Er ging zur Seventh Street über, nahm einige Anpassungen vor und ging an die Arbeit. In der Nähe der Schule entdeckte er eine Gruppe aus achtzehn Abbys, die auf der Straße schliefen. Er erschoss vier von ihnen, bevor die anderen aufwachten und merkten, dass sie angegriffen wurden. Fünf weitere schaltete er aus, als sie auseinander stoben.

So ging es weiter, und er musste zugeben, dass er sich mit seinem AWM-Präzisionsgewehr noch nie zuvor so amüsiert hatte.

Als nur noch fünf Minuten auf der Uhr waren, erschoss er drei Abbys auf der Straße südlich der Stadt und zwei weitere in der Nähe der Gärten. Als die Stimme des Sheriffs wieder aus dem Headset kam, jagte er gerade einem Abby eine Kugel in den Kopf, der mit voller Geschwindigkeit am Krankenhaus vorbeijagte.

„Die Zeit ist um", sagte Ethan. „Over."

„Vierundvierzig", erwiderte Mustin. „Over."

„Wie bitte?"

„Sie müssen sich um vierundvierzig Abbys weniger Sorgen machen. Over."

„Beeindruckend. Hält der Zaun?"

Mustin schwenkte das Gewehr in Richtung Süden und sah sich im Wald in der Nähe des Zauns um.

„Das Tor ist noch immer geschlossen", meldete er. „Ich kann Ihnen Deckung geben, sobald Sie in die Stadt kommen, aber im Wald lässt meine Präzision zu wünschen übrig. Over."

„Verstanden. Sie müssen als unsere Augen dienen. Töten Sie, so viel Sie können, und sagen Sie uns, womit wir rechnen müssen. Over."

Mustin lud nach.

Dann sah er sich im Wald und zwischen den Felsen rings um den Eingang der Superstruktur um.

„Sie können loslegen", erklärte er.

Ethan

Er saß auf dem Beifahrersitz eines gepanzerten Humvees, den Alan lenkte.

Im Seitenspiegel konnte er sehen, wie die Metallarbeiter den Eingang der Superstruktur zuschweißten.

Auf dem Dach des Humvees bemannte eine der Wachen ein stationäres schweres Maschinengewehr.

Hinter ihnen fuhren zwei Dodge-Pick-up-Trucks. Auf der Ladefläche des ersten standen zwei Männer mit Schrotflinten, und auf der des zweiten war die Maschinenkanone aufgebaut worden.

Dahinter fuhren zwei Transportfahrzeuge, und ein dritter Truck bildete die Nachhut, auf dessen Ladefläche sechs Männer standen, die bis an die Zähne bewaffnet waren.

Mustins Stimme sagte in Ethans Headset: „Sie sollten sich von der Main fernhalten. Wie ist Ihre Route? Over."

Alan verließ den Wald und bog auf die Straße in die Stadt ein.

„Thirteenth bis Fifth", erwiderte Ethan, „und dann drei Blocks bis zur Schule. Haben wir Gesellschaft?"

„Sehen Sie den Kerl da hinten?"

Ethan kniff die Augen zusammen und schaute durch die Windschutzscheibe.

In einhundert Metern Entfernung hockte ein Abby auf dem Mittelstreifen. Der Klang der näherkommenden Motoren erregte seine Aufmerksamkeit, und als er aufstand, explodierte eine Wolke aus rotem Nebel neben seinem Kopf.

„Da sind noch ein paar weitere Nachzügler auf Ihrem Weg", sagte Mustin. „Ich werde sie beseitigen. Over."

Die Sonne war noch nicht über den Bergen aufgegangen, und das Tal vor ihnen wurde ins Licht des frühen Morgens getaucht.

„Haben Sie geschlafen?", erkundigte sich Alan.

„Was denken Sie denn?"

Kate

Sie hörte das Geräusch einer automatischen Waffe.

Jeder im Klassenzimmer hörte es.

Zusammen mit Spitz machte sie sich daran, die Möbel vor der Tür zur Seite zu schieben und die Nägel aus dem Türrahmen zu ziehen.

Sie bekamen die Tür auf, rieten allen aber, noch zu warten.

Sie liefen zu zweit in den Flur.

Die Treppe hinauf.

Die Schüsse wurden lauter, und dazwischen waren Motorengeräusche hören.

Am Ausgang hob Kate ihr AR-15 und sagte Spitz, er solle die Tür öffnen.

Er zog sie auf.

Sie machte zwei Schritte nach draußen.

Da waren Abbys auf dem Schulhof, die hinter einem Fahrzeugkonvoi herliefen, der an der Kreuzung Tenth und Fifth stand: ein Humvee, drei Pick-up-Trucks und zwei Sattelzüge.

Ein Abby brach aus der Gruppe aus und kam auf sie zu.

„Haben Sie ihn?", fragte Spitz.

Sie ließ ihn bis auf sechs Meter an sich herankommen.

„Kate?"

Dann drückte sie ab und schoss ihm drei Kugeln in einem hübschen Muster in die Brust, sodass er eineinhalb Meter vor der Tür zu Boden ging.

Jetzt war ein Geräusch zu hören, das wie ein Donnerknall klang, und vom zweiten Pick-up-Truck war ein orangefarbiges Mündungsfeuer von einer Waffe zu sehen, die so riesig war, dass sie an einen Angriffshubschrauber gepasst hätte.

Sie schnitt eine ganze Reihe der Abbys in zwei Teile.

Die Beifahrertür des Humvees wurde geöffnet.

Als Ethan ausstieg, machte ihr Herz vor Freude einen Sprung.

Sie beobachtete ihn, wie er um die Wagenfront herumlief und auf den Zaun zukam.

Als er auf die andere Seite kletterte, griffen ihn vier Abbys vom Spielplatz an.

Kate zielte und feuerte ihr Magazin leer, als sie alle zur Strecke brachte.

Ethan sah zu ihr herüber und zog überrascht die Augenbrauen hoch.

Für einen kurzen Moment hatte das Schießen aufgehört.

Überall lagen tote Abbys, und Männer stiegen von den Ladeflächen der Trucks und begannen, das Gebiet zu sichern.

Kate rannte auf Ethan zu, der humpelte und eine Schrotflinte in der Hand hielt. Seine Jeans und sein Hemd waren völlig zerfetzt, und sein Gesicht war blutbespritzt.

Ihr liefen die Tränen über die Wangen, und sie wischte sie rasch weg.

Als sie ihn erreicht hatte, warf sie ihm die Arme um den Hals.

„Wie geht es den Verletzten?“, erkundigte er sich.

„Eine ist gestorben, ein weiterer hält mit Mühe und Not durch.“

„Ich habe genug Wagen mitgebracht, sodass wir alle hier rausholen und in den Berg bringen können.“

„Hast du Harold gefunden?“

„Noch nicht.“

„Was ist mit Theresa und Ben?“

Er schüttelte den Kopf.

Ihr liefen die Tränen die Wangen herunter und sie kniff die Augen zu, während Ethan immer wieder ihren Namen sagte und ihr versicherte, dass alles wieder gut werden würde, aber sie konnte nicht aufhören zu weinen und sie wollte ihn nicht loslassen.

Ethan

Als er Kate in den Armen hielt, stach ihm ein Mann ins Auge, der die Tenth Street herunterkam. Er trug einen langen, schwarzen Staubmantel, der ihm bis zu den Knöcheln reichte, hatte sein Gesicht unter einem schwarzen Cowboyhut verborgen und einen langen, ungepflegten Bart.

„Wer ist das?“, wollte Ethan wissen.

Kate drehte den Kopf. „Ich habe ihn noch nie zuvor gesehen.“

Ethan lief über den Schulhof, sprang über den Zaun und baute sich mitten auf der Straße auf.

Der Mann in Schwarz hatte eine Winchester auf der Schulter liegen, und seine Stiefel schlurften über den Asphalt. Er blieb einige Meter von Ethan entfernt stehen – ein ausgezehrter, übel riechender Kerl. Er hätte wie ein obdachloser Exzentriker ausgesehen, wären da nicht seine Augen gewesen. In ihnen lag nicht etwa Wahnsinn, sondern eine klare, strahlende Intensität.

„Gottverdammt, Ethan“, sagte der Mann.

„Verzeihung, kennen wir uns?“

Ethan konnte das Lächeln des Mannes unter seinem Bart gerade so eben erkennen.

„Ob wir uns kennen?“ Der Mann lachte, und seine Stimme klang heiser, als hätte man seinen Kehlkopf in Sandpapier eingewickelt. „Ich werde Ihnen einen Tipp geben: Als wir das letzte Mal miteinander gesprochen haben, habe ich Sie hierher geschickt.“

Da wusste Ethan auf einmal, wen er vor sich hatte.

Seine Synapsen verbanden die einzelnen Punkte zu einem Bild.

Er legte den Kopf schief. „Adam?“

„Ich habe gehört, Sie wären für diesen Schlamassel verantwortlich.“

„Sind Sie die ganze Zeit in der Stadt gewesen?“

„Nein, nein. Ich bin gerade erst zurückgekommen."

„Wo waren Sie denn?"

„Da draußen. Jenseits des Zauns."

„Sie sind ein Nomade?"

„Ich war dreieinhalb Jahre weg. Gestern bei Morgengrauen bin ich wieder durch den Zaun gekommen."

„Adam ..."

„Ich weiß, dass Sie Fragen haben, aber falls Sie Ihre Familie suchen, die habe ich letzte Nacht gefunden."

„Wo?"

„Theresa hatte sich und Ben in die Arrestzelle im Büro des Sheriffs eingeschlossen."

„Sind sie noch da?"

„Ja, und ..."

Ethan rannte die Tenth Street entlang und wurde die ganzen sechs Blocks über nicht langsamer, bis er keuchend in sein Büro stürmte.

„Theresa!", brüllte er.

„Ethan?"

Er rannte durch den Flur zu der Zelle am Nordende des Gebäudes, und als er seine Frau und seinen Sohn lebendig hinter den Gitterstäben sah, stiegen ihm die Tränen in die Augen.

Theresa fummelte mit den Schlüsseln herum und öffnete die Tür.

Ethan drückte die Tür ganz auf, nahm Theresa in die Arme und küsste ihr Gesicht und ihre Hände, und ihm war, als würde er sie das allererste Mal berühren.

„Ich dachte schon, ich hätte dich verloren", sagte er.

„Das wäre auch beinahe passiert."

Ben stürzte sich in seine Arme.

„Ist alles okay, Kumpel?"

„Ja, Dad, aber wir wären beinahe gestorben."

In einigen Blocks Entfernung waren wieder Schüsse zu hören.

„Du hast die Kavallerie mitgebracht“, stellte Theresa fest.

„Allerdings.“

„Konntest du viele Menschen retten?“

„Eine Gruppe, die sich im Keller der Schule verschanzt hatte und denen es soweit gut geht. Ein Team durchkämmt gerade die Stadt und tötet alles, was nicht menschlich ist, um zu retten, wer noch zu retten ist. Warum seid ihr nicht in der Höhle geblieben?“

„Die Abbys sind zurückgekommen“, berichtete Ben. „Viele Leute sind da geblieben, aber Mom und ich haben einen anderen Weg gefunden, wie man von der Klippe runterkommt.“

„Ich bezweifle, dass einer von denen, die geblieben sind, überlebt haben“, sagte Theresa.

Ethan sah durch die Gitterstäbe, dass Pam auf der anderen Seite tot am Boden lag.

„Sie hat uns letzte Nacht hier gefunden“, informierte Theresa ihn. „Wir hatten uns in der Zelle eingesperrt und konnten uns nicht verteidigen. Sie wollte uns umbringen.“

„Warum?“

„Um dir wehzutun.“ Theresa schien die Erinnerung daran sehr mitzunehmen. „Adam Hassler hat uns gerettet“, fügte sie hinzu.

„Wusstest du, dass er hier ist?“, fragte Ethan.

„Nein.“

Die Maschinenkanone legte wieder los.

Ethan zog sein Funkgerät aus der Tasche. „Burke hier. Over.“

„Ja, sprechen Sie. Over“, erwiderte Alans Stimme.

„Könnten Sie einen Wagen zum Büro des Sheriffs schicken? Ich habe meine Familie gefunden und möchte sie an einen sicheren Ort bringen.“

VIII

Theresa

Wayward Pines
Vor fünf Jahren

Sie steht im Regen, barfuß, und ihr Krankenhausnachthemd ist klitschnass. Vor ihr ragt ein siebeneinhalb Meter hoher Zaun auf, dessen Stacheldraht vor Elektrizität knistert.

Zwei Schilder in der Nähe mit Warnungen:

STARKSTROM
LEBENSGEFAHR

Und:

KEHREN SIE NACH WAYWARD PINES ZURÜCK
WENN SIE WEITERGEHEN, WERDEN SIE STERBEN

Sie sinkt auf den Boden.

Es ist kalt.

Sie zittert.

Es dämmert und wird bald so dunkel sein, dass sie in diesem Wald nichts mehr erkennen kann.

Sie ist am Ende. An ihrem *Ende.*

Sie hat niemanden, an den sie sich wenden kann.

Keine Zuflucht mehr.

Sie bricht zusammen.

Sie weint.

Sie schluchzt unkontrollierbar, während der eisige Regen auf sie herunterprasselt.

Hände packen ihre Schultern.

Sie reagiert wie ein verwundetes Tier, reißt sich los und taumelt auf allen vieren davon, während eine Stimme ruft: „Theresa!"

Aber sie bleibt nicht stehen.

Sie kommt taumelnd auf die Beine und will losrennen, aber ihre Füße rutschen auf den nassen Piniennadeln aus.

Hände werfen sie zu Boden. Ihr Gesicht fällt in den Schlamm, jemand wirft sich auf sie und dreht sie auf den Rücken. Sie wehrt sich mit allem, was sie hat, doch die Arme bohren sich in ihre Seite. „Wenn diese Arme auch nur in die Nähe meines Mundes kommen, verliert dieses Arschloch ein paar Finger", denkt sie.

Aber es gelingt ihm, ihre Arme festzuhalten und ihre Knie unter seine Beine zu klemmen, sodass sie reglos auf dem Rücken liegt.

„Loslassen!", kreischt sie.

„Hören Sie auf, sich zu wehren."

Diese Stimme.

Sie sieht ihren Angreifer an. Es ist schon fast zu dunkel, um etwas zu sehen, aber sie erkennt sein Gesicht wieder.

Aus einem anderen Leben.

Einer besseren Zeit.

Sie hört auf, sich zu wehren.

„Adam?"

„Ich bin es."

Er lässt ihre Arme los und hilft ihr, sich aufzusetzen.

„Was machen Sie … Warum …?" Ihr jagen so viele Fragen durch den Kopf, dass sie gar nicht weiß, welche sie zuerst und zuletzt stellen soll. Endlich entscheidet sie sich für: „Was geschieht mit mir?"

„Sie sind in Wayward Pines, Idaho."

„Das weiß ich. Warum gibt es keine Straße, die hier rausführt? Warum steht hier ein Zaun? Warum will mir niemand sagen, was passiert ist?"

„Ich weiß, dass Sie Antworten haben wollen …"

„Wo ist mein Sohn?"

„Ich kann Ihnen vielleicht helfen, Ben zu finden."

„Wissen Sie, wo er ist?"

„Nein, aber ich …"

„Wo ist er?", schreit sie. „Ich will zu …"

„Theresa, Sie bringen sich im Moment nur selbst in Gefahr. Unser beider Leben hängt in diesem Moment am seidenen Faden. Ich möchte, dass Sie mich begleiten."

„Wohin?"

„In mein Haus."

„In Ihr Haus?*"*

Er zieht seine Regenjacke aus, legt sie um ihre Schultern und hilft ihr beim Aufstehen.

„Warum haben Sie hier ein Haus, Adam?"

„Weil ich hier lebe."

„Seit wann?"

„Seit eineinhalb Jahren."

„Das ist unmöglich."

„Ich kann Ihre Verwirrung nachvollziehen. Vermutlich haben Sie im Moment das Gefühl, dass alles seltsam und falsch ist. Wo sind Ihre Schuhe?"

„Ich weiß es nicht."

„Dann werde ich Sie tragen."

Hassler hebt sie hoch, als würde sie überhaupt nichts wiegen.

Theresa sieht ihm ins Gesicht, und trotz der Schrecken, die sie hier in den letzten fünf Tagen erlebt hat, kann sie nicht leugnen, dass es beruhigend ist, in vertraute Augen zu sehen.

„Warum sind Sie hier, Adam?"

„Zu Ihren Fragen kommen wir später. Ich bringe Sie erst einmal ins Trockene, okay? Sie sind ja völlig unterkühlt."

„Habe ich den Verstand verloren? Ich weiß überhaupt nichts mehr. Ich bin hier im Krankenhaus aufgewacht, und die letzten fünf Tage waren …"

„Sehen Sie mich an. Sie sind nicht verrückt, Theresa."

„Was ist dann los?"

„Sie sind einfach an einem anderen Ort."

„Ich weiß nicht, was mir das sagen soll."

„Das habe ich mir gedacht. Aber wenn Sie mir vertrauen, dann werde ich mich um Sie kümmern, das schwöre ich. Ich werde dafür sorgen, dass Ihnen nichts passiert. Und ich werde Ihnen helfen, Ihren Sohn zu finden."

Trotz seiner Jacke zittert sie heftig in Hasslers Armen.

Er trägt sie durch den dunklen Wald und den strömenden Regen.

In ihrer letzten Erinnerung, bevor sie in dieser Stadt aufgewacht ist, sitzt sie in ihrem Haus in Queen Anne einem Mann namens David Pilcher gegenüber. Es war die Nacht, in der sie eine Party geschmissen hat, um das Leben ihres verschwundenen Mannes zu feiern, und nachdem alle Gäste gegangen waren, war Pilcher mitten in der Nacht vor ihrer Tür aufgetaucht und hatte ihr ein mysteriöses Angebot unterbreitet: Wenn sie mit ihm kam, würden Ben und sie wieder mit Ethan vereint sein.

Offensichtlich hatte er sich nicht an dieses Versprechen gehalten.

Theresa liegt auf einem Sofa, das dicht vor einen offenen Holzofen geschoben wurde, und beobachtete Adam Hassler, der einige Scheite ins Feuer legte. Die Eiseskälte weicht langsam aus ihren Knochen. Sie hat seit achtundvierzig Stunden nicht geschlafen, seit sie zum zweiten Mal in einem Krankenhausbett bei dieser schrecklichen lä-

chelnden Krankenschwester aufgewacht ist, aber jetzt spürt sie, wie sie langsam eindämmert. Lange kann sie nicht mehr wach bleiben.

Hassler schürt das Feuer, bis die Flammen hoch auflodern, das Harz kocht und die Scheite knacken.

Alle Lampen im Raum sind ausgeschaltet.

Das Licht des Feuers tanzt auf den Wänden.

Sie kann den Regen hören, der über ihrem Kopf auf das Dach trommelt, um sie noch müder zu machen.

Hassler tritt vom Feuer zurück und setzt sich auf den Rand des Sofas.

Er sieht auf sie herab, und in seinen Augen liegt eine Freundlichkeit, wie sie sie seit Tagen nicht mehr gesehen hat.

„Kann ich Ihnen noch irgendwas holen?", fragt er. „Wasser? Noch mehr Decken?"

„Mir geht es gut. Na ja, nicht gut, aber …"

Er lächelt. „Ich weiß, was Sie meinen."

Sie starrt ihn an. „Das sind die seltsamsten, schlimmsten Tage meines Lebens gewesen."

„Ich weiß."

„Was passiert mit mir?"

„Das kann ich Ihnen nicht erklären."

„Können Sie nicht oder wollen Sie nicht?"

„Sie sind in der Nacht nach Ethans Lebensfeier aus Seattle verschwunden. Zusammen mit Ben."

„Richtig."

„Ich dachte, Sie wären vielleicht nach Wayward Pines gefahren, um nach Ethan zu suchen, daher bin ich hierher gekommen."

„Mist. Dann sind Sie wegen mir hier."

„Ich kam zwei Tage vor Weihnachten in die Stadt. Danach weiß ich nur noch, dass mich ein Mack-Truck gerammt hat, der aus dem Nichts gekommen ist und die Seiten meines Wagens eingedrückt hat. Ich bin genau wie Sie im Krankenhaus aufgewacht. Ohne Handy, ohne Brieftasche. Haben Sie versucht, in Seattle anzurufen?"

„Ich habe versucht, meine Schwester Darla zu erreichen. Ich weiß nicht, wie oft ich vom Münztelefon neben der Bank angerufen habe, aber es ist entweder eine falsche Nummer oder man hat erst gar keinen Wählton."

„Genauso war es bei mir."

„Und wieso haben Sie hier jetzt ein Haus?"

„Ich habe auch einen Job."

„Was?"

„Sie sehen vor sich den Souschef-Azubi des Aspen House, des besten Restaurants in Wayward Pines."

Theresa mustert sein Gesicht, weil sie glaubt, dass er sie verschaukeln will, aber seine Miene ist völlig ernst.

„Sie sind der leitende Special Agent des Secret-Service-Büros in Seattle. Sie …"

„Die Dinge haben sich geändert."

„Adam …"

„Hören Sie mir einfach zu." Er legt ihr eine Hand auf die Schulter. Sie kann den Druck durch die Decke spüren. „All die Fragen, all die Ängste, die Ihnen im Kopf rumschwirren … Genauso war es bei mir auch. Und sie sind immer noch da. Das ändert sich nicht. Aber in diesem Tal gibt es keine Antworten. Es gibt nur eine richtige Art zu leben, und all die anderen Arten bringen einem letzten Endes nur den Tod. Als Ihr Freund hoffe ich, dass Sie auf mich hören, Theresa. Wenn Sie nicht aufhören, wegzurennen, wird diese Stadt Sie umbringen."

Sie wendet den Blick von Hassler ab und sieht in die Flammen.

Das Feuer verschwimmt hinter ihrem Tränenschleier.

Das Schreckliche, das wirklich Schreckliche ist, dass sie ihm glaubt.

Zu einhundert Prozent. Irgendetwas an diesem Ort ist falsch und böse.

„Ich fühle mich so verloren", sagt sie.

„Ich weiß." Er drückt ihre Schulter. „Mir ging es wie Ihnen, und ich werde Ihnen helfen, so gut ich kann."

Ethan

Er fand Kate an diesem Abend in ihrem Wohnzimmer, wo sie in den kalten, dunklen Kamin starrte.

Also setzte er sich neben sie und legte seine Schrotflinte auf den Boden.

Irgendwann waren die Abbys hier eingedrungen. Die vorderen Fenster waren zertrümmert, im Haus wurde randaliert, und es roch noch immer nach diesen Kreaturen – ein strenger, fremdartiger Gestank lag in der Luft.

„Was machst du hier?", wollte Ethan wissen.

Kate zuckte mit den Achseln. „Ich habe wohl gedacht, wenn ich einfach nur lange genug hier sitze und warte, kommt er durch diese Tür."

Ethan legte einen Arm um sie.

„Aber er wird nie wieder durch diese Tür kommen, oder?"

Es machte den Anschein, als konnte sie nur mit sehr großer Anstrengung die Tränen zurückhalten.

Ethan schüttelte den Kopf.

„Weil du ihn gefunden hast."

Das Licht, das durch die zersplitterten Fenster hereinfiel, wurde immer schwächer. Schon bald würde es dunkel im Tal sein.

„Seine Gruppe wurde in einem der Tunnel überfallen", berichtete Ethan.

Noch immer kamen keine Tränen.

Sie atmete einfach nur ein und wieder aus.

„Ich möchte ihn sehen“, sagte sie schließlich.

„Natürlich. Wir haben den ganzen Tag die Toten eingesammelt und tun, was wir können, um sie wieder herzurichten …“

„Ich habe keine Angst davor, ihn so übel zugerichtet zu sehen, Ethan. Ich will ihn einfach nur sehen.“

„Okay.“

„Wie viele haben wir verloren?“

„Wir sind noch immer dabei, die Leichen zu bergen, daher haben wir bisher nur die Überlebenden gezählt. Von den vierhunderteinundsechzig Stadtbewohnern haben hundertacht überlebt. Fünfundsiebzig werden noch vermisst.“

„Ich bin froh, dass du es mir gesagt hast“, erklärt sie.

„Sie bringen alle Überlebenden für die nächsten Nächte in den Berg.“

„Ich werde hier bleiben.“

„Hier ist es nicht sicher, Kate. Es sind noch immer Abbys im Tal. Wir haben noch längst nicht alle erwischt. Es gibt keinen Strom. Keine Wärme. Wenn die Sonne untergegangen ist, wird es sehr dunkel und sehr kalt sein. Die Abbys, die sich noch auf dieser Seite des Zauns aufhalten, werden wieder in die Stadt kommen.“

Sie sah ihn an. „Das ist mir egal.“

„Soll ich eine Weile bei dir bleiben?“

„Ich möchte alleine sein.“

Ethan stand auf, und jeder Zentimeter seines Körpers tat weh und war angeschlagen oder aufgeschürft. „Ich lasse dir die Schrotflinte hier“, sagte er. „Vorsichtshalber.“

Er war sich nicht sicher, ob sie ihn gehört hatte.

Sie schien ganz woanders zu sein.

„Ist deine Familie in Sicherheit?“, fragte Kate plötzlich.

„Ja.“

Sie nickte.

„Ich komme morgen früh wieder", meinte er. „Dann bringe ich dich zu Harold." Er ging zur Haustür.

„Hey", rief ihm Kate nach.

Er drehte sich noch einmal um.

„Das ist nicht deine Schuld."

In dieser Nacht lag Ethan neben Theresa in einem warmen, dunklen Zimmer inmitten der Superstruktur.

Ben schlief auf einem Ausziehbett am Fußende ihres Bettes und schnarchte leise.

Das Nachtlicht über der Tür tauchte das Zimmer in ein bläuliches Licht. Ethan starrte die Decke an. Dies war die erste Nacht seit einer Ewigkeit, in der er tatsächlich im Warmen und in Sicherheit schlafen konnte, ohne von einer Kamera beobachtet zu werden. Doch er konnte nicht einschlafen.

Theresas Hand wanderte über seine Seite und seinen Bauch.

„Bist du wach?", flüsterte sie.

Er drehte sich zu ihr um und sah in dem schwachen Licht ein Glitzern in ihren Augen und auf ihren feuchten Wangen.

„Ich muss dir was sagen", begann sie.

„Okay."

„Du bist erst seit gut einem Monat zurück in unserem Leben."

„Das ist richtig."

„Wir waren bereits fünf Jahre hier. Wir wussten nicht, wo wir waren. Falls wir überhaupt existierten."

„Das weiß ich doch bereits."

„Was ich versuche, dir zu sagen, ist … Es gab da jemanden, bevor du zurückgekommen bist."

„Jemanden", wiederholte Ethan, der auf einmal einen starken Druck auf der Brust spürte, als würde sich ein Gewicht auf seine Lunge pressen, sodass er nicht mehr richtig atmen konnte.

„Ich dachte, du wärst tot. Oder dass ich vielleicht tot wäre."

„Wer war es?"

„Als ich in diese Stadt kam, kannte ich keine Menschenseele. Ich bin hier aufgewacht, genau wie du, und Ben war nicht bei mir, und …"

„*Wer* war es?"

„Du hast ja gesehen, dass Adam Hassler hier ist."

„Hassler?"

„Er hat mir das Leben gerettet, Ethan. Und er hat mir geholfen, Ben zu finden."

„Ist das dein Ernst?"

Sie weinte jetzt. „Ich habe über ein Jahr lang mit ihm zusammen in diesem Haus in der Sixth Street gewohnt, bis zu dem Tag, an dem er fortgeschickt wurde."

„Du warst mit Hassler zusammen?"

Sie schluchzte. „Ich dachte, du wärst tot. Du weißt, wie einem diese Stadt zusetzen kann."

„Hast du mit ihm geschlafen?"

„Ethan …"

„Hast du?"

Sie nickte.

Er drehte sich auf den Rücken und starrte die Decke an. Dabei hatte er nicht die geringste Ahnung, wie er *das* verarbeiten sollte. In seinem Kopf waren nichts als Fragen, Bilder von Hassler und seiner Frau und eine ungezügelte, entzündliche Wolke aus Verwirrung, Wut und Angst, die sich tief in seinem Inneren zu einer Supernova zusammenzubrauen schienen.

„Rede mit mir", sagte sie. „Schließ mich nicht aus."

„Hast du ihn geliebt?"

„Ja."

„Und tust du es noch?"

„Ich bin verwirrt."

„Das ist kein Nein."

„Soll ich Rücksicht auf deine Gefühle nehmen oder ehrlich sein, Ethan?"

„Warum hast du es mir nicht gesagt?"

„Weil ich nicht auf diese Unterhaltung vorbereitet war. Du bist erst seit einem Monat hier. Wir fangen gerade an, unsere Beziehung neu aufzubauen."

„Du hättest es mir nie erzählt, wenn dein Liebhaber nicht plötzlich wieder aufgetaucht wäre und dir keine andere Wahl gelassen hätte."

„Das stimmt nicht, Ethan. Ich schwöre, dass ich es dir gesagt hätte. Ich war davon überzeugt, dass Adam nie mehr zurückkommen würde. Außerdem war ich mit Hassler zusammen, als ich geglaubt habe, du wärst tot. Du hast Kate Hewson gefickt, als ich noch quicklebendig war. Während wir verheiratet waren. Also lass uns die Perspektive doch bitte mal gerade rücken, ja?"

„Möchtest du bei ihm sein?"

„Wenn er mich damals nicht gefunden hätte, dann wäre ich so lange weggelaufen, bis sie mich ermordet hätten. Daran besteht kein Zweifel. Er hat mich unterstützt und sich um mich gekümmert, als ich sonst niemanden hatte. Als du nicht da warst."

Ethan drehte sich wieder auf die Seite und sah seine Frau an. Ihre Nasenspitzen berührten sich, ihr Atem wehte in sein Gesicht, und in seinem Inneren war ein Aufruhr, von dem er nicht wusste, ob er ihn unterdrücken konnte.

„Möchtest du bei ihm sein?", wiederholte er seine Frage.

„Ich weiß es nicht."

„Du weißt es nicht? Ist das ein Vielleicht?"

„Mich hat noch kein Mann so geliebt, wie er es tut." Ethan stockte der Atem. „Es tut mir leid, wenn das nicht das ist, was du hören wolltest, aber seine Welt hat sich nur um mich gedreht, Ethan, und ich …" Sie sprach nicht weiter.

„Ja?"

„Ich sollte lieber nichts mehr sagen …"

„Nein, bring den Satz zu Ende."

„Es war anders als alles, was ich bisher erlebt hatte. Seit unserer ersten Begegnung habe ich dich von ganzem Herzen geliebt. Kann ich ehrlich zu dir sein? Ich habe dich mehr geliebt als du mich."

„Das ist nicht wahr."

„Du weißt, dass es so ist. Meine Treue und meine Hingabe waren bedingungslos. Wenn unsere Ehe ein Seil wäre, dann warst du an einem Ende und ich am anderen, aber ich habe immer etwas fester gezogen. Manchmal sogar sehr viel fester."

„Ist das eine Bestrafung? Für Kate?"

„Es dreht sich nicht immer alles um dich. Hier geht es um mich und den Mann, in den ich mich verliebt habe, als du nicht da warst. Jetzt ist er wieder da, und ich habe keine Ahnung, wie ich mit der Situation umgehen soll. Könntest du mal für zwei Sekunden versuchen, dich in meine Lage zu versetzen?"

Ethan setzte sich auf und schlug die Bettdecke zur Seite.

„Geh nicht", flehte sie.

„Ich muss mal frische Luft schnappen."

„Ich hätte es dir nicht sagen sollen."

„Nein, du hättest mir das alles gleich am ersten Tag erzählen müssen."

Er stand auf und ging in Socken, Pyjamahose und Unterhemd aus dem Zimmer.

Es war spät, zwei oder drei Uhr früh, und auf Etage vier war niemand zu sehen, nur die fluoreszierenden Lampen summten leise über seinem Kopf.

Ethan ging den Korridor entlang. Hinter jeder Tür, an der er vorbeikam, schliefen Einwohner von Wayward Pines tief und fest. Es war beruhigend, dass wenigstens einige gerettet worden waren.

Die Cafeteria war dunkel.

Er blieb an den Türen des Fitnessstudios stehen. In dem schwachen Licht sah er Basketballkörbe und den Platz, auf dem lauter Feldbetten standen. Die Menschen aus dem Berg hatten kollektiv angeboten, den Flüchtlingen ihre Quartiere auf der vierten Etage zu überlassen, und er hoffte, dass diese Geste ein gutes Omen für die künftige Zusammenarbeit war.

Unten auf Etage zwei zog er seine Karte durch das Lesegerät und betrat den Überwachungsraum.

Alan saß an der Konsole vor den Bildschirmen.

Er drehte sich um, als Ethan hereinkam. „Sie sind aber spät noch auf den Beinen."

Ethan setzte sich neben ihn.

„Irgendwas?", erkundigte er sich.

„Ich habe die Bewegungssensoren deaktiviert, über die die Kameras eingeschaltet wurden, sodass sie jetzt die ganze Nacht laufen. Aber ich befürchte, dass die Batterien nicht mehr lange halten werden. In der Stadt laufen noch ein paar Dutzend Abbys rum. Morgen früh gehe ich mit einem Team runter und erledige sie."

„Und der Zaun?"

„Volle Energie. Alles im grünen Bereich. Sie sollten wirklich ein wenig schlafen, Ethan."

„Ich bezweifle, dass ich in nächster Zeit viel Schlaf finden werde."

Alan lachte. „Geht mir genauso."

„Ich wollte mich noch bei Ihnen bedanken", meinte Ethan, „Wenn Sie mir gestern nicht den Rücken gestärkt hätten …"

„Sie haben meiner Freundin Respekt erwiesen."

„Die Leute aus der Stadt …"

„Sagen Sie es nicht weiter, aber wir nennen sie Städter."

„Sie werden mich in nächster Zeit brauchen", fuhr Ethan fort. „Und ich habe so das Gefühl, dass man im Berg auf Sie zählen wird."

„Es sieht ganz danach aus. Wir werden in naher Zukunft einige schwere Entscheidungen treffen müssen, und es gibt eine richtige und eine falsche Art, die Dinge zu regeln."

„Wie meinen Sie das?"

„Pilcher hat die Dinge auf eine ganz bestimmte Weise geregelt."

„Ja, auf *seine*."

„Ich will den Mann nicht verteidigen, aber manchmal ist man in einer derart entscheidenden Situation, in der es um Leben und Tod geht, dass es ein oder zwei Personen geben muss, die die Entscheidungen treffen."

„Glauben Sie, dass Pilcher noch eingefleischte Anhänger im Berg hat?", wollte Ethan wissen.

„Meinen Sie damit wahre Gläubige?"

„Genau."

„Jeder im Berg ist ein wahrer Gläubiger. Ist Ihnen eigentlich bewusst, was wir hier aufgegeben haben?"

„Nein."

„Alles. Wir haben diesem Mann geglaubt, als er sagte, dass unsere Welt im Sterben liegen würde und wir die Chance bekämen, Teil einer neuen Welt zu sein. Ich habe mein Haus und meine Autos verkauft, mir meine Rentenversicherung auszahlen lassen, meine Familie verlassen. Ich habe ihm alles gegeben, was ich hatte."

„Kann ich Sie etwas fragen?"

„Sicher."

„Es ist Ihnen in der Aufregung vielleicht entgangen, aber heute ist einer der Nomaden zurückgekehrt."

„Ja, Adam Hassler."

„Dann kennen Sie ihn?"

„Nicht sehr gut. Ich war erstaunt, dass er zurückgekommen ist."

„Ich würde gern mehr über ihn erfahren. War er ein Städter, bevor er auf diese Mission gegangen ist?"

„Das kann ich Ihnen nicht sagen. Da müssen Sie mit Francis Leven sprechen."

„Wer ist das?"

„Er ist der Verwalter der Superstruktur."

„Und das bedeutet …"

„Er hat die Aufsicht über die Vorräte, die Systemintegrität, den Status der Menschen in der Suspension und außerhalb. Er ist eine sprudelnde Wissensquelle. Die Leiter jeder Gruppe erstatten ihm Bericht, und er, nun ja, er war nur Pilcher unterstellt."

„Ich bin ihm nie begegnet."

„Er ist ein Einsiedler und bleibt meist für sich alleine."

„Wo kann ich ihn finden?"

„Sein Büro ist ganz hinten in der Arche."

Ethan stand auf.

Die Wirkung der Schmerzmittel ließ langsam nach.

Auf einmal machten sich die Anstrengungen und Verletzungen der letzten achtundvierzig Stunden überdeutlich bemerkbar.

„Eine Sache noch", meinte Alan, als Ethan schon auf dem Weg zur Tür war.

„Ja?"

„Wir haben Ted endlich gefunden. Er war in seinem Zimmer, wurde erstochen und in einen Schrank gesteckt. Pilcher hatte seinen Mikrochip rausgeschnitten und zerstört."

Ethan hatte gedacht, dass ihn eine weitere schlechte Nachricht an einem solchen Tag auch nicht mehr umhauen würde, aber da hatte er sich geirrt. Sie traf ihn sogar sehr.

Er verließ Alan und ging zurück zu den Schlafräumen in der vierten Etage hinauf, blieb dann jedoch stehen.

Im nächsten Moment drehte er um und ging die Treppe bis nach unten.

Margaret, das Abby-Weibchen, dessen Intelligenz Pilcher in den letzten Monaten getestet hatte, war wach und lief im grellen Licht in seinem Käfig auf und ab.

Ethan drückte das Gesicht an das kleine Fenster und sah hindurch, sodass sein Atem die Scheibe beschlagen ließ.

Als er das letzte Mal hier gewesen war, hatte dieser Abby ganz friedlich in einer Ecke gesessen.

Gehorsam. Fast wie ein Mensch.

Jetzt wirkte sie aufgebracht. Nicht wütend oder bösartig, sondern einfach nervös.

„Weil so viele deiner Brüder und Schwestern in unser Tal gekommen sind?", überlegte Ethan. „Oder weil so viele getötet worden sind, sogar hier in diesem Komplex?" Pilcher hatte ihm erzählt, dass die Abbys über Pheromone kommunizieren würden. Sie benutzen sie wie Worte, hatte er gesagt.

Margaret entdeckte Ethan.

Sie kroch auf allen vieren zur Tür und stellte sich auf die Hinterbeine.

Ethans Augen und die des Abbys waren nur wenige Zentimeter voneinander entfernt und durch das Glas getrennt.

So aus der Nähe sahen sie fast hübsch aus.

Ethan ging weiter den Korridor entlang.

Sechs Türen später sah er durch das Fenster eines anderen Käfigs.

Darin standen kein Bett und kein Stuhl.

Da waren nur der Boden, die Decke und David Pilcher, der in einer Ecke saß und den Kopf hängen ließ, als wäre er im Sitzen eingeschlafen. Das Licht fiel durch das Fenster herein und erhellte die linke Seite seines Gesichts.

Er hatte keine persönlichen Habseligkeiten und auch keinen Rasierer mitnehmen dürfen, und so langsam zeichneten sich seine Bartstoppeln ab.

„Du hast das getan", dachte Ethan. „Du hast so viele Leben ruiniert. Auch meins. Und meine Ehe."

Wenn er eine Schlüsselkarte für diese Zelle besessen hätte, dann wäre Ethan hinreingerannt und hätte den Mann zu Tode geprügelt.

Alle – die Städter und die Leute aus dem Berg – kamen zu den Beerdigungen.

Der Friedhof war zu klein, um alle Leichen aufzunehmen, daher war ein freies Feld, das im Süden an den Friedhof grenzte, dafür auserkoren und vorbereitet worden.

Ethan half Kate mit Harold.

Der Himmel war grau.

Niemand sagte ein Wort.

Winzige Schneeflocken wirbelten über die Menschenmenge hinweg.

Man hörte nichts außer dem Geräusch der Schaufeln, die in den kalten, harten Boden gestochen wurden.

Als die Gräber ausgehoben waren, ließen sich die Menschen auf dem schneebedeckten Rasen neben ihren Lieben oder deren Überresten nieder. Man hatte die Toten ordentlich in Laken gewickelt, die früher mal weiß gewesen sein mochten. Beim Graben hatten sie wenigstens etwas zu tun gehabt, aber als sie reglos und frierend neben ihren toten Vätern, Müttern, Brüdern, Schwestern, Ehemännern, Ehefrauen, Freunden und Kindern saßen, war an vielen Stellen ein Schluchzen zu hören.

Ethan ging in die Mitte des Feldes.

Von seinem Standpunkt aus hatte er einen niederschmetternden Anblick: all die kleinen Erdhügel, die Toten, die darauf warteten, an ihre letzte Ruhestätte gebracht zu werden, das Trauern jener, die alles verloren hatten, die Leute aus dem Berg, die mit ernstem Gesicht hinter den Städtern standen. Und am Nordende der Stadt die Rauchsäulen: süßlich riechender Qualm stieg spiralförmig zum Himmel auf, während sechshundert Abby-Leichen verbrannten.

Mit Ausnahme von David Pilcher, dem Mann, der für all diesen Schmerz verantwortlich war, hielten sich alle Menschen dieses Planeten auf diesem Feld auf.

Sogar Adam Hassler stand neben Theresa und Ben am Rand.

Ethan schoss ein erschreckender Gedanke durch den Kopf: „Ich verliere meine Frau."

Er drehte sich langsam im Kreis und musterte alle Gesichter. Die Trauer war überwältigend. Ein fast greifbares Gefühl.

„Ich weiß nicht, was ich sagen soll. Worte können nicht dafür sorgen, dass wir uns besser fühlen. Wir haben drei Viertel unserer Mitmenschen verloren, und das wird lange Zeit sehr schwer zu verkraften sein. Daher sollten wir tun, was wir können, um einander zu helfen, da es nur noch uns auf dieser Welt gibt."

Als alle die Leichen vorsichtig in die Gräber legten, ging Ethan über das Feld und durch den fallenden Schnee zu Kate.

Er half ihr, Harold in sein Grab zu legen.

Danach nahmen alle ihre Schaufeln und schütteten die Gräber zu.

Theresa

Sie ging zusammen mit Hassler durch den Wald südlich der Stadt, während Schneeflocken zwischen den Bäumen hindurchsegelten. Adam hatte seinen Bart abrasiert und sich die Haare geschnitten, aber die glatte Haut ließ sein Gesicht nur noch hagerer und mitgenommener wirken. Er sah ausgemergelt aus. Wie ein Flüchtling aus einer verhungernden Welt. Irgendwie kam es ihr surreal vor, ihm wieder körperlich nahe zu sein. Bevor sie seinen Tod akzeptiert hatte, war es zu ihrer Gewohnheit geworden, sich ihr Wiedersehen auszumalen. Keine der Fantasien war allerdings auch nur ansatzweise so gewesen wie die Realität.

„Schläfst du nicht gut?", erkundigte sich Theresa.

„Es ist wirklich komisch. Du weißt ja gar nicht, wie oft ich in der Wildnis davon geträumt habe, wieder in einem Bett zu schlafen. All die Kissen, die Decken, die Wärme, die Sicherheit. Im Dunkeln die Hand nach einem Glas Wasser auf dem Nachttisch ausstrecken zu können. Aber seit ich zurück bin, habe ich kaum geschlafen. Vermutlich habe ich mich so daran gewöhnt, in neun Metern Höhe in meinem Schlafsack an einen Baum gebunden zu schlafen. Was ist mit dir?"

„Es ist schwer", gestand sie.

„Hast du Albträume?"

„Ich träume immer wieder, dass die Dinge anders gelaufen sind und dass diese Abbys in der Arrestzelle gesteckt haben."

„Wie hält sich Ben?"

„Ihm geht es gut. Ich sehe ihm an, dass er versucht, das Geschehene zu verarbeiten. Viele seiner Klassenkameraden haben es nicht geschafft."

„Er hat Dinge gesehen, die kein Kind jemals sehen sollte."

„Er ist jetzt zwölf. Ist das zu fassen?"

„Er sieht dir so ähnlich, Theresa. Ich hätte ihn gern häufiger gesehen und mit ihm gesprochen, aber es kam mir irgendwie falsch vor. Es ist noch zu früh."

„Das ist vermutlich besser so", sagte sie.

„Wo ist Ethan?"

„Er wollte nach dem Begräbnis noch eine Weile bei Kate bleiben."

„Einige Dinge ändern sich wohl nie, was?"

„Sie hat ihren Ehemann verloren und sonst niemanden mehr." Theresa seufzte. „Ich habe es ihm erzählt."

„Du hast ihm was erzählt?"

„Das von uns."

„Oh."

„Ich hatte keine andere Wahl. Ich wollte es ihm nicht länger vorenthalten."

„Wie hat er es aufgenommen?"

„Du kennst Ethan. Was glaubst du wohl, wie er es aufgenommen hat?"

„Aber er versteht, in welcher Lage wir waren, oder? Dass wir beide hier festsaßen. Dass wir glaubten, er wäre tot."

„Ich habe ihm alles erklärt."

„Und er glaubt dir nicht?"

„Ich weiß nicht, ob es das ist oder ob er sich vielmehr an den Gedanken gewöhnen muss, dass, na ja, du weißt schon."

„Dass ich seine Frau gevögelt habe."

Theresa blieb stehen.

Es war so still im Wald.

„Es war gut, nicht wahr?", fragte Hassler. „Als es nur dich, mich und Ben gegeben hat. Ich habe dich glücklich gemacht, oder nicht?"

„Sehr sogar."

„Du hast ja keine Ahnung, was ich alles für dich tun würde, Theresa."

Sie sah ihm in die Augen.

Er blickte sie mit so viel Liebe im Blick an.

Es lag eine ungeheure Energie in der Luft, und Theresa spürte, dass dieser Augenblick eine größere Tragweite hatte, als sie ahnte. Sie hatte diesem Mann einst ihr Herz geöffnet, und wenn sie zuließ, dass er sie weiterhin so ansah, als würde außer ihr nichts auf der Welt existieren …

Er kam näher.

Küsste sie.

Zuerst zog sie sich zurück.

Doch dann ließ sie es zu.

Schließlich erwiderte sie seinen Kuss.

Er schob sie langsam nach hinten, bis sie mit dem Rücken an einer Pinie lehnte, und dann drückte er sich an sie, während sie mit den Fingern durch sein Haar strich.

Als er ihren Hals küsste, legte sie den Kopf in den Nacken und sah die Schneeflocken herabfallen und auf ihrem Gesicht schmelzen. Er öffnete den Reißverschluss ihrer Jacke und knöpfte ihr schnell die Bluse darunter auf, und sie merkte, wie sie nach ihm griff.

Sie hielt inne.

„Was ist?“, fragte er atemlos. „Stimmt was nicht?“

„Ich bin noch immer verheiratet.“

„Das hat ihn auch nicht davon abgehalten.“ Ein Teil von ihr wollte sich von ihm dazu überreden lassen, sich drängen lassen. Nicht aufhören. „Weißt du noch, wie du dich damals gefühlt hast? Was hast du zu mir gesagt, Theresa? Dass deine Liebe für ihn immer heißer gebrannt hat.“

„Ich habe im letzten Monat gesehen, wie er sich verändert hat. Da sind Funken …“

„Funken? Ist das auch das, was du bei mir spürst? Funken?“

Sie schüttelte den Kopf.

„Ich liebe dich mit allem, was ich habe. Ich halte nichts zurück. Ich sichere mich nicht ab. Ich gebe alles. In jeder Sekunde des Tages.“

Aus der Ferne hallte ein Schrei zu ihnen herüber.

Ein Abby.

Schrill. Zart. Erschreckend.

Hassler taumelte nah hinten, und sie sah, wie er die Stirn runzelte und seine Miene härter wurde.

„Ist er …“

„Ich glaube nicht, dass er innerhalb des Zauns ist“, erwiderte er.

„Lass uns trotzdem von hier verschwinden“, bat sie.

Sie brachte ihre Kleidung wieder in Ordnung.

Sie gingen zurück zur Stadt.

Ihr Körper war in Aufruhr, und in ihrem Kopf drehte sich alles.

Sie erreichten die Straße und gingen an der Mittellinie entlang.

In der Ferne waren die ersten Gebäude zu sehen.

Schweigend gingen sie nach Wayward Pines hinein.

Sie kam sich tollkühn vor, aber sie blieb bei ihm.

An der Kreuzung Sixth und Main fragte Hassler: „Wollen wir es uns zusammen ansehen?“

„Gern.“

Sie gingen über den Bürgersteig ihres Viertels.

Es war niemand zu sehen.

Die Häuser lagen leer und dunkel da.

Alles sah kalt, grau und leblos aus.

„Es riecht hier nicht mehr nach uns“, sagte er, als sie am Fuß der Treppe in dem Haus standen, das einst ihr gemeinsames gelbes viktorianisches Häuschen gewesen war.

Er ging in die Küche, durch das Esszimmer und kam zurück in den Flur.

„Ich kann mir gar nicht ausmalen, wie schwer das für dich sein muss, Theresa.“

„Oh ja, das ist es.“

Hassler kam auf dem Flur aus dem Schatten zu ihr und ging auf ein Knie.

„Ich glaube, so macht man das, nicht wahr?“, fragte er.

„Was hast du vor, Adam?“

Er nahm ihre Hand.

Seine Hände waren rau, ganz anders, als sie sie in Erinnerung hatte. Sie waren drahtig und hart wie Stahl geworden, und der Schmutz von der anderen Seite des Zauns hatte sich so tief unter seinen Fingernägeln eingegraben, dass sie sich schon fragte, ob er jemals wieder verschwinden würde.

„Sei bei mir, Theresa, was auch immer das in dieser neuen Welt bedeutet, in der wir leben."

Ihre Tränen tropften von ihrem Kinn auf den Boden.

Ihre Stimme zitterte.

„Ich bin doch schon …"

„Ich weiß, dass du verheiratet bist. Ich weiß, dass Ethan hier ist, aber das ist mir alles völlig egal, und so solltest du das auch sehen. Das Leben ist zu hart und zu kurz, um nicht bei dem Mann zu sein, den du liebst. Also wähle mich."

IX

Ethan

Francis Leven wohnte in einer abgeschiedenen Wohnung in der hintersten Ecke der Arche, die in einen Überhang der Felswand gebaut worden war. Ethans Schlüsselkarte wurde vom Lesegerät nicht akzeptiert, daher hämmerte er mit der Faust an die Stahltür.

„Mr Leven!“

Nach einem Moment wurde das Schloss geöffnet.

Die Tür ging einen Spaltbreit auf.

Der Mann war gerade mal einen Meter fünfzig groß, und er trug einen Bademantel, der vom vielen Tragen längst nicht mehr weiß war. Ethan schätzte ihn auf fünfundvierzig oder fünfzig, aber Levens heruntergekommener Zustand machte die Sache nicht leichter. Sein straßenköterblondes Haar war fettig und reichte ihm bis auf die Schultern, und er sah Ethan mit seinen großen blauen Augen so misstrauisch an, dass es fast schon bösartig wirkte.

„Was wollen Sie?“, fragte Leven.

„Ich möchte mit Ihnen reden.“

„Ich bin beschäftigt. Ein anderes Mal.“

Leven versuchte, die Tür zu schließen, aber Ethan hinderte ihn daran und drängte sich an ihm vorbei.

Der Boden war übersät mit Schokoriegelpapier, und die Luft roch so feucht und schimmlig wie im Zimmer eines sechzehnjährigen Jungen, nur dass sich hier noch der säuerliche Geruch von Kaffee daruntermischte.

Die einzige Lichtquelle waren eine in die Decke eingelassene Lampe sowie riesige LED-Displays, die fast jeden Zentimeter an jeder Wand bedeckten. Ethan starrte eines an, auf dem eine digitale Tortengrafik dargestellt war. Auf den ersten Blick schien es eine Darstellung der Luftzusammensetzung innerhalb der Superstruktur zu sein.

Ethan wusste nicht, was er von all den Bildschirmen halten sollte.

Darauf wurde eine offensichtlich unbegreifliche Vielfalt an Daten angezeigt.

Reihen mit Temperaturschwankungen in Kelvin.

Eine digitale Darstellung von etwas, das Ethans Meinung nach die eintausend Suspensionseinheiten sein mussten.

Die Vitalwerte der zweihundertfünfzig Menschen, die auf diesem Planeten noch am Leben waren.

Drohnenaufnahmen.

Eine komplette biometrische Anzeige des Abby-Weibchens, das sich in ihrem Gewahrsam befand.

Es war wie das Überwachungszentrum, nur auf Steroiden.

„Ich möchte, dass Sie gehen", sagte Leven. „Hier darf mich niemand stören."

„Pilcher ist erledigt. Sie arbeiten jetzt für mich, falls Sie das noch nicht mitbekommen haben sollten."

„Das ist fraglich."

„Was ist das hier für ein Ort?"

Leven starrte ihn durch seine dicken Brillengläser an.

Dickköpfig. Widerspenstig.

„Ich werde nicht gehen", sagte Ethan.

„Ich überwache die Systeme, die die Superstruktur und Wayward Pines am Laufen halten. Sie könnten es auch die Einsatzleitung nennen."

„Welche Systeme?"

„Alle. Elektrik. Hülle. Filter. Überwachung. Suspension. Ventilation. Der Reaktor unter uns versorgt all das mit Strom."

Ethan ging weiter in das Schaltzentrum hinein.

„Und Sie sind ganz alleine für all das verantwortlich?"

Leven verzog die Lippen zur Andeutung eines Lächelns. „Ich habe Helfer. Sie wissen schon, für den Fall, dass ich vom sprichwörtlichen Bus überfahren werde."

Ethan grinste und stellte fest, dass der Mann einen ziemlich schrägen Humor zu haben schien.

„Ich habe gehört, Sie wären ein Einzelgänger."

„Ich überwache die Maschine, die unsere Existenz hier überhaupt erst ermöglicht. Ich arbeite achtzehn Stunden am Tag, und zwar jeden Tag. Vor dem Begräbnis heute Morgen hatte ich den Himmel drei Jahre lang nicht gesehen."

„Das klingt nicht gerade nach einem erstrebenswerten Leben."

„Tja, es ist nun mal das, was ich führe. Und zufälligerweise gefällt es mir so, wie es ist."

Ethan ging zu einigen Monitoren, die in einem dunklen Alkoven hingen und Codezeilen in der Geschwindigkeit eines Aktienkurstickers anzeigten.

„Was ist das?", wollte Ethan wissen.

„Wunderschön, nicht wahr? Ich führe einige Projektionen durch."

„Was für Projektionen?"

Leven stellte sich neben ihn. Sie beobachteten die Reihen aus Programmcode, die wie ein Wasserfall über den Bildschirm liefen.

Endlich sagte Leven: „Die Lebensfähigkeit von dem, was von unserer Spezies noch übrig ist. Sie müssen wissen, dass es schon lange, bevor David seinen kleinen Wutausbruch hatte und seine Leute den Wölfen vorwarf, finster ausgesehen hat."

„Inwiefern finster?"

„Kommen Sie mit."

Leven führte Ethan zur Hauptkonsole, wo sie sich auf riesige Ledersessel vor eine gewaltige Monitorwand setzten.

„Vor dem Massaker im Tal lebten hundertsechzig Seelen im Berg“, berichtete Leven. „Und vierhunderteinundsechzig in Wayward Pines. Unsere Daten reichen nur vierzehn Jahre zurück, aber normalerweise tritt der erste heftige Frost Ende August ein. Sie haben hier noch keinen Winter erlebt, aber sie müssen mir glauben, dass sie lang und heftig sind. Der Schnee liegt im Tal oft drei bis viereinhalb Meter hoch. Dann gibt es keinen Garten mehr, in dem man die Ernte einfahren kann. Keine Früchte, kein Obst. Wir leben allein von unseren Reserven aus gefriergetrockneten Mahlzeiten, Nahrungsergänzungen und Fleischrationen. Wollen Sie ein schmutziges kleines Geheimnis hören? Jetzt, wo Sie hier das Sagen haben, steht es Ihnen zu. David Pilcher hat nie vorgehabt, dass wir ewig hier in diesem Tal bleiben.“

„Wie meinen Sie das?“

„Er hat sich bei der Berechnung, wie unbewohnbar und feindselig diese Welt sein würde, vertan.“

Ethan schwante Böses.

„Ich gehe meine Berechnungen gerade noch einmal durch“, fuhr Leven fort, „aber es sieht ganz danach aus, dass unsere Winterrationen in vier Komma zwei Jahren aufgebraucht sein werden. Wir können natürlich einiges unternehmen, um das Unausweichliche hinauszuzögern, wie beispielsweise die Rationen verringern. Aber das bringt uns auch nur ein oder maximal zwei Jahre.“

„Ohne gefühlskalt klingen zu wollen, aber haben wir jetzt nicht auch weniger Mäuler zu stopfen?“

„Das stimmt, aber die Abbys haben auch unsere Kühe und unsere Molkerei vernichtet. Wir werden keine Milch und kein Fleisch haben. Es wird Jahre dauern, bis die Herde wieder so ist, wie sie mal war.“

„Dann müssen wir einen Weg finden, das zu lagern, was wir für den Winter anbauen."

„Unsere aktuellen Gärten in der Stadt sind nicht groß genug, um genug Essen für uns zu produzieren und einen Teil davon einzulagern."

„Wollen Sie damit sagen, dass wir essen, was wir anbauen?"

„Genau. Und zwar nahezu augenblicklich. Wir befinden uns einfach zu weit im Norden. Vor zweitausend Jahren wären wir mit der Wachstumsperiode hingekommen, aber jetzt ist sie kürzer und rauer. Außerdem wurde es in den letzten Jahren immer kälter. Hier, sehen Sie sich das mal an."

Leven gab einen neuen Code über den Touchscreen ein.

Eine Liste erschien auf dem Bildschirm.

Ethan starrte sie an.

Reis: 17 %

Mehl: 6 5

Zucker: 11 %

Getreide: 3 %

Jodsalz: 32 %

Mais: 0 %

Vitamin C: 55 %

Sojabohnen: 0 %

Milchpulver: 0 %

Malz: 4 %

Hafer: 3 %

Hefe: 1 %

Und die Liste ging immer weiter.

„Sind das unsere Reserven?" hakte Ethan nach.

„Ja. Und wie Sie sehen, sind sie im kritischen Bereich."

„Was wollte Pilcher deswegen unternehmen?"

„Als die Bevölkerung noch vollständig war, hätten wir möglicherweise genug Leute gehabt, um unsere Gärten weit genug auszubauen und den Bedarf decken zu können. Wir hatten außerdem vor, ein Netzwerk aus Treibhäusern zu bauen, aber das Problem dabei ist der viele Schnee im Winter. Wenn das Gewicht auf den Glasdächern zu groß wird, stürzen sie ein. Auch dafür befinden wir uns zu weit im Norden."

„Wissen die Leute im Berg, was auf uns zukommt?"

„Nein. David wollte niemandem Angst einjagen, solange wir keine Lösung gefunden hatten."

„Und die haben Sie noch immer nicht."

„Es gibt keine", stellte Leven klar. „Die Fünfjahresmodelle bestätigen, dass dieses Gebiet unbewohnbar wird. Wenn es einen richtig schlimmen Winter gibt, passiert es auch schon früher. Wir stammen alle aus der modernen Zeit. Im Notfall könnten wir uns vermutlich wieder an ein Leben als Bauern in einem moderaten Klima gewöhnen. Aber unter diesen Bedingungen? Der einzige Lebensstil, der uns noch weiterhelfen würde, ist der des Jägers und Sammlers."

„Nur, dass wir in diesem Tal gefangen sind."

„Genau."

„Was ist mit den Abbys?", schlug Ethan vor.

„Als Nahrungsquelle?"

„Ja."

„Erstens: igitt. Zweitens haben wir Modelle laufen lassen, und es ist einfach viel zu gefährlich, sich auf die andere Seite des Zauns zu begeben, um sie zu töten. Würden wir das regelmäßig tun, würden wir einfach zu viele Leute verlieren. Mir ist bewusst, dass Sie gerade erst von diesem Sachverhalt erfahren haben, aber Sie können mir glauben, dass ich mich schon seit drei Jahren mit diesem Problem herumschlage. Es gab bisher keine Lösung, und es gibt auch jetzt keine."

„Wissen Sie, was David vorhatte?"

„Als er den Zaun deaktiviert hat?"

„Genau.“

„Nein. Ich hab hier an dieser Stelle gesessen, als es passiert ist. Ich habe ihn sofort angerufen, aber er ist nicht ans Telefon gegangen. Er hat es von seinem Büro aus getan und mich aus dem System ausgesperrt.“

„Dann hat er vorher nicht mit Ihnen darüber gesprochen?“

„David und ich haben uns in den letzten Jahren nicht besonders gut verstanden.“

„Wieso das?

Leven schob seinen Stuhl nach hinten und rollte durch den Raum.

„Der David Pilcher, den Sie kennen, ist nicht derselbe Mann, der mich von Lockheed Martin abgeworben hat. Das Ende von Wayward Pines stand schon seit langer Zeit fest, aber David wollte es einfach nicht wahrhaben. Ich glaube, es war schlichte Arroganz, das er nicht zugeben wollte, diese potenzielle Krise übersehen zu haben. Das hatte er nicht vorhergesehen, und es hat uns aus dem Konzept gebracht. In letzter Zeit hat er sich immer öfter zurückgezogen. Er benahm sich rätselhaft. Emotional. Er hat seine eigene Tochter ermordet. Das war der erste große Bruch. Als Sie dann die Kontrolle übernommen und den Einwohnern die Wahrheit gesagt haben, konnte er es meiner Meinung nach nicht mehr ertragen. Er hat einfach aufgegeben und den Selbstzerstörungsknopf gedrückt.“

„Dann wollen sie mir also sagen, dass alles vorbei ist, dass wir alle verhungern werden.“

Leven grinste. „Wenn uns die Abbys nicht schon eher erwischen.“

Ethan stand auf und sah mit an, wie die Liste der geleerten Vorräte über den Bildschirm scrollte wie die Prophezeiung eines Weltuntergangspropheten. „Sie haben von hier aus Zugang zu jeder Datenbank in der Superstruktur?“

„Das ist korrekt."

„Wussten Sie, dass vor Kurzem ein Nomade zurückgekehrt ist. Adam Hassler?"

„Ich habe Gerüchte gehört."

„Können Sie seine Akte hier aufrufen?"

Leven legte den Kopf schief. „Die Richtung, die diese Unterhaltung einschlägt, gefällt mir immer weniger."

„Ich möchte mir seine Akte ansehen."

„Warum?"

„Vor Wayward Pines haben Hassler und ich zusammengearbeitet. Er war mein Vorgesetzter beim Secret Service und derjenige, der mich hierher geschickt hat. Ich hatte keine Ahnung, dass er hier ist, bis ich ihm vor ein paar Tagen auf der Straße begegnet bin. Dann finde ich heraus, dass Hassler hier gelebt hat, bevor Pilcher mich aus der Suspension geholt hat, und ich bezweifle, dass das Zufall ist. Irgendwas stimmt hier nicht."

Leven rollte wieder zu seinen Konsolen und tippte auf den Touchscreens herum.

„Und was genau wollen Sie wissen?", fragte er.

Hasslers Gesicht erschien auf dem Monitor. Er hatte die Augen geschlossen, war kreidebleich und wachte gerade aus der Suspension auf.

„Wie er hierher gekommen ist."

„Oh." Leven hörte auf zu tippen und drehte sich zu ihm um. „So weit reichen meine Daten nicht. Das müssen Sie Pilcher schon selbst fragen."

Ethan betrat den Käfig und traf Pilcher beim Mittagessen an, der gerade irgendeine gefriergetrocknete Scheußlichkeit aus der Winterreserve zu sich nahm. Der alte Mann sah jetzt sogar noch älter aus, da sich sein weißer Bart in seinem Gesicht abzeichnete. Als Ethan sich ihm gegenüber in die enge Zelle setzte, fragte er sich, wie viel Zorn noch unter der Oberfläche brodelte. Ethan war auch noch verdammt wütend, da er die Bilder der trauernden Familien nicht aus dem Kopf bekam und das Geräusch der Schaufeln, die die Gräber aushoben. All dieser Schmerz ging auf das Konto dieses Mannes.

„Das riecht nicht, als wäre es von Tim gekocht worden", meinte Ethan.

Pilcher blickte auf.

Sein Blick war hart, entrüstet, trotzig.

„Es schmeckt, als hätte Satan auf meinen Teller geschissen. Das amüsiert Sie bestimmt sehr."

„Was?"

„Mich so zu sehen. Eingesperrt in einen Käfig, der für ein Monster geschaffen wurde."

„Dann wird er doch perfekt genutzt."

„Ich dachte schon, Sie hätten mich hier unten vergessen, Ethan."

„Nein, ich war nur damit beschäftigt, etwas von dem Schlamassel wieder gutzumachen, den Sie angerichtet haben."

„Den *ich* angerichtet habe?" Pilcher lachte.

„Adam Hassler."

„Was ist mit ihm?"

„Ich habe gehört, Adam hätte mit meiner Frau und meinem Sohn zusammengewohnt, bevor Sie mich aus der Suspension geholt haben."

„Soweit ich mich erinnere, waren sie sogar sehr glücklich."

„Wie kommt es, dass Adam Hassler auch in Wayward Pines ist?"

In Pilchers Augenwinkeln regte sich etwas.

„Was macht das denn jetzt noch aus?", entgegnete er.

„Sie sollten sich lieber nicht mit mir anlegen."

Pilcher stellte seinen Teller zur Seite.

„Mir wurde erzählt, er wäre nach meinem Verschwinden hierher gekommen. Und dass Sie ihn ebenfalls entführt haben. Dass er genau wie ich hier aufgewacht ist. Wie jeder in der Stadt."

„Hmmm. Interessant. Nur aus reiner Neugier, wer hat Sie deswegen zu mir geschickt? Francis Leven?"

„Genau."

„Hat Ihnen Francis möglicherweise auch die schockierenden Neuigkeiten über unsere Zukunftsaussichten unterbreitet? Und mit ‚unsere' meine ich natürlich die menschliche Rasse."

„Erzählen Sie mir von Hassler."

„Wir werden alle in wenigen Jahren verhungern. Glauben Sie wirklich, Sie könnten dieses Problem lösen, Ethan? Sind Sie bereit, diese Last auf ihren Schultern zu tragen? Was haben Sie vor? Wollen Sie Wahlen ausschreiben? Okay, ich habe Mist gebaut, das ist mir jetzt klar geworden. Aber Sie brauchen mich. Sie alle brauchen mich."

Ethan stand auf und ging zur Tür.

„Okay, okay. Anfangs war es nur eine stinknormale Bestechung", gestand Pilcher.

„Was für eine Bestechung?"

„Ich habe Adam bezahlt, damit er wegen Ihnen, Kate Hewson und Bill Evans schweigt. Damit er die Ermittlungen in diesen Fällen einstellt. Aber dann hat sich etwas verändert. Auf einmal beschloss er, dass er mit mir und meiner Crew mitkommen wollte. Dass er Teil der Reise sein wollte."

Ethan hämmerte mit der Faust gegen die Tür.

Das Blut seines zertrümmerten Knöchels beschmierte den Stahl.

Er schlug noch einmal zu.

„Mal ganz unter uns", fuhr Pilcher fort, „ich habe Hassler schon immer für ein arrogantes Arschloch gehalten. Ich habe ihm ein gutes Jahr in Wayward Pines gegönnt und ihn dann auf die Selbstmordmission auf die andere Seite des Zauns geschickt. Er ist nie zurückgekehrt."

Ethan rief nach der Wache.

„Sie brauchen mich", wiederholte Pilcher. „Sie wissen, dass Sie mich brauchen. Wenn Sie nicht etwas unternehmen, dann sterben Sie in wenigen …"

„Das ist nicht mehr Ihre Sorge."

„Wie bitte?"

Der Wachmann öffnete die Tür.

„Wie hat Ihnen das Mittagessen geschmeckt?", erkundigte sich Ethan.

„Was?"

„Ihr Mittagessen? Wie hat es geschmeckt?"

„Furchtbar."

„Das tut mir leid, vor allem, da es Ihr letztes gewesen ist."

„Was soll das heißen?"

„Erinnern Sie sich daran, dass Sie mich gefragt haben, was mit Ihnen geschehen wird, und ich geantwortet habe, dass das alle zu entscheiden haben? Tja. Wir haben uns entschieden. Wir haben vor einigen Stunden abgestimmt, direkt nachdem wir all die Menschen begraben haben, die durch Ihre Hand gestorben sind. Und es wird heute Nacht geschehen."

Ethan ging auf den Korridor und hörte noch, wie Pilcher seinen Namen schrie.

Es war später Nachmittag.

Die Sonne war bereits hinter den Klippen verschwunden.

Die Wolkendecke am Himmel schien den nächsten Schnee mitzubringen.

Die Stromzufuhr für die Stadt war noch nicht wiederhergestellt worden, aber trotzdem waren die ersten Menschen in ihre

Häuser zurückgekehrt, um sauber zu machen und die Reste ihres alten Lebens aufzukehren, das nie mehr so sein würde wie zuvor.

Der Scheiterhaufen aus Abbys, der in der Ferne zu sehen war, brannte noch immer.

Ethan war sich nicht sicher, woran es lag, an der späten Stunde, den dunkler werdenden Wolken, der kalten, grauen Gleichgültigkeit der hoch aufragenden Klippen, aber Wayward Pines fühlte sich – vermutlich zum ersten Mal, seit er hier angekommen war – wie das an, was es war: die letzte Stadt auf Erden.

Er parkte vor seinem viktorianischen Haus in der Sixth Street.

Die leuchtende gelbe Farbe und die weißen Fensterrahmen kamen ihm angesichts der Ereignisse der letzten Tage völlig unwirklich vor.

Sie lebten nicht mehr in einer Welt, in der das Leben farbenfroh und lohnenswert war. Jetzt war es etwas, woran man sich festklammerte, worauf man fest biss, um den Schmerz zu ertragen, wie das Gummistück bei der Elektroschocktherapie.

Ethan drückte die Tür des Jeeps mit der Schulter auf und stieg aus.

Das Viertel war ruhig.

Freudlos.

Angespannt.

Es waren keine Leichen mehr zu sehen, aber auch hier zeichnete sich noch ein großer Blutfleck auf dem Asphalt ab. Erst nach dem nächsten heftigen Regenguss würde auch er verschwunden sein.

Ethan ging über den Bürgersteig.

Vom Vorgarten aus gesehen schien das Haus intakt zu sein.

Es waren keine Fenster zerbrochen.

Die Haustür war nicht zertrümmert.

Er lief über den mit Steinplatten ausgelegten Weg zur Veranda. Die Bodendielen knarrten. Es wurde langsam Abend.

Er zog erst die Fliegengittertür und dann die solide Holztür auf.

Im Inneren war es kalt und dunkel, und Adam Hassler saß auf dem Schaukelstuhl neben dem nicht brennenden Holzofen und sah aus wie eine verbrauchte Version des Mannes, den Ethan in Erinnerung hatte.

„Was zum Teufel haben Sie in meinem Haus zu suchen?" Ethans Stimme klang wie ein tiefes Knurren.

Hassler sah zu ihm herüber, und seine Wangenknochen und Augenhöhlen stachen nach der langen Zeit des Hungers deutlich aus seinem Gesicht hervor.

„Sie können mir glauben, dass ich ebenso erstaunt war, Sie zu sehen", erwiderte er.

Auf einmal lagen sie auf dem Boden, und Ethan versuchte, die Hände um Hasslers Hals zu bekommen, damit er diesem Arschloch das Leben rauspressen konnte. Er war davon ausgegangen, dass Hassler aufgrund seines ausgemergelten Zustands leicht zu überwältigen war, aber der Mann besaß eine drahtige Stärke und ließ sich nicht unterkriegen.

Hassler drehte die Hüften und warf Ethan auf den Rücken.

Ethan schlug zu, aber sein erster Hieb prallte an Hasslers Schulter ab.

Daraufhin setzte Hassler einen harten, betäubenden Schlag an.

Vor Ethans Augen tanzten Sterne.

Er schmeckte Blut und spürte, wie es über sein Gesicht rann, während seine Nase brannte.

„Sie haben nie zu schätzen gewusst, was Sie hatten", knurrte Hassler.

Er schlug noch einmal zu, aber Ethan fing seinen Arm am Ellenbogen ab und zerrte ihn in die andere Richtung.

Hassler schrie auf, als die Bänder überdehnt wurden.

Ethan schubste ihn in den wackelnden Schaukelstuhl und rappelte sich auf, während er Ausschau nach einer Waffe hielt, etwas Hartem und Schwerem.

Hassler sprang wieder auf und rückte in Boxerhaltung näher.

Im Wohnzimmer war es zu dunkel, und so sah Ethan die Schläge nicht kommen.

Hassler traf ihn mit einer Geraden und danach einem rechten Haken, der Ethan das Licht ausgeschaltet hätte, wenn Hassler in besserer Verfassung gewesen wäre.

Dennoch wurde Ethans Kopf herumgerissen und sein ganzer Körper drehte sich zur Seite, sodass Hassler problemlos einen Schlag in den Nieren landen konnte.

Ethan schrie auf und taumelte nach hinten in die Diele, während Hassler ihm folgte und dabei ruhig und kontrolliert wirkte.

„Das ist ein ungleicher Kampf", erklärte Hassler. „Ich bin besser als Sie und bin es auch schon immer gewesen."

Ethans Finger legten sich um den eisernen Garderobenständer.

„Ich habe sogar Ihre Frau besser geliebt, als Sie es konnten."

Ethan ließ den harten Metallfuß durch die Luft sausen.

Hassler duckte sich.

Der Garderobenständer schlug ein Loch in die Wand.

Hassler griff wieder an, aber Ethan erwischte ihn mit einem Ellenbogen am Kiefer, und die Knie des Mannes gaben nach. Ethan schlug mit der Faust direkt in Hasslers Gesicht, dessen Wangenknochen beim Aufprall brach, und das fühlte sich so unglaublich gut an, dass Ethan gleich noch mal zuschlug. Und noch ein drittes und viertes Mal. Hassler wurde schwächer, Ethan stärker, und mit jedem Schlag wurde sein Bedürfnis, diesem Mann wehzutun, größer. Die Angst in seinem Inneren brach sich als Wirbelwind der Gewalt Bahn.

Angst davor, was dieser Mann tun konnte.

Angst vor dem, was Hassler ihm wegnehmen konnte.

Angst davor, Theresa zu verlieren.

Ethan ließ Hasslers Hals los, und der Mann sackte stöhnend auf dem Boden zusammen.

Dann riss er die Garderobe von der Wand, umklammerte das Metall in der Hand und hob es hoch über Hasslers Kopf.

Ich bring den Kerl um.

Hassler sah zu ihm auf, und sein Gesicht war nur noch eine blutige Masse, ein Auge war bereits zugeschwollen und in dem anderen dämmerte die Erkenntnis, was ihn erwartete.

„Tun Sie es", sagte er.

„Sie haben mich zum Sterben hergeschickt", erkannte Ethan. „Ging es Ihnen nur ums Geld? Oder wollten Sie meine Frau?"

„Sie hat etwas Besseres als Sie verdient."

„Wusste Theresa, dass Sie das alles eingefädelt haben, damit Sie mit ihr zusammen sein konnten?"

„Ich habe ihr erzählt, dass ich auf der Suche nach Ihnen hierher gekommen bin und in einen Autounfall verwickelt wurde. Sie war glücklich mit mir, Ethan. Wirklich glücklich."

Einige lange Sekunden stand Ethan über Hassler und war kurz davor, dem Mann den Schädel einzuschlagen.

Er wollte es wirklich tun.

Aber er wollte nicht der Mann sein, der so etwas tat.

Er warf die Garderobe quer durch das Wohnzimmer und sackte neben Hassler auf den Holzboden, während es in seiner Nierengegend pochte.

„Wir sind nur Ihretwegen hier", sagte Ethan. „Meine Frau, mein Sohn …"

„Nein, wir sind hier, weil Sie vor zweitausend Jahren Kate Hewson gefickt und Ihrer Frau sehr wehgetan haben. Hätte sich Kate nie nach Boise versetzen lassen, dann wäre sie nie nach Wayward Pines gekommen und Pilcher hätte sie und Bill Evans nie entführt."

„Und Sie hätten mich nie verkauft."

„Nur um das klarzustellen: Sie wären jetzt tot, wenn ich nicht …"

„Nein, dann würden wir unser Leben in Seattle weiterleben."

„Sie nennen das, was Sie und Theresa hatten, Leben? Es ging ihr hundeelend. Sie waren in eine andere Frau verliebt. Und jetzt wollen Sie mir hier weißmachen, dass ich etwas Falsches getan hätte?"

„Haben Sie das ernsthaft gerade gesagt?"

„Es gibt kein richtig oder falsch mehr, Ethan. Es gibt nur noch das Überleben. Das habe ich während meiner dreieinhalb Jahre andauernden Wanderschaft durch die Hölle auf der anderen Seite des Zauns gelernt. Also sehen Sie mich ja nicht an und hoffen auf einen Funken Reue."

„Töten oder getötet werden? Da stehen wir jetzt also?"

„Da haben wir schon immer gestanden."

„Und warum töten Sie mich dann nicht?"

Hassler grinste und hatte Blut zwischen den Zähnen.

„Als Sie gestern Nacht von Kates Haus zur Superstruktur zurückgegangen sind, habe ich im Wald auf Sie gewartet. Es war dunkel, und wir wären alleine gewesen. Ich hatte mein Bowie-Messer dabei, mit dem ich schon Abbys im Nahkampf getötet habe, die Sie sich nicht einmal vorstellen können. Sie haben ja keine Ahnung, wie nah ich Ihnen war."

Ethan lief es eiskalt den Rücken herunter.

„Was hat Sie aufgehalten?", fragte er.

Hassler wischte sich das Blut aus den Augen.

„Darüber habe ich selbst sehr viel nachgedacht. Ich glaube, es lag daran, dass ich doch nicht so hartgesotten bin, wie ich gern wäre. In meinem Kopf weiß ich, dass es kein richtig und kein falsch gibt, aber mein Herz hat diese Schlussfolgerung noch nicht gezogen. Die Konditionierung aus dem einundzwanzigsten Jahrhundert sitzt einfach zu tief. Sie ist zu institutionell. Mein Gewissen hat sich eingeschaltet."

Ethan starrte seinen ehemaligen Boss durch das zunehmende Dämmerlicht im Wohnzimmer an.

„Und wo stehen wir dann?", wollte er wissen.

„Die besten Augenblicke meines Lebens habe ich hier erlebt. Mit Theresa. Mit Ihrem Sohn."

Er stöhnte, als er sich aufsetzte und an die Wand lehnte.

Selbst in dem schwachen Licht konnte Ethan erkennen, dass der Kiefer des Mannes bereits anschwoll, und Hassler sprach jetzt undeutlicher und nuschelte.

„Ich werde verschwinden", erklärte Hassler. „Für immer. Unter einer Bedingung."

„Glauben Sie wirklich, Sie könnten noch Bedingungen stellen?"

„Theresa darf nie erfahren, was wirklich passiert ist."

„Das machen Sie doch nur, damit sie Sie auch weiterhin liebt."

„Sie hat sich für Sie entschieden, Ethan."

„Was?"

„Sie hat sich für Sie entschieden."

Die Erleichterung durchflutete seinen Körper.

Die Gefühle schnürten ihm die Kehle zu.

„Nun, da es vorbei ist, möchte ich nicht, dass sie es erfährt", sagte Hassler. „Wenn Sie diesen Wunsch respektieren, dann mache ich eine unmögliche Situation möglich."

„Es gibt noch eine Option", erkannte Ethan.

„Und die wäre?"

„Ich könnte Sie umbringen."

„Haben Sie das wirklich drauf, alter Freund? Dann tun Sie sich keinen Zwang an."

Ethan sah zu dem kalten Holzofen hinüber. Ins Abendlicht, das durch die Fenster hereinfiel. Dabei fragte er sich, ob sich dieses Haus je wieder wie ein Zuhause anfühlen würde.

„Ich bin kein Mörder", erklärte Ethan.

„Sehen Sie? Wir sind beide zu weich für diese Welt."

Ethan stand auf. „Sie waren dreieinhalb Jahre da draußen?", fragte er.

„Das ist richtig."

„Dann wissen Sie mehr über diese neue Welt als jeder von uns.“

„Das könnte man so sagen.“

„Was wäre, wenn ich Ihnen sage, dass wir nicht mehr in Wayward Pines bleiben können? Dass wir dieses Tal verlassen und an einen wärmeren Ort umsiedeln müssen, wo wir mehr anbauen können? Glauben Sie, dass wir eine Chance hätten?“

„Als Gruppe auf der anderen Seite des Zauns zu überleben?“

„Ja,“

„Das klingt für mich eher nach Massenselbstmord. Aber wenn wir wirklich keine andere Wahl hätten, wenn es heißen würde, in diesem Tal zu bleiben und zu sterben oder in den Süden zu gehen, dann würden wir vermutlich einen Weg finden müssen.“

Auf dem Weg in die Cafeteria blieb Ethan erneut bei dem Abby-Weibchen stehen. Es schlief und hatte sich in einer Ecke an der Wand zusammengerollt. Er fand, dass sie dünner und zerbrechlicher wirkte als beim letzten Mal, als er sie gesehen hatte.

Einer der Labortechniker, der in der Abby-Anlage arbeitete, ging an Ethan vorbei zur Treppe.

„Hey“, rief Ethan ihm nach. Der Wissenschaftler, der einen weißen Kittel trug, blieb mitten auf dem Gang stehen und drehte sich zu ihm um. „Ist sie krank?“, erkundigte sich Ethan.

Der junge Wissenschaftler hatte ein hässliches Grinsen.

„Sie verhungert.“

„Sie lassen sie hungern?“

„Nein, sie weigert sich, etwas zu trinken oder zu essen.“

„Warum?“

Der Mann zuckte mit den Achseln. „Keine Ahnung. Vielleicht, weil wir alle ihre Cousins auf den Scheiterhaufen geworfen haben?“

Der Wissenschaftler kicherte leise, als er weiterging.

Ethan entdeckte Theresa und Ben an einem Ecktisch in der überfüllten Cafeteria. Als sie die Wunden in seinem Gesicht sah, riss sie die – geschwollenen und geröteten – Augen auf.

„Was ist passiert?", erkundigte sie sich.

„Hast du geweint?"

„Wir reden später."

Das Essen bestand aus Paketen mit gefriergetrocknetem Horror.

Lasagne für Ethan.

Bœuf Stroganoff für Ben.

Auberginenauflauf für Theresa.

Und Ethan konnte nur daran denken, wie viele Lebensmittel diese eine Mahlzeit sie kostete. Zweihundertfünfzig dieser chromfarbenen Päckchen.

Eine Mahlzeit näher am Nichts.

Und keiner hatte auch nur die leiseste Ahnung, wie schnell die Vorräte schrumpften. Sie nahmen es als gegeben hin, dass sie in diese Cafeteria, in den Gemeindegarten oder in den Laden gehen konnten und etwas zu essen vorfanden.

Was wurde aus der Zivilisiertheit, wenn nichts mehr da war?

„Möchtest du über das reden, was heute Abend passieren wird, Ben?", fragte Ethan.

„Eigentlich nicht."

„Du musst nicht hingehen, wenn du es nicht sehen möchtest, Schatz", versicherte ihm Theresa.

„Ich will es aber sehen. Das ist die Bestrafung für das, was er getan hat, richtig?"

„Ja", bestätigte Ethan, „und wir müssen es tun, weil es keine Gerichte mehr gibt, verstehst du? Es gibt keine Richter oder Geschworene mehr. Wir müssen auf uns aufpassen, und dieser Mann hat sehr vielen Menschen geschadet. Dafür muss er büßen."

Nach dem Essen schickte Ethan Ben in ihr Quartier und bat Theresa, einen kleinen Spaziergang mit ihm zu machen.

„Hassler und ich haben die Sache geregelt“, sagte er, als sie die Treppe hinaufgingen.

„Großer Gott, Ethan, ihr seid doch nicht mehr in der Highschool.“

Im Korridor von Etage vier blieb Ethan vor der dritten Tür auf der rechten Seite stehen, zog seine Schlüsselkarte durch das Lesegerät und drückte die schwere Stahltür auf.

Sie betraten eine kleine Plattform.

„Halt dich am Geländer fest“, sagte Ethan und drückte auf die Taste mit dem Pfeil nach oben.

Die Plattform beschleunigte durch die Röhre mit Steinwänden und war etwa so schnell wie ein Expressfahrstuhl.

Es ging einhundertzwanzig Meter direkt nach oben.

Als sie endlich anhielten, gingen sie über einen Laufsteg sechs Meter weit zu einer zweiten Stahltür. Ethan zog auch hier seine Karte durch, und das Schloss summte. Er zog die Tür auf, und sie gelangten nach draußen in die Eiseskälte.

„Was ist das hier?“, fragte Theresa.

„Ich habe es neulich nachts entdeckt, als ich nicht schlafen konnte.“

Die Wolkendecke hatte sich wieder aufgelöst.

Die Sterne standen am Himmel.

Hell und klar.

Theresa und Ethan standen auf einem Weg, der knapp einen Meter weit in den Felsen getrieben worden war. Auf der anderen Seite fiel der Berg steil ab.

„Ich glaube, viele kommen zum Rauchen her oder um frische Luft zu schnappen“, meinte er. „Das ist der schnellste Weg, um das Tageslicht zu sehen, ohne die Tunnel in die Stadt zu nehmen. Sie nennen diesen Weg das Sonnendach.“

„Wie weit geht der Weg?“

„Bis über die hohen Gipfel. Man hat mir gesagt, wenn man darauf bleibt, kommt man im Wald westlich der Berge wieder raus."

Sie schlenderten an der messerscharfen Felskante entlang.

„Nachdem wir uns windelweich geprügelt hatten, haben Adam und ich geredet", sagte Ethan.

„Das klingt für mich eher nach einem grenzwertigen Verhalten für Erwachsene."

„Er sagt, du hättest dich für mich entschieden."

Theresa blieb stehen und sah ihn an.

Er konnte spüren, wie die Kälte an seinen Wangen nagte.

„Das war keine besonders schwere Entscheidung für mich, Ethan. Möchte ich eher lieben oder geliebt werden?"

„Wie meinst du das?"

„Adam würde alles für mich tun …"

„Ich auch …"

„Würdest du mir bitte zuhören? Ich habe dir bereits gesagt, dass ich Adam nie so geliebt habe, wie er mich liebt, und das habe ich auch so gemeint. Aber ich habe nie jemanden so geliebt, wie ich dich liebe. Es gab Zeiten, da habe ich mich dafür gehasst. Weil ich mich schwach fühlte. Weil ich mir wünschte, ich könnte härter werden und dich verlassen, aber ich konnte es nicht. Selbst nach Kate nicht. Es ist, als hättest du irgendwie Macht über mich. Aber das ist auch etwas sehr Kostbares, Ethan, und du solltest dich gut darum kümmern. Du hast mir schon einmal sehr wehgetan."

„Ich weiß, dass ich in der Vergangenheit Mist gebaut habe. Und mir ist auch klar, dass ich dich nicht so behandelt habe, wie du es verdient hast."

„Ethan …"

„Nein, jetzt bin ich an der Reihe. Ich habe Dinge ruiniert. Verdammt, ich habe sogar alles ruiniert. Mit meiner Arbeit. Mit Kate. Damit, dass ich mich nicht mit meinem Scheiß aus dem Krieg auseinandergesetzt habe. Aber ich versuche es, Theresa. Seitdem ich in dieser Stadt aufgewacht bin, gebe ich mir große Mühe. Ich versuche, dich und Ben zu beschützen. Dich auf die beste mir mögliche Art zu lieben. Die richtigen Entscheidungen zu treffen."

„Das weiß ich. Ich sehe es. Und ich sehe, was daraus werden könnte. Das ist alles, was ich will. Alles, was ich je wollte." Sie küsste ihn. „Aber du musst mir eins versprechen, Ethan."

„Was denn?"

„Dass du es Adam nicht so schwer machst. Wir müssen jetzt alle in diesem Tal zusammenleben."

Ethan starrte Theresa ins Gesicht und widerstand dem Drang, ihr alles zu beichten, was dieser Mann getan hatte. Schließlich erwiderte er: „Ich werde es versuchen. Für dich."

„Danke."

Sie gingen weiter.

„Stimmt was nicht, Schatz?", fragte sie.

„Ähm, eine ganze Menge …"

„Nein, da ist doch noch etwas. Etwas Neues. Du warst schon beim Essen so komisch."

Ethan sah in die Schlucht hinab, die neunhundert Meter unter ihnen lag. Erst vor einem Monat war er dort unten zum ersten Mal den Abbys begegnet, und obwohl das damals ein erschreckendes Erlebnis gewesen war, hatte er doch wenigstens Hoffnung gehabt. Er glaubte noch immer, dass die Welt da draußen war. Dass er nur aus dieser Stadt entkommen musste und aus diesen Bergen, und dann würden seine Familie und sein altes Leben in Seattle auf ihn warten.

„Ethan?"

„Wir stecken in Schwierigkeiten", sagte er.

„Das ist mir bewusst."

„Nein, ich meine damit, dass wir es nicht schaffen werden. Wir als Spezies."

Ein Meteor flog über den Himmel.

„Ethan, ich bin schon sehr viel länger hier als du. Manchmal verliert man die Hoffnung, und jetzt ist es schlimmer denn je, aber wir haben hier in Wayward Pines alles, was wir brauchen."

„Das Essen wird knapp", vertraute er ihr an. „Das Zeug, das wir heute gegessen haben, diese gefriergetrockneten Mahlzeiten, davon haben wir keinen endlosen Vorrat, und sobald er aufgebraucht ist, werden wir nicht genug anbauen können, um die langen, harten Winter zu überstehen. Wenn wir weiter im Süden wären, dann könnte es vielleicht funktionieren, aber wir sitzen hier in diesem Tal fest. Ich sage dir das nur ungern, aber ich wollte dir das auch nicht vorenthalten. Keine Geheimnisse mehr. Ich brauche dich an meiner Seite, da ich nicht weiß, was ich tun soll."

„Wie lange haben wir noch?", wollte Theresa wissen.

„Vier Jahre."

„Und was passiert dann?"

„Dann verhungern wir."

Hassler

Er überquerte den Fluss an der Ostseite der Stadt, und als er am anderen Ufer wieder aus dem Wasser taumelte, waren seine Beine steif geworden.

Auf allen vieren kroch er zwischen den Pinien hindurch, die an dem steiler werdenden Hang wuchsen.

Weiter.

Weiter.

Weiter.

Dreißig Meter über der Stadt war das Gelände schon fast vertikal, aber er hielt nicht an, sondern kämpfte sich weiter und immer weiter die Klippe hinauf.

Er kletterte ohne Furcht.

Ohne Sorge.

Er konnte es nicht fassen, dass er tatsächlich die Selbstmordklippe erklomm. In dem Jahr, in dem er mit Theresa in der Stadt gelebt hatte, waren zwei Menschen hier hochgeklettert und in den Tod gesprungen. Es gab noch zahlreiche andere tödliche Optionen in den Klippen, die Wayward Pines umgaben, aber dieser besondere Abgrund war bei Weitem der steilste. Es bestand nicht die Chance, dass man den Sprung versehentlich falsch ausführte und unnötigerweise von einem Vorsprung abprallte. Wenn man bis an die Spitze gelangte, ohne vorher abzustürzen, dann konnte man auf einen ungehinderten Sturz ins Vergessen vertrauen.

Hassler zog sich einhundertfünfzig Meter über dem Tal auf einen langen Sims.

Er brach auf dem kalten Granit zusammen. Sein Kiefer pochte und war vermutlich auch gebrochen.

Es war Nacht, und die Stadt lag dunkel unter ihm.

Seine Hosenbeine waren steifgefroren.

Als es kühler wurde, dachte er über sein Leben nach, und den Frieden, den er mit sich schloss. Als er wieder aufstand, konnte er sich damit rechtfertigen, dass von seinen achtunddreißig Jahren eins magisch gewesen war. Er hatte in einem kanariengelben Haus mit der Liebe seines Lebens gewohnt, und es hatte nicht einen Tag gegeben, an dem er neben Theresa aufwachte und nicht wusste, wie gut es ihm ging.

Er sehnte sich nach mehr Zeit mit ihr, aber immerhin hatte er dieses eine Jahr mit ihr gehabt …

Es war genug.

Genug, um sich daran festzuhalten.

Es dauerte einen Moment, aber dann hatte er ihr Haus in der Dunkelheit gefunden.

Er fixierte den Blick darauf und sah es nicht als das, was es war – ein leeres, dunkles Haus –, sondern so, wie es im sanften Licht an jenen Sommerabenden ausgesehen hatte, wenn er nach Hause gekommen war zu allem, was er liebte.

Er trat an den Rand heran.

Er hatte keine Angst.

Nicht vor dem Tod. Nicht vor den Schmerzen. Er hatte auf seiner Nomadenmission genug Qualen erlitten, dass es für mehrere Lebensspannen reichte, und auf den Tod hatte er sich schon vor sehr langer Zeit vorbereitet. Wenn überhaupt, dann enthielt er für ihn zumindest das Versprechen, Frieden zu finden.

Er beugte seine Knie zum Sprung.

Ein Geräusch riss ihn wie eine Reißleine aus dem Moment.

Er drehte sich um, konnte in der Dunkelheit aber nicht viel erkennen. Dann wurde ihm klar, dass da jemand weinte.

„Hallo?", sagte er.

Das Weinen hörte auf.

„Wer ist da?", fragte eine Frauenstimme.

„Ist alles in Ordnung bei Ihnen?"

„Wäre ich hier oben, wenn es so wäre?"

„Das ist ein gutes Argument. Soll ich zu Ihnen rüberkommen?"

„Nein."

Hassler machte einen Schritt nach hinten und setzte sich auf den Stein. „Sie sollten das nicht tun", meinte er.

„Wie bitte? Was zum Teufel wollen *Sie* denn hier oben? Ich könnte Ihnen genau dasselbe sagen."

„Ja, nur dass ich tatsächlich hier oben sein sollte."

„Warum? Weil Ihr Leben auch so schrecklich gewesen ist?"

„Wollen Sie meine traurige Geschichte hören?"

„Nein. Ich wünschte mir nur, ich wäre längst gesprungen. Endlich habe ich den Mut gefunden, hier hochzukommen, und dann bin ich plötzlich nicht alleine. Das ist schon das zweite Mal, dass ich hier oben sitze."

„Was ist beim ersten Mal passiert?", wollte Hassler wissen.

„Es war helllichter Tag, und ich habe Höhenangst. Ich habe mich nicht getraut."

„Warum sind Sie hier oben?", fragte er.

„Ich werde es Ihnen erzählen, wenn Sie nicht versuchen, mich zu retten."

„Abgemacht."

Die Frau seufzte. „Ich habe meinen Mann verloren, als die Abbys in die Stadt kamen."

„Das tut mir leid. Wurden Sie in Wayward Pines verheiratet?"

„Ja, und ich weiß, was Sie denken, aber ich habe ihn geliebt. Ich habe auch diesen anderen Mann geliebt, der hier ist. Das Verrückte ist, dass wir uns aus unserem früheren Leben kennen. Er ist mit seiner Frau und seinem Sohn hier, und als er zu mir kam, um mir zu sagen, dass mein Mann tot ist, habe ich ihn gefragt, ob seine Familie überlebt hat."

„Und, hatte sie überlebt?"

„Ja, und wissen Sie was? Da war ein Teil von mir, der größer ist, als ich mir eingestehen möchte, der tatsächlich traurig war, weil sie überlebt hat. Verstehen Sie mich nicht falsch, ich vermisse meinen Mann sehr, aber ich denke immer wieder …"

„Wenn seine Frau auch umgekommen wäre, dann könnten Sie beide …"

„Genau. So habe ich nicht nur meinen Mann verloren, sondern kann außerdem nicht mit diesem Mann zusammen sein, den ich liebe, und bin zu allem Überfluss auch noch ein schlechter Mensch."

Hassler lachte.

„Lachen Sie mich etwa aus?"

„Nein, ich finde es süß, dass Sie denken, das wäre schlimm. Wollen Sie mal was Schlimmes hören?"

„Schießen Sie los."

„In meinem früheren Leben habe ich eine Frau geliebt, aber sie war mit diesem Kerl verheiratet, der für mich gearbeitet hat. Ich … habe eine Reihe von Ereignissen in Gang gesetzt, damit ihr Mann von der Bildfläche verschwindet. Ich wusste vor zweitausend Jahren nämlich, dass diese Stadt entstehen soll. Ich habe dafür gesorgt, dass diese Frau von David Pilcher entführt wurde, und dann habe ich mich freiwillig für die Suspension gemeldet, damit ich bei ihr sein kann, wenn sie aufwacht. Wir haben zusammen in Wayward Pines gelebt, und sie hat nie erfahren, dass sie nur wegen mir überhaupt dort war. Nach einem Jahr wurde ich auf eine Mission auf die andere Seite des Zauns geschickt, von der ich nie mehr zurückkehren sollte. Jeden Tag, den ich da draußen war, hat mich der Gedanke an sie aufrecht gehalten, dafür gesorgt, dass ich weiter atme, dass ich einen Fuß vor den anderen setze. Obwohl meine Erfolgsaussichten kaum vorhanden waren, bin ich zurückgekehrt. Ich dachte, ich würde zu ihr zurückkehren und als Held empfangen werden. Stattdessen muss ich herausfinden, dass ihr Mann da ist und dass die Stadt zerstört wurde."

Unten in der Dunkelheit sammelten sich winzige Punkte aus Fackellicht auf der Main Street.

Hassler beobachtet sie und sagt: „Also bin ich hier raufgeklettert, um mir das Leben zu nehmen. Sie haben an schlimme Dinge gedacht, ich habe sie getan. Sehen Sie die Dinge jetzt nicht gleich in einem anderen Licht?"

„Warum sind Sie hier?", fragte sie.

„Das habe ich Ihnen doch gerade erzählt."

„Nein, ich meine, weil Sie nicht mit dem leben können, was Sie getan haben, oder weil Sie nicht mit ihr leben können?"

„Weil ich nicht bei ihr sein kann. Ich höre doch nicht einfach auf, sie zu lieben, nur weil ihr Mann da ist. So funktioniert das menschliche Herz nun mal nicht. Ich kann meine Gefühle nicht einfach amputieren. Es ist ja nicht so, dass wir noch in einer großen, weiten Welt leben, in der ich einfach in eine andere Stadt oder einen anderen Staat ziehen kann. Es gibt kein alternatives Leben, das da draußen auf mich wartet. Das ist es. Wie viele sind wir jetzt noch? Zweihundertfünfzig Menschen? Ich kann ihr nicht aus dem Weg gehen, und meine Gefühle für sie definieren mich jetzt seit so langer Zeit, dass ich nicht weiß, was ich für ein Mensch wäre, wenn ich sie einfach aufgebe."

„Das geht mir genauso."

„Und das Witzige ist, dass ich es nicht über mich bringe, ihren Mann umzubringen, obwohl ich schon so viel Böses getan habe. Gibt es ein schlimmeres Schicksal, als halb böse zu sein?"

Einen Augenblick lang war das einzige Geräusch, das man auf der Klippe hören konnte, das Säuseln des Windes über den Stein.

Schließlich sagte die Frau: „Ich kenne Sie, Adam Hassler."

„Woher?"

„Ich habe für Sie gearbeitet."

„Kate?"

„Das Leben ist wirklich seltsam, was?"

„Ich kann Sie jetzt alleine lassen, wenn Sie …"

„Ich verurteile Sie nicht, Adam."

Er hörte, wie sie aufstand und auf ihn zukam.

Kurz darauf tauchte sie aus der Dunkelheit auf, selbst kaum mehr als ein Schatten, und setzte sich neben ihn, sodass ihrer beider Füße herunterbaumelte.

„Ist Ihre Hose auch gefroren?", fragte er.

„Ja, und ich frier mir den Hintern ab. Glauben Sie, es hat was zu bedeuten, dass wir beide in derselben Nacht hier raufgeklettert sind, um zu springen?"

„Wie meinen Sie das? Als würde das Universum sagen: ‚Tu es nicht!'? Können wir uns darauf einigen, dass wir dem Universum am Arsch vorbeigehen und das vermutlich schon immer getan haben?"

Kate sah ihn an. „Es ist mir egal, ob wir zusammen springen oder zusammen runterklettern, aber lassen Sie es uns bitte nicht alleine machen, was es auch ist."

Pilcher

Jemand packte seinen Arm und zog ihn aus dem Truck. Er war zum ersten Mal seit Tagen wieder im Freien, aber er hatte eine schwarze Haube über dem Kopf und konnte nichts sehen.

„Was passiert hier?", wollte Pilcher wissen.

Die Haube wurde heruntergerissen.

Er sah Lichter, fünfzig, sechzig, vielleicht hundert. Taschenlampen, Fackeln, in den Händen der Einwohner von Wayward Pines und seiner eigenen Leute aus dem Berg, die ihn alle umringten. Als sich seine Augen an die Lichtverhältnisse angepasst hatten, sah er die Gebäude der Main Street über sich aufragen, deren Fassaden und Ladenfronten in den Schein eines Feuers getaucht waren.

Zwei Männer standen mit ihm im Kreis: Ethan Burke und Alan Spear, der Leiter seiner Sicherheitstruppe.

Ethan kam näher.

„Was soll das?", verlangte Pilcher zu wissen. „Veranstalten Sie für *mich* ein Fest?"

Er sah in die Gesichter um sich herum, die in den Schatten verbogen oder vom Schein des Feuers verzerrt wurden. Sie waren wütend und angespannt.

„Wir haben abgestimmt“, erklärte Ethan.

„Wer?“

„Alle außer Ihnen. Ein Fest stand zur Debatte, aber es schien uns letzten Endes nicht richtig zu sein, Sie auf dieselbe Weise sterben zu lassen, in der diese Menschen einander gezwungenermaßen selbst richten mussten.“ Ethan kam einen Schritt näher, und sein Atem kondensierte in der Kälte. „Sehen Sie sich diese Leute an, David. Jeder hier hat jemanden aus seiner Familie oder Freunde verloren. Und Sie sind schuld daran.“

Pilcher grinste, obwohl der Zorn in ihm aufloderte.

Dieser mörderische, seelenschmelzende Zorn.

„Ich?“, fragte er. „Das ist doch lächerlich.“ Er entfernte sich von Ethan und ging in die Mitte des Kreises. „Was hätte ich denn noch für euch tun sollen? Ich habe euch zu essen gegeben. Eine Unterkunft. Ein Lebensziel. Ich habe euch vor dem Wissen geschützt, das ihr nicht verkraftet hättet. Vor der brutalen Wahrheit der Welt, die außerhalb des Zauns existiert. Und ihr alle musstet nur eine Sache tun. Nur eine gottverdammte Sache!“ Jetzt kreischte er. „*Mir gehorchen*!“

Er sah einer Frau in die Augen, die einige Meter entfernt stand und deren Tränen glitzernd über ihre Wangen liefen.

So viele Tränen in dieser Menschenmenge.

So viel Schmerz.

Irgendwann einmal hätte ihn das interessiert, aber jetzt sah er nur Undank. Aufsässigkeit. Rebellion.

„Was hätte ich denn noch für euch tun sollen, verdammt noch mal?“, schrie er.

„Sie werden Ihnen keine Antwort geben“, sagte Ethan.

„Was ist das hier dann?“

„Sie sind hier, um Sie zu begleiten."

„Wohin?"

Ethan drehte sich zu den ihm am nächsten Stehenden um. „Würden Sie bitte Platz machen?" Als sie zur Seite wichen, sagte Ethan: „Nach Ihnen, David."

Pilcher starrte die dunkle Straße entlang.

Dann sah er Ethan an.

„Ich verstehe das nicht."

„Sie sollen losgehen."

„Ethan …"

Jemand schubste ihn von hinten, und als Pilcher das Gleichgewicht wiedergefunden hatte, drehte er sich um und stellte fest, dass Alan ihn mit tödlicher Miene anstarrte.

Der Sheriff sagte, Sie sollen gehen", sagte Alan. „Und jetzt sage *ich* es Ihnen noch einmal. Falls Ihre Beine nicht mehr gehorchen wollen, schleife ich Sie auch an den Armen da lang."

Pilcher ging langsam die Main Street entlang und zwischen den dunklen Gebäuden hindurch, flankiert von Ethan und Alan.

Die Menschenmenge folgte den drei Männern wie ein Festzug, und es machte sich eine unruhige Stille breit. Keiner sagte etwas. Man hörte nur die Schritte auf dem Asphalt und gelegentlich ein unterdrücktes Schluchzen.

Er versuchte, sich zusammenzureißen, aber seine Gedanken rasten.

Wohin bringen sie mich?

Zurück zur Superstruktur?

Zu einem Platz, auf dem ich hingerichtet werde?

Sie kamen am *Aspen House* und am Krankenhaus vorbei.

Als sie die Straße entlang gingen, die in den Wald südlich der Stadt führte, wusste Pilcher auf einmal, was geschehen würde.

Er warf Ethan einen Blick zu.

Die Angst jagte wie flüssiger Stickstoff durch ihn hindurch.

Irgendwie gelang es ihm dennoch, weiterzugehen.

In der Kurve verließen alle die Straße und gingen in den Wald, und Pilcher dachte: „Ich habe mich nicht mal mehr umgesehen, um einen letzten Blick auf Wayward Pines zu werfen."

Im Wald hingen Nebelschleier zwischen den Bäumen, und die Fackeln sahen darin wie außerweltliche Lichter aus.

Wie körperlose Feuerpunkte.

Pilcher fror von Minute zu Minute mehr.

Er hörte das Summen des Zauns.

Sie gingen daran entlang.

Dann standen sie vor dem Tor. Es geschah alles so schnell, als wäre überhaupt keine Zeit vergangen, seitdem sie ihm auf der Main Street die Haube abgenommen hatten.

Ethan reichte Pilcher einen kleinen Rucksack.

„Darin ist etwas zu essen und Wasser. Genug für ein paar Tage, falls Sie solange durchhalten."

Pilcher starrte den Rucksack an.

„Hatten Sie alle nicht den Mumm, mich selbst umzubringen?", fragte er.

„Ganz im Gegenteil", erwiderte Ethan. „Wir wollten es viel zu sehr. Wir wollten Sie foltern. Jeden noch lebenden Menschen ein Stück aus Ihnen herausreißen lassen. Wollen Sie den Rucksack oder nicht?"

Pilcher nahm ihn und setzte ihn auf.

Ethan ging zur Steuertafel und aktivierte die manuelle Steuerung.

Das Summen hörte auf.

Es wurde ruhig im Wald.

Pilcher sah seine Leute an. Die aus der Stadt. Die aus dem Berg. Die letzten menschlichen Gesichter, die er je sehen würde.

„Ihr undankbaren Arschlöcher! Ihr wärt alle vor zweitausend Jahren gestorben, wenn ich nicht gewesen wäre. Ich habe ein Paradies für euch geschaffen. Den Himmel auf Erden. Ich bin euer Gott! Und ihr besitzt die Dreistigkeit, Gott aus dem Himmel zu werfen!“

„Ich glaube, Sie bringen da was durcheinander“, korrigierte ihn Ethan. „Gott wurde nicht rausgeworfen. Das war der andere.“

Ethan öffnete das Tor.

Pilcher warf Ethan einen langen, harten Blick zu und musterte dann die anderen.

Er ging aus der Sicherheit auf die andere Seite des Zauns.

Ethan schloss das Tor.

Kurz darauf summte der Zaun wieder.

Pilcher sah mit an, wie sich die Menschen nach und nach von ihm abwandten und ihre Taschenlampen und Fackeln im Nebel verschwanden.

Dann stand er alleine im kalten, dunklen Wald.

Er ging in Richtung Süden, bis er das Brummen des Zauns nicht mehr hören konnte.

Das Sternenlicht, das durch die Bäume drang, war viel zu schwach, als dass er erkennen konnte, wohin er ging.

Als seine Beine müde wurden, lehnte er sich an einen Baumstamm.

Ein oder zwei Kilometer entfernt schrie ein Abby.

Kurz darauf ein weiterer. Viel näher.

Dann noch einer.

Pilcher hörte Schritte.

Da draußen in der Dunkelheit rannte eine Kreatur.

Sie rannte auf ihn zu.

Ethan

Im ersten Tageslicht fuhr Ethan mit einem Dodge Ram des Sicherheitsteams aus der Superstruktur, während sein Sohn neben ihm auf dem Beifahrersitz saß.

Er fuhr zwischen den Bäumen hindurch.

Den Felsen.

Dann bog Ethan auf die Straße ein, die südlich aus der Stadt führte.

An der Haarnadelkurve fuhr er in den Wald und fädelte sich vorsichtig zwischen den Bäumen hindurch.

Als sie den Zaun erreichten, blieb Ethan auf einem Parallelkurs, bis sie zum Tor kamen.

Er schaltete den Motor aus.

Das Summen des Stroms, der durch den Stacheldraht floss, war im Wagen kaum zu hören.

„Glaubst du, Mr Pilcher ist inzwischen tot?", fragte Ben.

„Keine Ahnung."

„Aber die Abbys werden ihn sich irgendwann holen, oder?"

„Davon gehe ich aus."

Ben sah durch das Heckfenster auf die Ladefläche des Trucks. „Ich verstehe das nicht", sagte er. „Warum machen wir das, Dad?"

„Weil ich nicht aufhören kann, an die Kreatur zu denken."

Jetzt schaute Ethan ebenfalls nach hinten.

Das Abby-Weibchen Margaret aus der Superstruktur saß reglos in einem Plexiglaskäfig und starrte in den Wald hinaus.

„Es ist schon seltsam", meinte Ethan. „Die Welt gehört jetzt ihnen, aber wir besitzen noch immer etwas, das sie nicht haben."

„Was denn?"

„Güte. Anstand. Das, was die Menschlichkeit ausmacht. Zumindest, wenn wir uns Mühe geben."

Ben sah verwirrt aus.

„Ich glaube, dieser Abby ist anders“, stellte Ethan fest.

„Wie meinst du das?“

„Sie ist intelligent, besitzt aber auch eine Zärtlichkeit, die ich bei den anderen nie gesehen habe. Vielleicht hat sie irgendwo eine Familie, die sie gerne wiedersehen möchte.“

„Wir sollten sie erschießen und zusammen mit den anderen verbrennen.“

„Und was würden wir damit erreichen? Dass wir unsere Wut für ein paar Minuten ausleben können? Was ist, wenn wir das Gegenteil tun? Wenn wir sie mit einer Nachricht über die Spezies, die einst in diesem Tal gelebt hat, in ihre Welt zurückschicken? Ich weiß, dass es verrückt ist, aber ich finde den Gedanken reizvoll, dass sich ein bisschen Freundlichkeit letzten Endes auszahlen kann.“

Ethan öffnete die Fahrertür und stieg aus.

„Was meinst du damit?“, wollte Ben wissen. „Dass es die Abbys vielleicht verändern kann? Dass vielleicht mehr so werden wie sie?“

Ethan ging um den Truck herum und ließ die Heckklappe herunter.

„Spezies entwickeln sich weiter. Am Anfang war der Mensch Jäger und Sammler. Wir haben uns mit Grunzlauten und Gesten verständigt. Später entwickelten wir die Landwirtschaft und die Sprache. Und wir wurden fähig, Freundlichkeit zu zeigen.“

„Aber das hat mehrere tausend Jahre gedauert. Wir werden alle tot sein, bis das passiert.“

Ethan lächelte. „Da hast du recht, Junge. Es wird sehr, sehr, sehr, sehr, sehr lange dauern.“

Er drehte sich zu dem Abby-Weibchen um. Sie saß ruhig in ihrem Käfig, und ihre Augenlider waren noch schwer von den Betäubungsmitteln, dass Ethan ihr von den Wissenschaftlern hatte verabreichen lassen.

Er zog seine Desert Eagle aus dem Holster, kletterte auf die Ladefläche, öffnete die Käfigschlösser und zog die Tür ein Stück weit auf.

Der Abby stieß ein kehliges Geräusch aus, das eine Mischung aus einem Schnurren und einem Knurren zu sein schien.

„Ich will dir nicht wehtun", sagte Ethan.

Er ging langsam zurück und kletterte wieder von der Ladefläche.

Margaret beobachtete ihn.

Nach einem Augenblick schob sie die Käfigtür mit ihrem langen linken Arm auf und schlich hinaus.

„Was ist, wenn sie etwas Unerwartetes macht?", fragte Ben. „Was ist, wenn sie angreift ...?"

„Sie wird uns nichts tun. Sie weiß, was ich vorhabe." Er sah ihr in die Augen. „Nicht wahr?"

Dann ging er langsam auf den Zaun zu, und der Abby folgte ihm benommen und mit gewissem Abstand.

Am Tor gab er den Code für die manuelle Steuerung ein und wartete, während die Bolzen gelöst wurden.

Der Zaun summte nicht mehr.

Er schob das Tor mit dem Stiefel auf.

„Geh", sagte Ethan. „Du bist jetzt frei."

Margaret sah ihn misstrauisch an, während sie an ihm vorbeischlich, sich durch die Lücke quetschte und in ihre Welt zurückkehrte.

„Dad, glaubst du, dass wir je friedlich Seite an Seite mit ihnen leben werden?"

Nach drei Metern warf Margaret Ethan noch einen Blick zu.

Sie legte den Kopf schräg.

Dann sah sie ihn einen Augenblick lang an, und er hätte schwören können, dass sie etwas zu sagen hatte. In ihren Augen schienen sich ihre Intelligenz und ihr Verstehen widerzuspiegeln.

Doch sie hatte keine Worte.

Aber auf einmal begriff er es.

„Ja“, sagte er. „Das mache ich.“

Er blinzelte …

Und sie war verschwunden.

Ethan saß mit Theresa auf einer Parkbank und beobachtete Ben, der mitten auf dem Feld stand und zum Himmel hinaufsah. Weit über ihm sauste ein Drachen mit dem Wind dahin. Der Junge hatte mehrere Versuche gebraucht, bis der Drache in der Luft gewesen war, und jetzt konnte er gar nicht genug davon kriegen, wie der rote Fleck am blauen Himmel im Wind tanzte.

Es war schön, einfach nur dazusitzen und ein Kind mit einem Drachen zu beobachten, und es war der erste Morgen seit Tagen, vielleicht sogar Wochen, der sich nicht nach Winter anfühlte.

„Das ist doch verrückt, Ethan.“

„Wenn wir in diesem Tal bleiben, werden wir alle innerhalb der nächsten Jahre sterben“, erwiderte er. „Das ist so gut wie sicher. Warum sollen wir dann überhaupt noch abstimmen?“

„Du lässt die Leute entscheiden.“

„Was ist …“

„Du lässt die Leute entscheiden.“

„Sie könnten sich falsch entscheiden.“

„Das stimmt, aber du musst dir langsam mal überlegen, was für ein Anführer du sein möchtest.“

„Ich weiß, welches die richtige Entscheidung ist.“

„Dann verkauf sie ihnen entsprechend.“

„Das ist nicht gerade leicht. Es ist riskant. Und was ist, wenn sie die falsche Entscheidung treffen? Selbst du bist doch noch unentschlossen.“

„Wenn, dann treffen wir zusammen die falsche Entscheidung, Schatz. Wenn du vorhast, es den Leuten aufzuzwingen, warum hast du ihnen dann überhaupt die Wahrheit über Wayward Pines gesagt?"

„Ich habe all das verursacht", sagte Ethan. „All die Toten. Das Leid und die Verluste. Ich habe unser Leben auf den Kopf gestellt. Jetzt will ich es wieder in Ordnung bringen."

„Geht es dir gut?"

„Ich habe eine Heidenangst." Sie nahm seine Hand. „Du bittest mich nicht nur, den Leuten ihr eigenes Schicksal in die Hand zu legen, sondern auch deins und Bens." Ihr Sohn lief über das Feld und zog lachend den Drachen hinter sich her. „An dem Tag, an dem ich in die Superstruktur eingebrochen bin, hat mir Pilcher gesagt, dass ich eines Tages verstehen würde, was er getan hat. Welche Entscheidungen er getroffen hat."

„Tust du es jetzt?"

„Ich kann langsam nachempfinden, welche Belastung er empfunden haben muss."

„Er hat seinen Leuten nicht zugetraut, dass sie die richtigen Entscheidungen treffen können", erkannte Theresa, „weil er Angst hatte. Aber du musst keine Angst haben. Wenn du tust, was du für das Richtige hältst, und den Leuten die Freiheit gewährst, ihr eigenes Schicksal zu bestimmen …"

„Wir könnten in diesem Tal verhungern."

„Das ist richtig. Aber dann hast du deine Integrität nicht aufs Spiel gesetzt. Das ist das Einzige, wovor du dich wirklich fürchten musst."

In dieser Nacht stand Ethan da, wo alles begonnen hatte, auf der Bühne des Theaters im Licht der Scheinwerfer, während die letzten zweihundertfünfzig Menschen auf diesem Planeten ihn ansahen.

„Da wären wir", sagte er zu der Menge, „die Menschheit am Ende der Welt. Wir sind jetzt hier, weil ich die Entscheidung getroffen habe, allen die Wahrheit über Wayward Pines zu sagen.

Das ist mir völlig klar. Viele von uns haben jemanden verloren. Wir alle haben gelitten. Ich werde mit meiner Entscheidung und dem Preis, den wir dafür bezahlt haben, bis ans Ende meiner Tage leben müssen, aber jetzt wird es Zeit, in die Zukunft zu sehen. Tatsächlich habe ich in der vergangenen Woche an nichts anderes gedacht."

Der Kern von Pilchers innerem Zirkel saß nebeneinander links vor der Bühne: Francis Leven, Alan, Marcus, Mustin, und alle beobachteten ihn.

Es war sehr ruhig im Theater.

Es herrschte eine angespannte Stille.

„Ich weiß, dass wir alle versuchen, herauszufinden, wie es jetzt weitergehen soll", fuhr er fort. „Was als Nächstes kommt. Wie unser Leben aussehen könnte. Es gibt einige unangenehme Wahrheiten, denen wir uns stellen müssen, und das müssen wir gemeinsam tun. Jetzt und hier. Hier kommt die erste: Unsere Lebensmittelvorräte werden knapp."

Die Menschen schnappten nach Luft und unterhielten sich flüsternd.

„Wie lange noch?", rief jemand.

„Etwa vier Jahre", antwortete Ethan. „Was uns zur zweiten unangenehmen Wahrheit bringt: Wir können nicht in diesem Tal bleiben. Gut, wir könnten es schon. Bis der Zaun das nächste Mal ausfällt. Bis ein Winter kommt, wie wir ihn uns nie vorgestellt haben. Bis die Nahrungsmittellager geleert sind.

Francis Leven aus der Superstruktur ist hier, und er kann Ihnen alle Einzelheiten nennen und genau erklären, warum wir nicht in Wayward Pines bleiben können.

Aber ich habe Sie nicht nur hergebeten, um Ihnen schlechte Nachrichten zu überbringen. Ich habe auch einen Vorschlag, wie wir weiter vorgehen sollen. Er ist radikal, gefährlich und wagemutig. Ein Sprung ins Ungewisse."

Ethan entdeckte Theresa im Publikum.

„Ehrlich gesagt habe ich mit mir gerungen, ob ich Ihnen überhaupt die Wahl lassen soll. Ein Freund hat mir mal gesagt, dass wir manchmal in Situationen sind, in denen es derart auf Leben und Tod ankommt, dass ein oder zwei starke Anführer die Entscheidungen treffen sollten. Aber ich glaube, dass wir alle genug davon haben, unser Leben von außen kontrollieren zu lassen. Mir ist es wichtiger, dass wir im Zweifelsfall lieber als Gruppe eine falsche Entscheidung treffen, anstatt auf unsere Freiheit zu verzichten. Denn das war die alte Art zu leben, Pilchers Art.

Daher bitte ich Sie alle, mich anzuhören, und dann werden wir entscheiden, wie wir vorgehen. Gemeinsam. Wie freie Menschen."

X

Einen Monat später

Ethan

Es gab immer noch ruhige Momente wie diesen, wenn die Stromversorgung stand und der Duft von Theresas Zauberkünsten in der Küche durch das Haus strömte, sodass einem alles völlig normal vorkam. Als könnte es ein beliebiger Abend in Ethans früherem Leben sein.

Ben war oben in seinem Zimmer.

Ethan saß im Arbeitszimmer und machte sich Notizen für den nächsten Tag.

Durch das Fenster konnte er im Abendlicht Jennifer Rochesters dunkles Haus sehen. Sie wurde bei der Invasion getötet, und der letzte Kälteeinbruch hatte auch ihrem Garten den Rest gegeben.

Aber die Straßenlaternen brannten wieder.

Die Grillen zirpten aus den in einem Busch versteckten Lautsprechern.

Er vermisste Hecter Gaithers Klavierspiel, das aus allen Radios in allen Häusern von Wayward Pines gedrungen war.

Er hätte sich gern noch ein letztes Mal in der Musik verloren.

Einen Augenblick lang saß Ethan auf dem breiten Sessel, schloss die Augen und ließ sich von der Normalität einlullen.

Er versuchte, die Gedanken an ihre Verletzlichkeit aus seinen Gedanken zu verbannen.

Aber das war nicht möglich.

Er konnte sich einfach nicht mit der Tatsache abfinden, dass er ein Angehöriger einer Spezies war, die kurz vor dem Aussterben stand.

Dieses Wissen verlieh jedem Moment Bedeutung.

Und es bewirkte, dass er sich immerzu fürchtete.

Er ging in die Küche, wo er vom Duft kochender Nudeln und fast fertiger Nudelsoße empfangen wurde.

„Das riecht aber lecker", sagte er.

Er stellte sich hinter Theresa an den Herd, legte die Arme um ihre Taille und küsste ihren Nacken.

„Unsere letzte Mahlzeit in Wayward Pines", sagte sie. „Wir lassen es uns heute Abend gut gehen. Ich räume den Kühlschrank aus."

„Lass mich auch was machen. Ich könnte abwaschen."

„Ich schätze, wir können das Geschirr auch einfach stehen lassen", erwiderte sie und rührte die Soße um.

Ethan lachte.

Sie hatte recht.

Natürlich konnten sie das tun.

Theresa wischte sich über die Augen.

„Du weinst ja", sagte er.

„Mir geht es gut."

Er nahm ihren Arm und drehte sie sanft zu sich um. „Was hast du?"

„Ich habe nur Angst, das ist alles."

Sie saßen zum letzten Mal an ihrem Esstisch.

Ethan sah Theresa an.

Und seinen Sohn.

Dann stand er auf.

Er hob sein Wasserglas.

„Ich würde gern ein paar Worte zu den beiden wichtigsten Menschen in meinem Leben sagen." Seine Stimme zitterte schon jetzt. „Ich bin nicht perfekt. Eigentlich bin ich sogar weit davon entfernt. Aber ich würde alles tun, um dich zu beschützen, Theresa, und auch dich, Ben. Alles. Ich weiß nicht, was der morgige Tag bringt. Oder der Tag danach. Oder der danach." Er versuchte, die Tränen wegzublinzeln. „Ich bin einfach nur dankbar, dass wir diesen Moment zusammen verbringen können."

In Theresas Augen glitzert es.

Als er sich hinsetzt, nimmt sie seine Hand.

Die letzte Nacht, die er auf einer weichen Matratze schlafen konnte.

Theresa und er lagen ineinander verschlungen unter einem Berg aus Decken.

Es war spät, aber sie waren beide hellwach. Er konnte ihre Wimpern spüren, die seine Brust kitzelten.

„Kannst du es wirklich glauben, dass das unser Leben ist?", flüsterte sie.

„Ich habe es noch nicht wirklich verarbeitet. Vielleicht gelingt es mir auch nie."

„Was ist, wenn es nicht funktioniert? Wenn wir alle sterben?"

„Das ist durchaus möglich."

„Ein Teil von mir würde lieber auf Nummer sicher gehen", gesteht sie. „Vielleicht haben wir nur noch vier Jahre, aber es könnten die vier besten unseres Lebens werden. Wir könnten jeden Moment genießen. Jeden Bissen, jeden Atemzug. Jeden Kuss. Jeden Tag, den wir nicht hungrig oder durstig sind oder um unser Leben rennen müssen."

„Aber dann würden wir definitiv sterben. Unsere Spezies wäre ausgestorben."

„Vielleicht wäre das gar nicht so schlimm. Wir hatten unsere Chance und sind gescheitert."

„Wir müssen es weiter versuchen. Weiter kämpfen."
„Warum?"
„Weil es das ist, was wir tun."
„Ich weiß nicht, ob ich dafür geschaffen bin."
Die Schlafzimmertür wurde aufgedrückt.
„Mom? Dad?", flüsterte Ben.
„Was ist, Schatz?", fragte Theresa.
„Ich kann nicht schlafen."
„Dann komm zu uns ins Bett."
Ben kriecht über die Decken und kuschelt sich zwischen ihnen ein.
„Besser?", erkundigte sich Ethan.
„Ja", bestätigte Ben. „Viel besser."
Sie lagen im Dunkeln und schwiegen.
Ben döste als Erster ein.
Dann Theresa.
Aber Ethan konnte noch immer nicht schlafen.
Er stützte sich auf einen Ellenbogen und sah seine Familie an, beobachtete sie die ganze Nacht, bis es hell am Himmel wurde und der Morgen an ihrem letzten Tag in Wayward Pines anbrach.

In jedem Haus im Tal klingelte das Telefon.

Ethan kam mit einer Tasse schwarzen Kaffee in der Hand aus der Küche und nahm das Telefon im Wohnzimmer nach dem dritten Klingeln ab.

Obwohl er wusste, welche Nachricht er hören würde, zog sich sein Magen dennoch zusammen, als er den Hörer ans Ohr drückte und seine eigene Stimme sagen hörte: „Einwohner von Wayward Pines, es ist Zeit."

Ethan hielt Theresa die Haustür auf, und sie trat mit einem Pappkarton voller Familienfotos in der Hand auf die Veranda – dem einzigen materiellen Besitz, der es ihrer Meinung nach wert war, ihn mitzunehmen.

Es war ein wunderschöner Morgen, um Abschied zu nehmen.

Rings um sie herum kamen Leute aus ihren Häusern, und einige hielten Pappschachteln mit ihren kostbarsten Habseligkeiten in der Hand, während andere nur die Kleidung an ihrem Körper mitnahmen.

Die Burkes gingen über die Veranda, durch den Vorgarten und auf die Straße.

Alle Einwohner trafen sich auf der Main Street und gingen dann gemeinsam auf den Wald am Südrand der Stadt zu.

Ethan sah Kate ein Stück weiter die Straße hinauf, die einen Rucksack auf einer Schulter trug und neben Adam Hassler herging.

Er spürte einen Stich, auch wenn er die Emotion nicht in Worte fassen konnte, und dachte, dass einige vielleicht auch zu komplex dafür waren. Aber wann immer dieses in ihm hochkam, war es mit Nostalgie verbunden.

Er ließ Theresas Hand los und sagte: „Ich bin gleich wieder da."

Ethan holte seine ehemalige Partnerin ein, als die Gruppe am *Aspen House* vorbeiging.

„Morgen", sagte er.

Sie sah ihn lächelnd an. „Bist du bereit dazu?"

„Es ist verrückt, nicht wahr?"

„Ein wenig."

„Hey, Ethan", sagte Hassler. Einen Monat in der Zivilisation konnten bei einem Mann Wunder bewirken. Hassler hatte zugenommen und sah schon fast wieder aus wie früher.

„Adam. Wie geht's?"

„Ganz gut, schätze ich."

„Ich habe irgendwie das Gefühl, als würde ich gleich in ein verrücktes Karussell steigen. Ich weiß wirklich nicht, wo das herkommt."

Sie kamen am Krankenhaus vorbei, und Ethan dachte daran, wie er hier zum ersten Mal aufgewacht war und in das lächelnde Gesicht von Krankenschwester Pam geblickt hatte. An diese ersten Tage, in denen er benommen und verwirrt in der Stadt herumgelaufen war, versucht hatte, zu Hause anzurufen, und seine Familie nie erreichen konnte. An das erste Mal, als er Kate wiedergesehen hatte, die neun Jahre älter war, als sie sein durfte.

Was für eine Reise.

Ethan sah Kate an. „Das wird bestimmt gleich ein ziemliches Durcheinander. Vielleicht sollten wir uns lieber jetzt schon verabschieden."

Kate blieb mitten auf der Straße stehen, sodass die letzten Einwohner von Wayward Pines um sie herumgehen mussten. Die Art, wie sie lächelte, wie ihr die Morgensonne ins Gesicht fiel, sodass sie die Augen zukneifen musste … In diesem Moment sah sie wieder aus wie die alte Kate. Die aus Seattle. Der schlimmste und beste Fehler, den er je gemacht hatte.

Sie umarmten sich.

Drückten sich fest.

„Danke, dass du vor all den Jahren nach mir gesucht hast", sagte Kate. „Es tut mir leid, dass es so enden musste."

„Ich würde nichts davon ändern wollen."

„Du hast das Richtige getan", flüsterte sie. „Daran darfst du nie zweifeln."

Theresa stieß zu ihnen.

Sie lächelte Kate an.

Dann ging sie zu Hassler und umarmte ihn.

Als sie sich voneinander lösten, fragte sie: „Wollen wir nicht ein Stück zusammen gehen?"

„Gerne", erwiderte Adam. Als Ethan da mit seiner Frau, seinem Sohn, seiner ehemaligen Geliebten und dem Mann, der ihn einst verraten hatte, stand, fragte er sich: „Sieht so eine Familie in der neuen Welt aus?" Denn was auch immer in der Vergangenheit passiert war, jetzt brauchte jeder jeden.

Als die letzten Einwohner an ihnen vorbeigegangen waren, blieben sie noch eine Weile an der Stelle stehen, an der die Straße aus Wayward Pines heraus und in den dunklen Wald führte.

Hinter ihnen die verlassene Stadt.

Die Morgensonne strahlte auf die Straßen herab.

Die Schaufenster der Geschäfte glitzerten auf der Westseite der Main Street.

Sie nahmen den Anblick der vielen viktorianischen Häuser in sich auf.

Der Klippen, die das Tal umgaben.

Der im Wind schwankenden Espen, die ihre letzten goldenen Blätter verloren.

In diesem Moment war alles so … idyllisch.

Pilchers brillante, verrückte Schöpfung.

Nach einiger Zeit wandten sie sich ab und gingen gemeinsam über die Straße und in den Wald, fort von Wayward Pines.

Ethan saß an der Hauptkonsole im Überwachungszentrum zwischen Alan und Francis Leven.

„Was genau ist der Sinn dieser Nachricht?", fragte Leven.

„Für den Fall, dass jemand diesen Ort entdeckt", erklärte Ethan.

„Das ist doch höchst unwahrscheinlich."

„Wissen Sie, was Sie sagen wollen?", erkundigte sich Alan.

„Ich habe mir letzte Nacht Notizen gemacht."

Alans Finger tanzten über den Touchscreen.

„Bereit, wenn Sie es sind", sagte er.

„Dann mal los."

„Aufnahme läuft."

Ethan nahm den Notizzettel aus seiner Gesäßtasche, faltete ihn auseinander und beugte sich zum Mikrofon.

Er sagte, was er zu sagen hatte.

Als er fertig war, hielt Alan die Aufnahme an.

„Das war gut, Sheriff."

Über ihnen zeigten die fünfundzwanzig Monitore noch immer abwechselnd Bilder der Überwachungskameras aus dem Tal an.

Die leeren Flure des Krankenhauskellers.

Einen leeren Korridor in der Schule.

Den leeren Park.

Verlassene Häuser.

Ungenutzte Straßen.

Ethan sah Francis Leven an. „Alles bereit?", wollte er wissen.

„Alle nicht-essenziellen Systeme wurden ausgeschaltet."

„Sind alle vorbereitet?"

„Es hat schon längst begonnen."

Als Ethan allein durch den Korridor auf Etage eins ging, wurden die Deckenlampen nacheinander ausgeschaltet. Er stand vor der Glastür, durch die man in die Arche gelangte, und warf noch einen Blick zurück in den Gang, in dem die letzte Lampe am andren Ende erlosch.

Es wurde bereits kühler, da die Heiz- und Ventilationssysteme ausgeschaltet worden waren.

Der Steinboden in der großen Höhle fühlte sich unter seinen nackten Füßen eiskalt an.

In der Suspensionsabteilung war es eiskalt, nur wenige Grad über dem Gefrierpunkt. In dem bläulichen Nebel war überall Bewegung.

Die Maschinen summten und gaben Ströme aus weißem Gas ab.

Er bahnte sich den Weg durch den Nebel, ging um eine Ecke und zwischen zwei Maschinenreihen hindurch.

Männer in weißen Laborkitteln halfen den Einwohnern von Wayward Pines, in die Suspensionseinheiten zu steigen.

Er blieb vor der Einheit am Ende der Reihe stehen.

Auf dem digitalen Namensschild stand:

KATE HEWSON
SUSPENSIONSDATUM: 19.9.12
BOISE, ID
WOHNHAFT: 8 JAHRE, 9 MONATE, 22 TAGE

Sie war bereits drin.

Ethan sah durch das sechs Zentimeter breite Fenster an der Vorderseite der Maschine.

Kate starrte ihn an und war in ihrer Suspensionseinheit eingeschlossen.

Sie zitterte.

Ethan legte eine Hand an die Scheibe.

Er bildete mit dem Mund die Worte: „Alles wird gut."

Sie nickte.

Dann lief er drei Reihen weiter und bahnte sich den Weg zwischen weiteren Menschen in weißen Schlafanzügen hindurch.

Theresa kniete vor Ben, drückte ihn an sich und flüsterte ihm etwas ins Ohr.

Ethan legte die Arme um beide und zog seine Familie an sich.

Alle weinten.

„Ich will das nicht tun, Dad", jammerte Ben. „Ich hab Angst."

„Ich habe auch Angst", sagte Ethan. „Wir haben alle Angst, und das ist okay."

„Was ist, wenn das das Ende ist?", fragte Theresa.

Ethan sah seiner Frau in die grünen Augen.

„Ich liebe dich. Es ist Zeit", erklärte er.

Er half Ben beim Aufstehen und hielt die Arme des Jungen fest, als er in die Einheit stieg.

Sein Sohn zitterte – durch die Kälte und vor Angst.

Ethan bat ihn, sich auf den Metallsitz zu setzen.

Halteriemen schossen aus den Wänden und legten sich um Bens Hand- und Fußgelenke.

„Mir ist so kalt, Dad."

„Ich liebe dich, Ben. Ich bin sehr stolz auf dich. Ich muss die Tür jetzt schließen.

„Noch nicht. Bitte."

Ethan beugte sich vor, küsste seinen Sohn auf die Stirn und dachte: „Das könnte das letzte Mal sein, dass ich meinen Jungen berühre." Er starrte in Bens Augen.

„Sieh mich an, Junge. Sei tapfer."

Ben nickte.

Ethan wischte ihm die Tränen von der Wange und machte einen Schritt nach hinten.

„Ich liebe dich, Ben", sagte Theresa.

„Ich liebe dich, Mom."

Ethan stieß die Tür von Bens Einheit an. Sie schwang zu, und die Einheit füllte sich mit Gas.

Sie lächelten trotz ihrer Tränen, als Ben die Augen schloss.

Theresa sah Ethan an. „Bringst du mich ins Bett?"

Er nahm ihre Hand und ging mit ihr zu ihrer Einheit. Die Tür stand bereits offen, und sie sah hinein und musterte den schwarzen Kompositsitz, die Armlehnen, die schwarze Röhre, die an der Innenwand hing, mit der breiten Nadel, die jeden Tropfen Blut aus ihren Venen saugen würde.

„Großer Gott", murmelte sie.

Dann stieg sie hinein und setzte sich.

Die Einheit fuhr die Halteriemen aus.

„Wir sehen uns auf der anderen Seite", sagte Ethan.

„Glaubst du wirklich, dass wir da ankommen?"

„Aber sicher."

Dann küsste er seine Frau, als wäre es das letzte Mal, dass er sie berühren konnte.

Ethan stieg in seine Suspensionskammer und dachte an das, was er am Vorabend in seinem Arbeitszimmer geschrieben hatte, die Worte, die er im Überwachungsraum aufgezeichnet hatte.

Möglicherweise die letzte aufgezeichnete Botschaft der Menschengeschichte.

Die Welt ist grausam. Die Welt ist hart, und in diesem Tal waren wir den Abbys ausgeliefert. Wir haben wie Gefangene gelebt, und das hat jeder Faser unseres Wesens widersprochen. Die Menschheit will erkunden, erobern, sich ausbreiten. Das ist in unserer DNS verankert, und das ist genau das, was wir tun werden.

Er ließ sich auf dem Sitz nieder.

Es wird eine lange Reise sein, und niemand weiß, was uns erwartet, wenn wir unser Ziel erreichen.

Die Halteriemen legten sich um seine Fußknöchel.

Ich habe Angst. Wir haben alle Angst.

Um seine Handgelenke.

Was für eine Welt wird uns auf der anderen Seite unseres langen Schlafes erwarten? In gewisser Hinsicht ist es unwichtig. Da die Einwohner von Wayward Pines sich dieser Welt gemeinsam stellen werden. Keine Geheimnisse. Keine Lügen. Keine Könige.

Die Tür seiner Kammer fiel zu und wurde verriegelt.

Wir haben uns alle verabschiedet. Wir alle wissen, dass dies das Ende sein kann, und wir haben so gut es geht unseren Frieden damit geschlossen.

Das Zischen des freigesetzten Gases wurde von einer weiblichen Computerstimme begleitet, die seltsam beruhigend klang und sagte: „Bitte atmen Sie tief ein. Genießen Sie den Duft der Rosen, solange Sie können."

Es heißt, die Zeit heilt alle Wunden … Tja, davon haben wir genug … Das ist genug Zeit, dass Imperien entstehen und wieder vergehen können. Dass sich Spezies ändern. Dass die Welt zu einem gütigeren Ort geworden ist.

Das Gas roch nach Lavendel und Flieder, und in dem Moment, in dem er es einatmete, spürte er, wie sein Bewusstsein schwand.

Und so brechen wir auf und fragen uns, was hinter dem Horizont liegt oder hinter der nächsten Ecke. Und ist es nicht das, was uns letzten Endes antreibt?

Seine Augenlider wurden schwer, und er beschwor die Bilder seiner Frau und seines Sohnes vor seinem inneren Auge herauf.

Wir haben wieder Hoffnung.

Er nahm Theresa und Ben mit in seinen langen, langen Schlaf.

Vorerst gehört die Welt den Abbys, aber die Zukunft …

Die Zukunft könnte uns gehören.

Epilog

Siebzigtausend Jahre später schlug Ethan Burke die Augen auf.

„Psychose“, der erste Band der Wayward-Pines-Reihe, ist als Buch, eBook und Hörbuch erhältlich.

Secret-Service-Agent Ethan Burke trifft in Wayward Pines, Idaho, mit einer klaren Mission ein: Er soll zwei Bundesagenten aufspüren und zurückbringen, die einen Monat zuvor in der ländlichen Kleinstadt verschwunden sind. Doch nur wenige Minuten nach seiner Ankunft wird Ethan in einen schweren Autounfall verwickelt. Als er in einem Krankenhaus aufwacht, hat er weder Ausweis, Handy noch sonstige persönlichen Dinge bei sich. Die Krankenhausangestellten wirken recht freundlich, aber irgendetwas kommt ihm merkwürdig vor. Als die Tage vergehen, stößt Ethan bei seiner Suche nach seinen Kollegen nur auf weitere Fragen, anstatt auf Antworten. Warum kann er seine Frau und seinen Sohn in der Außenwelt nicht per Telefon erreichen? Warum glaubt ihm niemand, dass er der ist, für den er sich ausgibt? Und warum ist die Stadt von einem Elektrozaun umgeben? Sollen die Bewohner damit in der Stadt gehalten werden? Oder will man etwas aussperren? Mit jedem Schritt, den Ethan der Wahrheit näher kommt, entfernt er sich weiter von der Welt, die er zu kennen geglaubt hatte, und von dem Mann, für den er sich gehalten hatte, bis er sich einer schrecklichen Wahrheit stellen muss: Möglicherweise wird er Wayward Pines nie mehr verlassen können. Psychose ist ein weiterer spannender Thriller vom Bestseller-Autor Blake Crouch.

„Wayward“, der zweite Band der Wayward-Pines-Reihe, ist als Buch und eBook erhältlich.

Willkommen in Wayward Pines, Bevölkerung: 461. Mitten in den malerischen Bergen liegt eine idyllische Kleinstadt, das moderne Eden … abgesehen vom Elektrozaun mit Stacheldraht, Scharfschützen, die ständig alles im Auge haben, und der gnadenlosen Überwachung jedes Worts und jeder Geste.

Keiner der Einwohner weiß, wie er hierher gekommen ist. Man sagt ihnen, wo sie arbeiten, wie sie leben und wen sie heiraten sollen. Einige denken, sie wären tot. Andere glauben, sie wären in einem schrecklichen Experiment gefangen. Insgeheim träumen alle von der Flucht, aber jene, die es wagen, erwartet eine böse Überraschung.

Ethan Burke hat die Welt, die da draußen lauert, gesehen. Er ist der Sheriff und einer der wenigen, die die Wahrheit kennen: Wayward Pines ist nicht nur eine Stadt. Und auf der anderen Seite dieses Zauns lauert das unvorstellbare Grauen …

Weitere Bücher von Blake Crouch

Wayward-Pines-Reihe
Psychose
Wayward

Andrew-Z.-Thomas-Reihe/Luther-Kite-Reihe
Verlassene Orte
Verschlossene Türen
Zerbrechen
Dicker als Blut (Die komplette Reihe)
Stirred (mit J. A. KonrathI

Andere Werke
Run
Abandon
Snowbound
Famous
Schaurig (mit Jordan Crouch)
Draculas (mit J.A. Konrath, Jeff Strand und F. Paul Wilson)

Serial-Reihe (mit J.A. Konrath und Jack Kilborn)
Serial (Kurzgeschichte)
Bad Girl (Kurzgeschichte)
Serial Uncut (Novelle)
Killers (Novelle)
Birds of Prey (Roman)
Killers Uncut (Roman)
Serial Killers Uncut (Roman)
Letty-Dobesh-Reihe

The Pain of Others (Letty Dobesh #1) (Novelle)
Sunset Key (Letty Dobesh #2) (Novelle)
Grab (Letty Dobesh #3) (Novelle)

Kurzgeschichten und Novellen
Hunting Season (mit Selena Kitt)
**69* (Kurzgeschichte)
Remaking (Kurzgeschichte)
On the Good, Red Road (Kurzgeschichte)
Shining Rock (Kurzgeschichte)
The Meteorologist (Kurzgeschichte)
Unconditional (Kurzgeschichte)
Perfect Little Town (Novelle)
Four Live Rounds (Gesammelte Erzählungen)
Six in the Cylinder (Gesammelte Erzählungen)
Fully Loaded (Vollständige gesammelte Erzählungen)

Sammelwerke
Dicker als Blut (Die komplette Andrew-Z.-Thomas/Luther-Kite-Reihe)
Die Fear-Trilogie (Run, Snowbound, Abandon)
Confidence Girl (The Letty Dobesh Chronicles)

Danksagung

Ich danke David Hale Smith, Richard Pine, Alexis Hurley, allen bei Inkwell Management und meinen Kämpfern von der Westküste: Angela Cheng Caplan und Joel VanderKloot. Ihr seid ein großartiges Team, und ich schätze mich glücklich, euch an meiner Seite zu haben.

Ferner gilt mein Dank den Menschen bei Thomas & Mercer und Amazon Publishing: Alan Turkus, Daphne Durham, Jeff Belle, Kristi Coulter, Danielle Marshall, Gracie Doyle, Andy Bartlett, Sarah Tomashek, Reema Al-Zaben, Philip Patrick, Tiffany Pokorny, Nick Loeffler und Jodi Warshaw. Ihr seid eine derart unerschrockene Truppe, wie ich es bisher noch nie erleben durfte. Ich bin sehr froh, dass ihr mich auf dieser Reise begleitet habt.

Danke an Jacque Ben-Zekry, der dieses Buch lektoriert und somit verhindert hat, dass es hinten und vorne zu einer Enttäuschung werden konnte.

Ich danke auch Michelle Hope Anderson, die mein Werk in eine druckreife Form gebracht hat.

Ann Voss Peterson, Joe Konrath, Marcus Sakey und Jordan Crouch haben mir ein hervorragendes Feedback geliefert und mir geholfen, dieses Buch noch besser zu machen.

Und zu guter Letzt, jedoch am allerwichtigsten, danke ich meiner wunderbaren, großartigen Familie.

xoxoxoxo.“

17568990R00181

Printed in Poland
by Amazon Fulfillment
Poland Sp. z o.o., Wrocław